Christine Alasija

☆

Raben um Mitternacht

Ein Rauhnachtsroman

Begleitung für Deine Rauhnächte

Impressum

Texte: © 2021 Copyright by Christine Alasija
2. Auflage 2022

Umschlag: © 2021 Copyright by Christine Alasija
Unter Verwendung von Bildern von www.pixabay.com

Layout: Christine Alasija
Unter Verwendung von *Canva* und *Pixabay*

Verantwortlich für den Inhalt: Christine Alasija
www.christine-alasija.de

Druck: epubli – ein Service der Neopubli GmbH, Berlin

☆

Inhaltsverzeichnis

☆

Die Zeit zwischen den Jahren

Ein Übergang in das Neue

Bist du bereit?
Bereit, das Alte hinter dir zu lassen und
das Neue willkommen zu heißen?
Bist du bereit, hierbei der Melodie
deines Herzens zu folgen?

Einleitung

In der Zeit der Rauhnächte öffnet sich das Tor in das neue Jahr und in dieser besonderen und auch herausfordernden Zeit, die wir derzeit erleben, kann sich auch ein Tor in eine neue Zeit auf dieser Erde öffnen. Bist du bereit, Altes hinter dir zu lassen und bereit, dieses Tor in dir und auf Mutter Erde zu durchschreiten?

Unsere Welt hat sich in letzter Zeit rasant verändert und vielleicht fragst du dich, wo du Vertrauen, Zufriedenheit und auch Lebenskraft finden kannst, anstatt dich mit Angst, Ohnmacht, Sorgen oder auch Wut konfrontiert zu sehen. Möchtest du dich wandeln, das Alte loslassen, mit der Vergangenheit Frieden schließen und dich für etwas Neues, für Fried- und Liebevolles öffnen – für eine neue Zeit auf dieser Erde?

Dieser Roman möchte dich dabei auf energetischer Ebene unterstützen. Hierzu bedarf es hin und wieder auch einem Loslassen und sich seinen Schattenanteilen zu stellen. Um sich aus Energien einer alten Erde sowie mancher Vergangenheit unserer Welt zu lösen, kann auch die Heilung der Ahnenlinie und Vergebung eine wichtige Rolle spielen. In den letzten Jahrtausenden wurde vieles auf den Kopf gestellt oder auch missbraucht. Und die heutige Zeit bringt viele Verletzungen und Traumata aus vielen Generationen ans Licht, um sie transformieren zu können. Es ist an der Zeit all dies zu heilen, in uns und damit auf dieser Erde. Die Rauhnächte bieten dazu eine wunderbare Möglichkeit.

Es geht in der Essenz dieser Geschichte um mehr Wahrhaftigkeit in uns sowie um die Heilung des Weiblichen, insbesondere auch des heiligen weiblichen Schoßraumes. In diesem sind meist Ängste, Verletzungen oder auch Traumata gespeichert, auch die unserer Ahnen. In der Gebärmutter, aber auch generell im Bereich der unteren Chakren bei Frau und

Mann, wohnt eine große Kraft wie auch Weisheit, die uns jetzt liebevoll in neue Zeiten führen können.
Seit Jahren durchlaufen wir mit Mutter Erde eine Zeit des Übergangs. Auch die Rauhnächte sind eine Zeit des Übergangs, vom alten in das neue Jahr. Um einen Wandel fühl- und sichtbar werden zu lassen, dürfen wir uns in uns selbst wandeln.

Ich möchte dich auf eine Reise durch die Rauhnächte einladen, um tiefer in dich und eine neue Kraft und Energie auf Mutter Erde einzutauchen. Während du diesen Roman liest, kann es vorkommen, dass sich dir das ein oder andere bisher noch im Schatten und Nebel Verborgene zeigt. Die Gefühle, noch Unerlöstes, was hierbei nach oben kommt, kann sich so auf sanfte und leichte Weise in dir transformieren. Lasse die Energien einfach in dir wirken.

Bilder oder Szenen des Romans können deine Seele oder den Anteil in dir, der Heilung erfahren möchte, wie z.B. dein Innere Kind, an etwas erinnern. Dies geschieht meist auf einer unbewussten, tieferen Ebene. Es kann sich dir jedoch auch in inneren Bildern oder in deinen Träume zeigen. Du kannst sie dir notieren, wie auch andere Eingebungen und Impulse, welche du während dieser besonderen Zeit der Rauhnächte und dem Lesen bekommst.

Am Ende eines jeden Kapitels findest du einen Heilimpuls, um bewusst in die eigene Wandlung und Entfaltung zu gehen. Er lässt sich relativ leicht in deinen Tag integrieren. Wenn du dich bei dem ein oder anderen unsicher oder unwohl fühlst, spüre für dich hinein, woran es liegen könnte. Ist es vielleicht nur ein Widerstand, dich zu wandeln, noch etwas loszulassen, oder etwas anderes? Du bist beim Lesen stets lichtvoll begleitet und es geschieht nur das - auch während du eine der Übungen machst - was du wunderbar selbst durchwandern kannst. Du hast hierbei zahlrei-

che lichte Kräfte mit dir.
Um dich bei deinem Transformationsprozess in der Zeit zwischen den Jahren noch etwas zu unterstützen, kannst du, wenn du magst, zu den Heilimpulsen jeweils auch räuchern. Die Rauhnächte sind seit alters her stark mit dem Räuchern verbunden und wir dürfen uns auch wieder bewusst an ein altes, heilsames Wissen unserer Ahnen erinnern. Hierzu findest du unter dem Heilimpuls jeweils die Angabe einiger Kräuter oder Harze, die sich zum Räuchern in dieser Zeit und zur Unterstützung deiner Heilung eignen. Du kannst natürlich auch ganz deinem eigenen Gefühl folgen und andere Pflanzen verwenden. Am Ende dieser Einleitung findest du eine Liste mit Räucherpflanzen, die jeweils im Heilimpuls angegeben sind. Es ist natürlich auch möglich - ist alles Energie - dir einfach den jeweiligen Pflanzengeist zur Seite zu rufen.

Seit einigen Jahren mache ich intensive Erfahrungen mit diesen Heilgeschichten, die ich medial empfange. Sie haben mir dabei geholfen, in meine Kraft zu kommen, meine Gaben zu entfalten und in die Welt zu bringen, mehr Positives in mein Leben einzuladen sowie mir und dem Leben zu vertrauen.
Mir ist es mit diesem Roman ein Anliegen, dich ein Stück weit in deine Seelenkraft und Herzensweisheit zu begleiten. Deine Seele ruft dich, möchte deine Kraft in dir immer weiter erwachen, deine Gaben sich entfalten und dein Licht in die Welt leuchten. Das ist das Geschenk dieser Zeit, die nicht nur eine Krise, sondern auch Chance ist. Oft entsteht aus der größten Krise und einem vermeintlichen Chaos etwas wunderbar Neues, so ist dies auch jetzt auf dieser Erde möglich. Es braucht einfach seine Zeit, um zu werden - und es braucht Liebe.

Ich freue mich, bist du auf dem Weg in eine neue Zeit
Von Herzen
Christine Alasija

☆

Räucherkräuter und Harze für deine Rauhnächte

Wähle dir intuitiv aus diesen Räucherpflanzen die aus, welche dich ansprechen oder du auch bereits zur Verfügung hast. Einige lassen sich eventuell auch in deiner Küche im Gewürzregal finden. Wichtige Räucherpflanzen für diese Zeit sind **Beifuß**, **Wacholder** und **Rosmarin**.

Beifuß	reinigend, schützend, segnend, öffnend, Ahnenheilung
Eisenkraut	stärkend, schützend, reinigend, versöhnend, aufbauend
Engelwurz	schützend, reinigend, stärkend, erdend, Ahnenheilung
Fichtenharz	reinigend, klärend, aufrichtend, erweiternd, schützend
Holunder	heilend, schützend, segnend, bei Übergängen
Lavendel	reinigend, klärend, harmonisierend, beruhigend
Mariengras	segnend, tröstend, heilend, bringt gute Geister
Rose	herzöffnend, versöhnend, harmonisierend, aphrodisisch
Rosmarin	anregend, stärkend, belebend, herzöffnend, aphrodisisch
Salbei	reinigend, klärend, schützend, hilft loslassen
Thymian	befreiend, klärend, angstlösend, stärkend
Wacholder	reinigend, befreiend, schützend, stärkend, Ahnenkontakt
Weihrauch	segnend, weihend, heilend
Weißdorn	herzöffnend, hilft loslassen, heilend, für Neubeginn
Zimt	herzöffnend, beruhigend, aphrodisierend

☆

Erste Rauhnacht

24./25. Dezember – 25. Dezember

Diese Nacht war kalt, sogar eiskalt. Nicht, dass es draußen wirklich gefroren hätte, aber in ihr tat es dies seit dieser Nacht. Marie, eigentlich Rosemary, war mal wieder verloren oder war es noch immer. Wie hatte sie nur so blöd sein können? Es war zwar nur eine einzige Nacht gewesen, gestern am Heiligabend, in der sie viel zu tief in ihr Glas geschaut hatte, aber dennoch eine zu viel. Und genaugenommen war es auch nicht das erste Mal gewesen. Ein Schluck und schon war daraus fast eine ganze Flasche geworden. Es war also kein Wunder, brummte ihr heute morgen, am ersten Weihnachtsfeiertag, der Kopf. Da würde mal wieder nur ein starker Kaffee mit einem Schuss Zitrone helfen.
Sie zog sich allerdings zuerst einmal die Bettdecke über den Kopf, lag ihr nicht nur der Christmas Pudding im Magen, sondern auch anderes. Eigentlich hatte sie alte Geister vertreiben wollen, doch stattdessen hatte sie diese wieder heraufbeschworen und war von ihnen gejagt worden.

Diese Nacht war ein Alptraum gewesen, gleich aus mehrfacher Hinsicht. Einfach nicht daran denken, versuchte Rosemary sich zu beruhigen, während ihre Gedanken sie jedoch in wilder Jagd weiter verfolgten. Das Haus, wohin sie vor einiger Zeit geflüchtet war, sollte sie vielleicht doch besser bald wieder verlassen. Zum einen, weil sie hier jemand entdeckt hatte, in ihrem bisher sicher geglaubten Versteck, und zum anderen, weil ihr jemand zu nahe gekommen war.
Als sie gestern einen Briefumschlag mit ihrem Namen unter der Weihnachtspost entdeckt hatte, die abgesehen von diesem allesamt an die Hausbesitzer adressiert war, war ihr erst einmal das Herz in die Hose ge-

rutscht. Weder stand eine Adresse, noch ein Absender auf dem Umschlag, nur "Marie" war in großen Blockbuchstaben darauf zu lesen. Der Inhalt war äußerst sonderbar, schon fast geheimnisvoll. Auf der Karte, die sie mit zitternden Händen aus dem Umschlag gezogen hatte, war ein Rabe abgebildet. Unheimlich, hatte sie gedacht, und eine Angst war ihr den Nacken hinauf gekrochen. Ausgerechnet ein Rabe! Auf dem Kopf trug dieser ein Bündel merkwürdiger Pflanzen, ihr teilweise allerdings mehr als bekannt: Rosmarin, Thymian und ein Ästchen mit roten, etwas magisch anmutenden Beeren. Zu ihrer Beruhigung war immerhin ihr eigentlicher Name – Rosemary - nicht aufgetaucht. Diesen hütete sie streng wie ein gefährliches Geheimnis.

Nachdem Rosemary die wenigen Zeilen vor dem Abendessen gelesen hatte, war ihr gar nicht mehr so wohl gewesen. Sie hatte die Karte eher überflogen. Ihr Herz hatte so laut gepocht, dass sie geglaubt hatte, man könne es überall im Haus hören. Sollte das etwa eine Art Liebesgedicht sein, fragte sie sich nun erneut, und zog die Decke noch ein Stück höher. Besser nicht daran denken. Das war ja auch nicht alles gewesen, denn kaum hatte es Mitternacht geschlagen, war es noch schlimmer gekommen. Die alte Kirchturmuhr aus dem naheliegenden Ort hatte den Hall der zwölf Glockenschläge bis hierher getragen, zu der abseits liegenden kleinen Villa. Zur gleichen Zeit war ein Poltern vom Dachboden zu hören gewesen, nur einmal, dann war der Spuk auch schon vorüber gewesen. Doch in ihr hatte es nachgeklungen, wie auch der Schrei einer Krähe vom Dach es getan hatte.

Rosemary drehte sich um, schob die Decke nach unten und sah zum Fenster hinaus. Die Fichte im Garten war leicht von Raureif bedeckt. Eine Krähe saß auf einem ihrer Äste, welcher sanft im Wind wippte, und schien sie auszulachen. Es kam ihr so vor, als würde der Vogel sie beobachten, genau wie heute Nacht. Da war, kurz nach diesem Poltern im

Haus, eine schwarze Krähe auf die Fensterbank geflogen und hatte in ihr Zimmer geschaut. Unheimlich. Einfach unheimlich. Besser nicht weiterdenken, versuchte Rosemary sich wieder zu beruhigen. Sie sollte besser aufstehen und sich auf die Suche nach einer Zitrone machen.

Rosemary tappte auf Socken in die kalte Küche. Dort musste sie allerdings feststellen, dass es keine Zitrone mehr gab. Abgesehen von einem fast unberührten Nachtisch, den ihr die Hausbesitzer gestern Abend vor die Tür gestellt hatten, herrschte eine fast gähnende Leere in ihrer Küche. Den Rest des Glühweins kippte sie besser gleich auch noch in den Abguss, samt diesen Gewürzen. Das war auch keine gute Idee gewesen: Rosmarin im Rotwein, dazu Sternanis und eine Zimtstange, mit einem Schuss Orangensaft und einer Prise getrocknetem Ingwer. Nichts wie weg damit.

☆

In ihrem ausgeleierten, knallroten Nachthemd und auf nachtblauen Socken schlich sich Rosemary ein Stockwerk tiefer. Ihre hellbraunen Haare mit einem leichten Rotstich bissen sich mit der Farbe des Nachthemds, bemerkte sie eher schlecht gelaunt. Und ihre grünbraunen Augen sahen schrecklich aus, hing ihr der Lidschatten samt Wimperntusche vom gestrigen Abend wie ein dunkler Schatten unter den Augen. Aber das machte ja nichts, hatte auch das Haus an der ein oder anderen Stelle seinen ehemaligen Glanz verloren, waren ihre nicht gerade erhellenden Gedanken.

Rosemary war Ende des Sommers in diese kleine, alte Villa gezogen. Sie lag ein wenig abseits, umgeben von einem verwilderten Garten und in unmittelbarer Nähe zum Wald. Es war merkwürdig gewesen, wie sie hierher gefunden hatte. Beinahe so, habe sie jemand gesucht und gefunden. Mit einem Mal fröstelte es ihr.
Unter ihr im Erdgeschoss lebte Raven, der Eigentümer der Villa, mit sei-

ner Frau Nina. Die beiden Wohnungen, die sich im Haus befanden, waren nur durch das Treppenhaus von einander abgetrennt. Im ersten Stock, in dem sie selbst mit einer älteren Frau wohnte, hatte man in eines der Zimmer eine Küche eingebaut. Es war das Haus von Ravens bereits verstorbenen Eltern und er hatte es bisher nicht für nötig empfunden, es groß umzubauen. So lebten sie sozusagen zu viert in einer Art Hausgemeinschaft.

Die große Küche im unteren Geschoss war ein wahres Schmuckstück. Das stellte Rosemary auch jetzt wieder fest, als sie zur Tür hinein spähte, morgens früh um acht, am ersten Weihnachtsfeiertag. Raven hatte ihr einmal angeboten, zwar eher mürrisch, dass sie jederzeit kommen könne, wenn sie etwas bräuchte. Er hatte damit aber sicher nicht gemeint, dass sie sich einfach bedienen dürfe, grübelte sie jetzt, war hier unten alles ruhig.

Leise rief sie ein "Guten Morgen". Es kam keine Antwort. Langsam betrat Rosemary die Küche und erschrak, als sie plötzlich vor Raven stand.
„Marie, was machst du denn hier?!“, kam es ein wenig unwirsch.
„Sorry, ich… ich bräuchte eine Zitrone“, stammelte sie.
„Aha! Etwas Saures nach deiner Nacht?“
Raven sah irgendwie auch sauer aus, dachte sie, und betrachtete ihn neugierig. Er hatte, ganz anders als sonst, eine graue Jogginghose an, die ein wenig zu kurz an seinen langen Beinen hing. Darüber trug er einen ebenfalls ausgeleierten, schwarzen Kapuzenpullover. Seine dunkelbraunen, gut geschnittenen Haare lagen nicht wie gewöhnlich ein wenig wellig um sein schmales Gesicht. Wirr standen sie ihm um den Kopf. Aus seinen braunen Augen schaute er sie jetzt ein wenig musternd an.

„Ich habe Kopfschmerzen, zu viel...“, murmelte Rosemary verlegen.
„Das will ich gar nicht wissen, von was du zu viel hattest“, brummte Ra-

ven. „Ihr seid auf jeden Fall zu laut gewesen, du und dein Freund!“
„Äh… Mein Freund?! Er ist nicht mein Freund“, stellte sie klar.
Sie hatte sich gestern einen Bekannten eingeladen, hatte sie diese Weihnacht nicht schon wieder, so wie letztes Jahr, alleine verbringen wollen. Das war keine gute Erinnerung, sogar eine äußerst bittere.

„Aber ihr beide habt sicher...“ Raven langte nach einer Kapsel für den Kaffeeautomaten.
„Wir haben getrunken, das war alles“, nuschelte Rosemary und spähte vorsichtig zur Tür hinaus, ob nicht plötzlich noch jemand auftauchen würde.
„Wieso tust du das, wenn es dir nicht gut tut?“, fragte er.
„Wieso!? Wieso macht man gewisse Dinge? Keine Ahnung, ich wollte vielleicht vergessen. Du hast aber recht, das nächste Mal sollte ich mich vielleicht in anderes flüchten. Besser Sex statt Alkohol. Ist vielleicht gesünder. Na ja, das kommt wohl darauf an.“ Sie fühlte sich gar nicht mehr wohl.
„Wenn du mich fragst, solltest du dich mal ausruhen und nicht flüchten, egal auf welche Weise“, entgegnete er. „Ich habe auch keine Zitrone, tut mir leid. Ich könnte dir aber einen Kaffee anbieten. Extra stark. Wie wäre das?“
„Einen Kaffee?!“, fragte sie, schon fast erschrocken.
Was wollte Raven denn plötzlich? Bisher war er nicht gerade freundlich gewesen, meist eher mürrisch und geizig. Das war zumindest ihr Eindruck gewesen. Von wegen, wenn sie mal etwas bräuchte. Dann war bei ihnen immer Ebbe, aber er hatte sich schon mehr als einmal sein Bier aus ihrem Kühlschrank geholt.
„Okay, ich nehme einen Kaffee“, nickte Rosemary. „Vielleicht sollte ich mir noch eine deftige Suppe kochen“, brummelte sie vor sich hin. „Eine salzige Brühe soll ja auch helfen. Aber ohne zu viele Gewürze!“
Raven grinste und sagte daraufhin nichts.

☆

Rosemary saß mit baumelnden Beinen auf einem Hocker und schlürfte ihren Kaffee, eine viel zu dünne Brühe, als Ravens Frau in die Küche schlurfte. Ihre blonden, kinnlangen Haare, meist modisch gestylt, waren völlig zerzaust. Und ähnlich wie bei Rosemary konnte man auch um Ninas blaue Augen Reste ihres Make-Ups ausmachen. Dennoch sah sie gut aus, wie immer, musste Rosemary irgendwie frustriert feststellen. Ninas Haare waren fein und glänzend im Gegensatz zu ihrer dicken, langen Mähne. Auch Ninas Figur war sicher für viele Männer ansprechender. Ebenso wie ihre Haare war auch der Rest an Nina eher feingliedrig.
Ravens Frau war eigentlich selten zu Hause und wenn, dann wirkte sie, ähnlich wie er, eher schlecht gelaunt. Ihr Job würde das so verlangen, war jedes Mal ihre Antwort gewesen, wenn Rosemary es gewagt hatte, sie auf ihre häufige Abwesenheit anzusprechen. Nina arbeitete für einen angeblich wenig sympathischen Inhaber eines Musiklabels. Dieser hatte sie vor einigen Monaten aus einer anderen Firma abgeworben, brachte sie scheinbar die nötigen Qualifikationen mit, um seinem Business noch mehr Aufwind zu geben.
Raven hatte im Gegensatz zu seiner Frau weniger berufliche Ambitionen. Gedankenverloren sah er gerne in den Garten, wenn er nicht vor seiner Plattensammlung zu meditieren schien. Er hatte, wie sein verstorbener Vater, ein Faible für klassische Musik, insbesondere Klavier, für Geschichte, Mythologie, Althochdeutsch sowie für die englische Sprache. Prosa und auf keinen Fall Shakespeare. Als Lehrer für Geschichte, Deutsch und Englisch hatte er allerdings auch weitaus mehr Zeit als Nina.

Rosemary hatte die beiden in letzter Zeit ein paar Mal heftig streiten hören. Einmal hatte sie sogar geglaubt, Nina hätte sich nun endgültig verabschiedet. Sie war jedoch schnell wieder zurück gewesen, um ihren Mann zu verführen. Nicht das erste Mal, das war Rosemarys Eindruck ihrer

Ehe. Und Raven war jedes Mal dafür zu haben, auch heute Nacht. Das war klar, so wie die beiden aussahen.

Irgendetwas an Nina bereitete Rosemary auch an diesem Morgen Kopfschmerzen und sie hatte schon bald noch stärkere als bereits zuvor.
Nina warf nun ihrem Mann und Rosemary, die sich am Küchentisch gegenüber saßen, einen argwöhnisch Blick zu. „Guten Morgen, Marie. Was machst du denn hier? Ihr beide?!“
„Wir trinken Kaffee“, gab ihr Mann brummend zur Antwort.
„In unserer Küche?!“
„Wieso denn nicht? Komm schon, es ist Weihnachten und du weißt, dass Marie…“ Er sprach nicht weiter und schaute kurz zu Rosemary.
„Schon gut, ihr müsst euch nicht um mich kümmern“, sagte diese leise. „Mein Weihnacht wird schon noch kommen. Die Zeit zwischen den Jahren ist ja auch noch eine heilige Zeit, habe ich gehört. Die Rauhnächte…“

In ihrem Inneren und auch sonst in ihrem Leben schien es meist eher rau und weniger heilig zuzugehen, dachte Rosemary, mit einem Mal schrecklich müde. „Rau...“, murmelte sie. Davon konnte sie ein Lied singen, rau war so manches in ihrem Leben gewesen. Und hier in diesem Haus war es auch nicht gerade rosig. Aber besser als wieder dorthin zurückzukehren, wo sie hergekommen war. Aus einer absolut zerrütteten Familie, in einem Land, das man nicht mehr bereisen wollte, zumindest sie nicht. Wie weit konnte ein Mensch es eigentlich treiben, um sich und sein Umfeld derart in einen Untergang zu treiben, fragte sie sich sicher zum tausendsten Mal.

☆

Ninas Lachen holte Rosemary wieder an den Küchentisch. „Möchtest du von uns adoptiert werden?“

„Äh, so jung bin ich jetzt nicht mehr, dass ich für euch… Ich bin ja nur ungefähr fünf Jahre jünger“, gab sie leise zur Antwort.
Raven nickte. „Nina ist nur drei Jahre älter als du. Sie wollte ohnehin kein Kind. Aber… Na ja, Marie, du wärst ja aus dem Gröbsten heraus, das würde für sie vielleicht gehen, ohne Windeln und Geschrei.“
„Also echt!“, fuhr Nina ihn verständlicherweise an. „Das war auch deine Entscheidung! Wir sind außerdem noch jung genug, ich bin achtunddreißig und du gerade mal vierzig.“

Rosemary sah unruhig zwischen den beiden hin und her. „Also gut, ihr zwei… Danke, Nina, das ist ja nett, aber ich denke, ich bleibe vorerst mal noch allein.“
„Ganz allein? Wer war denn der junge Mann gestern Abend?“, wollte Nina wissen.
„Ein Freund, ein… ein echter Freund. Seine Freundin war ja auch mit dabei.“ Rosemary schaute auf ihre Kaffeetasse.
„Ach so, wir dachten schon... Ihr habt ganz schön...“, brummte Raven.
„Ganz schön, was?“ Rosemary hob kurz den Blick.
„Na ja, ich habe genug gehört.“
„Gehört?! Was denn? Wir haben getrunken, hatten Musik an… Keine Weihnachtsmusik.“ Die wäre auch nichts gewesen, dachte Rosemary seltsam traurig.

An ihre Lieblingsmusik zu denken, half jetzt auch nichts. Diese ruhigen, keltisch und mystisch angehauchten Klänge würden es vielleicht nur noch schlimmer machen. Nicht nur deshalb, weil diese sie auch wieder mal zu einem Fehlversuch geführt hatten. Nichts als Schall und Rauch. Wie ein Teenager hatte sie sich ja auch verhalten, als sie versucht hatte, den Musiker dieser Kompositionen zu kontaktieren. Den Grund dafür schluckte Rosemary jetzt besser schnell hinunter. Wotan von Rabenau. Wie naiv war sie eigentlich gewesen? Das hätte ihr ja schon vorher dämmern können, dass dies nur ein Künstlername war. Er hatte ihr nicht geantwortet, nur sein Manager, an den er ihre E-Mail weitergeleitet hatte, sich nicht für sie interessierend. Eigentlich kein Wunder, sie hatte sich eigentlich auch schon lange nicht mehr wirklich für sich selbst interessiert.

„Nein, das war sicher keine Weihnachtsmusik“, sagte Raven nun barsch und holte sie aus ihren eher trüben Gedanken. Er fuhr sich nun irgendwie verlegen durch die Haare.
„Es war wahrscheinlich dein Freund mit seiner Freundin, die man hören konnte“, erwiderte Nina. „Haben sie hier übernachtet?“, wollte sie dann wissen. Raven schaute nun ebenfalls zu Rosemary.
„Was?! Ihr meint…? Äh, nein, er… Sie sind eigentlich nach Hause. Vor Mitternacht. Was habt ihr denn gehört?!“ Rosemary saß wie erstarrt auf dem Hocker.
„Hast du vielleicht noch einen Film geschaut?“ Nina strich sich eine ihrer blonden Haarsträhnen aus dem Gesicht.
„Ähm… Ja!“ Rosemary blickte auf ihre Füße. „Aber nicht, was ihr vielleicht denkt. So etwas Krankes schaue ich mir nicht an.“
„Aber das klang nach so etwas wie Erotik. Und wieso krank?“ Raven hatte sich ein wenig vorgebeugt.
„Ein Pornofilm ist nicht wie diese Zeit zwischen den Jahren, darin ist für mich wenig Heiliges“, gab Rosemary leise zur Antwort. „Das hat man dem Ganzen irgendwie entzogen, es verdreht und überhaupt… Ich habe mir noch ein Lied angehört, das war es vielleicht.“
„Ah, das Lied...“, murmelte Raven und schaute zu seiner Frau. „Das hast du schon einmal gehört, oder?“, wollte er dann von Rosemary wissen.
„Kann sein, das ist… Ach, ich habe nur was ausprobiert“, nuschelte Rosemary.
„Aha…“ Nina ließ sich nun auch auf einen der Küchenstühle fallen. „Was hast du denn ausprobiert?“, wollte sie wissen.
„Wie man noch flüchten kann?“, fragte Raven ein wenig flapsig.

„Flüchten?!“ Nina zog die Brauen hoch.
Rosemary schüttelte den Kopf. „Nein, das ist mehr… Es ist mehr eine Möglichkeit, dass ich mich selbst mehr spüren kann und mich besser fühle.“
„Oh je, jetzt sage nicht Sex mit dir selbst?!“ Raven war ja doch gar nicht so verklemmt, wie Rosemary bisher immer gedacht hatte.
„Das ist nur ein Lied, ich habe das mal... ähm... gesungen. Es ist ja auch mehr ein raues Gekrächze und sicher kein erotisches oder orgiastisches Gestöhne. Also eure Ohren sind auch nicht ganz…!“ Sie wollte nun am liebsten aufstehen und sich wieder verkriechen, mit ihrer Lieblingsmusik.
„Dann hole doch mal deinen Song und spiele ihn uns vor“, schlug Raven vor.
„Nein, das… Nein, heute nicht! Ich gehe jetzt mal, aber euch hat es ja scheinbar irgendwie inspiriert.“
„Wie kommst du darauf?“, fragte Nina.
„Nur so.“ Rosemary sah noch einmal zu Nina und auf ihre verstrubbelten Haare.
„Mich hat es eher gestresst“, brummte Raven.
„Gestresst?! Ah...“ Nina wirkte jetzt gereizt.
„Marie, du kannst dein Lied ja mal bei Gelegenheit vorspielen, du singst doch gut“, kam es von Raven.
„Wie?!“ Rosemary starrte ihn etwas entgeistert an.
„Ich habe dich neulich gehört. Unter der Dusche.“
„Wie bitte?!“ Nina warf ihrem Mann einen entrüsteten Blick zu.
„Das… Das war nur Zufall“, erklärte er leicht gereizt. „Marie wollte eigentlich… Mensch, Nina, wir leben hier unter einem Dach und ich muss halt auch mal nach oben!“
„Aha, und wieso?“ Nina hatte wieder diese Stimme, kurz vor einer Explosion.
„Es gab da was zu reparieren.“
„Hm! Etwa die Klospülung?“

„Nein“, brummte er nun eher übel gelaunt.
Nina musterte Raven skeptisch. „Du bist auch echt seltsam! Neulich warst du doch erst oben gewesen, wegen einer Klospülung und jetzt?!“
„Er hat sich vielleicht ein Bier geholt“, nuschelte Rosemary.
„Ein Bier?! Der Keller steht doch voll. Aha, ich nehme an, das war nicht kalt genug. Oder war es zu kalt?“
„Nina, du bist unmöglich! Ich kann doch auch nichts dafür, wenn es in diesem Haus ständig etwas zu reparieren gibt!“ Raven knallte seine Tasse auf den Tisch.
„Nein, aber das mit dem Bier…“, begann Nina schnippisch. „Na ja, kann mir ja egal sein. Wir… Ich habe dich ja schon einmal fast mit einer anderen erwischt.“
„Oh!“, kam es von Rosemary, ohne dass sie es gewollt hätte. Nach einer Zeit des Schweigens, wagte sie zu fragen: „Du hast deine Frau betrogen?“
„Äh… Nein, eher umgekehrt, oder wir beiden den anderen“, gab Raven etwas widerwillig zur Antwort.
„Aha, super!“, entfuhr es Rosemary merkwürdigerweise.
„Das kann dir doch egal sein“, murmelte Nina.
„Nein, irgendwie nicht. Ich habe genug davon, was auf dieser Welt so läuft. Ich verziehe mich mal. In meine Rauhnächte, so wie man das früher getan hat. Ohne sich mal um das große Weltgeschehen da draußen zu kümmern.“

Rosemary stapfte müde die Treppe hoch und legte sich wieder in ihr Bett. Nicht dass sie eine reine Weste gehabt hätte, das wusste sie nur zu gut. Aber jetzt wollte sie eigentlich am liebsten mal reinen Tisch machen, wenn das möglich war, wenigsten in sich, und dafür brauchte sie Ruhe und Rückzug.

☆

Der Tag verstrich als gäbe es kein Morgen und so fühlte sich auch Rosemary. Der ganze Tag war nichts als kalter Kaffee gewesen, dachte sie am Abend, und legte sich auf die Couch, um noch einen Film zu schauen. Oder sollte sie…? Ihr Lied war noch nicht fertig. Das Lied, das sie eigentlich nur für sich hatte singen wollen, um sich wieder mit sich selbst besser zu fühlen.

Wieso waren da diese seltsamen Töne aus ihr heraus gekommen? Klang es wirklich nach einem Orgasmus? Eigentlich doch nicht. Oder was hatten die beiden gemeint? Vielleicht war ihr da selbst bisher etwas entgangen, wie dies vielleicht auch in anderen Belangen ihres Lebens schon der Fall gewesen war. Meist glaubte sie, ihre Stimme klänge mehr wie das Krächzen von einer der Krähen draußen im Garten. Das Lied hatte allerdings etwas Sinnliches und sehr Weibliches. Vielleicht, weil sie es mit genug Hingabe und einer gewissen Ekstase gesungen hatte, aber sonst klang es eher rauchig und seltsam erdig.

Den Abend über versank Rosemary in einer Art Melancholie. Nur einmal wagte sie es, ihren Song anzuhören, doch ging dieser irgendwo in einem anderen Lied unter, das ihr schon immer zu sehr ans Herz gegangen war. Klaviermusik, wie man sie nur selten hörte, als käme sie nicht ganz von dieser Welt. Und mit dieser zogen seltsame Erinnerungsfetzen, wie undurchsichtige Nebelschwaden durch ihre Gedanken.

Kurz vor Mitternacht tappte Rosemary noch einmal in die Küche, roch an einem Strauss Rosmarin, den sie sich im Herbst im Garten gepflückt hatte, und versuchte einfach mal gar nichts zu denken. Das war meist leichter gedacht als getan. Im Garten sah sie eine der Krähen in ihrem schwarzen Federkleid herum hüpfen. Sie wirkte, als würde sie nach etwas suchen, scheinbar wie sie selbst, und ähnlich wach trotz der Dunkelheit.

☆

Zweite Rauhnacht

25./26. Dezember – 26. Dezember

Der zweite Weihnachtsfeiertag war für Rosemary bisher kein Tag des Feierns gewesen. Von unten aus dem Erdgeschoss war den Tag über auch nicht viel zu hören gewesen. Das Haus schien in eine Art Winterschlaf versunken zu sein. Draußen hatte eine klirrende Kälte geherrscht, die merkwürdigerweise gegen Nachmittag nachgelassen hatte. Gegen Abend hingen die Wolken dunkelgrau und schwer über der Villa und schienen Schnee zu versprechen.

Rosemary hatte den Tag irgendwie hinter sich gebracht, nur einmal war sie aus einem Art Dämmerschlaf gerissen worden, als aus einem leer stehenden Zimmer des ersten Stocks ein seltsames Geräusch zu hören gewesen war. Es hatte teilweise so geklungen, als würde jemand klopfen. Nachdem sie fast eine halbe Stunde zitternd im Flur gestanden hatte, hatte sie gewagt, leise die Tür des Zimmers zu öffnen. Ein Fenster hatte sperrangelweit auf gestanden und auf dem Boden hatte sie eine Feder gefunden. Klein und rabenschwarz. Es war wohl nur eine Krähe gewesen, hatte sie sich versucht zu beruhigen, und die Feder aus dem Fenster gehalten, wo der Wind sie mit sich genommen hatte.

☆

Mittlerweile dämmerte es und der Wind pfiff um das Haus. Rosemary hatte sich gerade auf der Couch eingekuschelt und lauschte ihrer Lieblingsmusik - sanfte Klaviermusik mit einem Hauch keltischer Mystik, passend in dieser Jahreszeit - da klingelte es unten an der Haustür. Neugierig, wie sie oft war, schlich sie an den Treppenabsatz, um herauszufinden, wer da gekommen war. Vorerst vernahm sie nur eine tiefe, leicht raue und dennoch wohlklingende Stimme. Dieser nach musste es ein Mann sein, so viel war schon mal klar.

„Nina!“, hörte sie Raven, der die Tür geöffnet hatte, rufen.
Seine Frau stand auch keine Sekunde später an der Haustür. „Ach!… Hey… Was machst du denn hier?!“ Nina wirkte irritiert und dazu leicht gestresst.
Rosemary, nun wirklich neugierig, versuchte durch das Treppengeländer hindurch einen Blick nach unten auf diesen Mann zu werfen. Sie sah allerdings vorerst nur eine Hand, die Raven entgegen streckte wurde.
„Hi, ich bin Os“, hörte sie den Fremden sagen.
„Ich heiße Raven“, antwortete dieser steif.
„Raven? Ich dachte, du heißt... Heißt du nicht Ralf?“
„Nein, das stimmt nicht. Wer sagt das?“ Raven klang jetzt gereizt.
„Nina tut das“, kam es von dem Mann, der noch immer draußen stand.
„Das hätte sie wohl gerne“, brummte Raven. „Mein Vater... Eigentlich sollte ich Rambert heißen, aber so ein Name war nur… Raven - das bin ich!“
„Aha“, hörte sie den anderen sagen und es klang ein wenig bissig.

Rosemary hatte die Ohren gespitzt wie ein Luchs. Sie hatte sich schon ein paar Mal über diesen Namen, auch noch ein englischer, gewundert. Raven - dies konnte ja verschiedenes heißen, das musste ihr keiner sagen. Unter "to rave" verstand man das Tanzen zu elektronischer Musik, "to raven" bedeutete "verschlingen". Es konnte aber auch kohlrabenschwarz bedeuten, wie die Weihnachtsnacht es gewesen war. Oder es war damit ein Rabe gemeint. Schwarz wie die Nacht und dunkel wie… In ihr tobte eine Art Jagd, wild und vielleicht nicht ganz ungefährlich.

Rosemary hätte beinahe das Gleichgewicht verloren, noch immer auf ihren Füßen hockend, hinter dem Treppengeländer versteckt. In diesem Moment trat der Mann in den Flur und sie konnte einen Blick auf ihn werfen. Er sah nicht so gut aus, wie seine Stimme sie hatte glauben lassen. Er war eher klein, hatte einen kahl rasierten Kopf, unter der Unterlippe einen nach unten spitz zulaufenden Streifen dunkler Barthaare, einen silbernen Ring in einem Ohrläppchen und trug eine schwarze Lederjacke auf dunklen Jeans. Er erinnerte sie in diesem Moment eher an einen kohlrabenschwarzen Raben als Raven es tat und irgendetwas machte ihr Unbehagen.

„Na dann, komm mal rein“, hörte sie Raven wenig begeistert sagen.
Nina sah daraufhin ihren Mann seltsam an. „Du möchtest, dass er reinkommt?!“
„Äh, wieso nicht? Habe ich etwas falsch verstanden?“
„Er hat doch...“, begann Nina unsicher.
„Mensch Nina, wir haben beide schon mal! Das ist für mich auch in Ordnung, da waren wir halt jeweils miteinander nicht so...“
„Befriedigt?“ Sie verschränkte scheinbar beleidigt die Arme vor der Brust und klang auch ziemlich unbefriedigt.
Os warf Nina nun einen merkwürdigen Blick zu. „Du hast deinem Mann erzählt, wir beide hätten miteinander…?! Also Raven, um das mal klar zu stellen, ich habe mich mit deiner Frau gestritten, und zwar ziemlich. Ich habe sie gefeuert, obwohl ich sie ja zu meiner persönlichen Assistentin befördern wollte. Das ist der Grund, warum ich hier bin: ich möchte mich entschuldigen. Mehr nicht. Alles klar? Euer Liebesleben interessiert mich nicht.“
Raven klang plötzlich kleinlaut: „Sag mal, Nina, wieso hast du dann erzählt…? Wer war das? Ein anderer?“
„Du bist manchmal auch echt etwas schwer von Begriff“, keifte sie. „Keiner! Ich wollte nur herausfinden, was du so treibst. Hier, in diesem

Haus, wenn ich weg bin. Du bist nämlich neuerdings seltsam!“
„Aha. Also… Was ich so treibe?!“
„Ja, damit meine ich nicht deinen Sport, den du mir gerade auch zu wenig treibst.“ Nina verschränkte nun die Arme vor der Brust.
„Alles klar… Os, möchtest du vielleicht etwas trinken?“, lenkte Raven wieder von sich ab.
„Gerne“, nickte dieser und wandte sich an Nina. „Wir beide können doch nochmal miteinander sprechen, oder?“, fragte ihr Chef, der er wohl war. Mittlerweile hatte Rosemary eins und eins zusammen gezählt.
„Klar“, brummte Nina. „Nichts wie hereinspaziert!“

Kaum hatte Nina dies ausgesprochen, warf sie einen unruhigen Blick nach oben. Rosemary hatte sich schnell zurückgezogen, als man sich unten im Flur in Richtung Wohnzimmer aufmachen wollte. Ihre langen Haare hatten zu verräterisch durch das Treppengeländer nach unten gehangen. Nina musste dennoch etwas bemerkt haben.

„Marie, willst du auch einen Drink?“, rief Nina nun tatsächlich nach oben.
Langsam erhob sich Rosemary und sah ein wenig beschämt über das Treppengeländer.
Nina grinste ihr von unten zu. „Komm, du bist eingeladen. Außer du möchtest noch etwas mitbringen, vielleicht ein Bier.“
„Nein, keinen Alkohol heute“, nuschelte Rosemary. „Aber ich könnte… Ich komme und kann was mitbringen.“

☆

Raven lachte, als Rosemary eine halbe Stunde später in dem geräumigen und gemütlichen Wohnzimmer auftauchte, in der einen Hand eine große Schüssel Eiscreme und in der anderen den Rest des Christmas Puddings. Rosemary fühlte sich mit einem Mal etwas verloren und blickte sich unsicher um. Dieser Raum hatte ihr von Anfang an gefallen: ein behaglicher Kamin, Bücher an den Wänden, unzählige Schallplatten und eine große Stereoanlage. In einer Ecke stand ein schwarz glänzender Flügel, der allerdings ein Schattendasein pflegte. Dominiert wurde der Raum allerdings von einer großen, gemütlich und einladend wirkenden Couchgarnitur. Bisher war sie nie länger als auf einen kurzen Smalltalk hier gewesen.

„Wo ist eigentlich unsere weitere Frau im Haus?", fragte plötzlich Nina, sich an ihren Mann wendend.
Ihre weitere und vierte Hausmitbewohnerin, eine ältere Frau, war über Weihnacht zu ihrer Tochter gefahren und würde frühstens zu den Heiligen Drei Königen wieder zurück sein.
„Sie hat sich verabschiedet", antwortete Raven trocken.
„Wie bitte?!" Nina schaute ihn entgeistert an.
„Na ja, sie wird ausziehen."
„Was?!" Rosemary war geschockt. „Und dann? Dann wohne ich mit dir hier ganz allein?! Also meistens, unter der Woche, meine ich. Oh je!"
„Ist es so schlimm mit meinem Mann?" Nina sah sie nicht gerade freundlich an.
„Äh... Nein, ganz okay", murmelte Rosemary und schaute auf den Plumpudding und das Vanilleeis in ihren Händen.

„Wer hat Lust?", fragte sie, um ihre Verlegenheit zu überspielen. „Vanilleeis. Selbstgemacht. Mit etwas Zimt, Kardamom und eingelegten Birnen."
„Birnen? Keine Himbeeren?", wollte Nina wissen und warf einen skeptischen Blick auf den Plumpudding, den es traditionellerweise in England zu Weihnacht gab.
„Heiße Himbeeren, meinst du?" Rosemary schaute etwas nachdenklich auf die Schüssel mit Eis. „Das wäre natürlich auch noch was, eine Prise

Nelke, Zimt, etwas Piment dazu… Das gibt es das nächste Mal."
„Du meinst, heiße Liebe?" Nina zog die Brauen hoch.
Rosemary schüttelte den Kopf: „Nur auf dem Tisch."
Nina grinste und verkniff sich zu Rosemarys Erleichterung einen weiteren Kommentar.

Rosemary stellte ungeschickt den Teller mit dem Plumpudding auf einem altmodischen Teewagen ab. Der Christmas Pudding war ihr absolut misslungen, fand sie, nachdem sie sich einen Finger, der etwas davon abgekommen hatte, abgeleckt hatte.
„Wurde der auch ordentlich heiß flambiert?", fragte Os und zwinkerte dabei Nina zu.
„Ich kann den traditionellen Christmas Pudding eigentlich überhaupt nicht leiden, zumindest nicht…" Rosemary biss sich auf die Lippen.
Es lag vielleicht weniger an diesem weihnachtlichen Gericht, als an für ihren Geschmack viel zu schweren Erinnerungen. Diese lagen ihr nicht nur, wie bisher jede Weihnacht der Christmas Pudding, schwer im Magen. Ohne Plumpudding wäre es allerdings kein Weihnachten, dachte ein Teil in ihr traurig. Klassischerweise durfte dieser in England am ersten Weihnachtsfeiertag auf keinem Tisch fehlen.
Wie das scheinbar weitläufig außerhalb der Britischen Inseln der Fall war, hatte sich auch hier keiner für dieses Gericht erwärmen können. Und in Rosemary hatte der Christmas Pudding, weniger aus geschmacklichen Gründen, auch nicht gerade warme Gefühle ausgelöst.

„Du möchtest wissen, ob ich ihn flambiert habe?", ging Rosemary nun doch auf die Frage von Os ein. Für einen Moment tanzten feurige Flammen vor ihrem inneren Auge.
Er nickte und tippte dabei, irgendwie abwesend, auf seinem Handy herum.
„Das hat sie, mit ausreichend Spiritus", kam es mal wieder wenig freund-

lich von Raven. „Dabei hat sie am Heiligabend beinahe die Küche oben in Brand gesetzt! Sie hatte generell eine Überdosis Alkohol, in diesem Plumpudding und auch..."
„Mit was hast du ihn denn flambiert?", wollte Os wissen, den Blick noch immer auf seinem Handy.
Rosemary bekam langsam auch ein Gefühl, als hätte man sie flambiert. In ihr machte sich so etwas wie Wut breit. „Das ist doch egal! Sicher kein Bier! Kein Guinness oder so. Dann lieber Kirschwasser oder Amaretto."
„Kirsche, Mandel – das sind Rosengewächse. Stehst du etwa auf Rosen?", fragte Nina leicht sarkastisch. „Wird Plumpudding denn nicht mit Cognac oder Rum flambiert? Very british?", interessierte es sie.
„Dieser blöde Serviettenkloß! Ich habe ihn doch nur…!" Rosemary entfuhr ein genervtes Stöhnen.
„Sie hat ihn ordnungsgemäß am ersten Advent in einem Tuch gekocht. Ohne Bier. Das habe ich..." Raven sah Rosemary kurz in die Augen.
„Ein Berg Sultaninen, Backpflaumen, drei Äpfel, Hasel- und Walnüsse, Nelke, Zimt, Muskat, aber ohne Pfeffer, dafür etwas Ingwer", sprudelte es merkwürdigerweise aus ihr heraus.
Os entfuhr ein Lachen. „Du machst das also alles selbst?"
Nina kicherte. „Bei Os gibt es so gut wie nur Fast Food. Oder Finger Food."
Raven warf ihm einem misstrauischen Blick zu. „Finger Food?! Aha, ich kann es mir denken, wie das aussieht."
Os sagte nichts und blickte auf den Plumpudding.
Rosemary räusperte sich. „Ich brauche das manchmal. Ist übrigens alles vegan." Ihre Hand fuhr fahrig über den Tisch. „Ich habe dafür keinem Tier ein Haar gekrümmt." Sie ahnte, dass sie dabei manchmal auch an sich selbst dachte, hatte man ihr mehr als nur ein Haar gekrümmt.
„Oh, und das schmeckt?" Os unterdrückte ein Grinsen.
„Nein, tut es nicht, ich zwinge es mir rein", antwortete sie leicht sarkas-

tisch und schob sich eine Haarsträhne hinters Ohr. „Ich bin übrigens Marie. Also eigentlich Rosemarie, aber wer will schon so heißen."
„Rosemarie? Wie Rosmarin?", fragte Os, die Augen zusammenkneifend.
Sie nickte und betrachtete sich das Vanilleeis.

☆

„Nicht so schlecht, dein Eis", bemerkte Os, nachdem er einen Löffel probiert hatte. „Ist da etwa auch eine Prise Rosmarin drin?"
„Ein wenig, etwas Sirup aus Rosmarin, Lavendel und Rose." Rosemary rührte mit dem Finger in der bereits zu einem Teil geschmolzenen Eiscreme auf ihrem Teller herum.
„Ah, bereitest du so etwas öfter zu?" Er warf ihr nun einen interessierten Blick aus blaugrauen Augen zu, welche ihr seltsam umwölkt erschienen.
„Nein, nur wenn ich nicht gut drauf bin, dann hilft mir das", antwortete sie und schaute in das flackernde Feuer des Kamins. Es hatte ihr allerdings auch schon Probleme bereitet. Die Erinnerung an einen eher verzweifelten Versuch ein anderes Leben zu führen, sollte sie besser schnell hinunterschlucken. Diese aphrodisierenden Zutaten hatten auch nicht geholfen, dass ihr Leben von mehr Liebe erfüllt gewesen wäre.
„Oder sie singt, um sich besser zu fühlen", ergänzte Raven, ein wenig missmutig.
„Nein, ich töne! Keine Noten, keine Worte", entgegnete sie nun gereizt.
„Ah, klingt aber sehr musikalisch", murmelte Raven.
Nina räusperte sich. „Os kann ja keine einzige Note lesen und doch hat auch er ein Händchen für Musik."
Raven warf seiner Frau einen irritierten Blick zu. „Musik?! Du sprichst von dem Sound für Computerspiele, den seine Firma produziert, und diese elektronisch erzeugten Geräusche zum raven, ich meine…" Seine langen Finger trommelten nervös auf seinem Knie. „*Rave* kommt aus dem Englischen und bedeutet so etwas wie 'rasen' oder 'toben', es kann auch 'fantasieren' oder 'wildes umherstreifen' bedeuten."

Rosemary schien ebenfalls zu fantasieren, glaubte sie plötzlich draußen im Garten einen dunklen, wilden Wolf umherstreifen zu sehen.
Os lachte etwas rau, bevor er Raven entgegnete: „Rave-Music entstand immerhin im *Second Summer of Love* – im zweiten Sommer der Liebe in den Achtzigern. Sie gehörte mehr zu einer Underground-Bewegung, abseits des Mainstreams und wurde anfangs in Großbritannien auf Piraten-Radiosendern gespielt."
Er wirkte nun ebenfalls mit seinem im Feuer glitzernden silbernen Ohrring und ganz in schwarz gekleidet wie ein dunkler Pirat, fand Rosemary. Irgendwie hatte sie keine Lust weiter zuzuhören. Etwas erinnerte sie an ihren kläglichen Versuch mit aphrodisischen Rezepten ihr Leben zu verändern. Dies hatte ihr für einige Zeit auch ein nahezu piratenhaftes Dasein ihrer eigenen Unterground-Bewegung beschert, aber keine Liebe.
„*Love* – Liebe?", brummte nun Raven. „Du meinst wohl Sex, die ganze Nacht raven, mit einer Droge zu viel…" Er musterte Os aus zusammen gekniffenen Augen.
Dieser ließ sich scheinbar nicht beirren und sprach weiter: „So viel ich weiß, kann *rave* auch noch andere Bedeutungen haben. Das französische 'la rêve' heißt beispielsweise 'Traum'."
„Dein Traum ist es aber wohl eher, mit diesen Produktionen schnelles Geld zu machen, oder liebst du diese… diese Musik?", wollte nun Raven wissen.
„Lieben? Einer gewissen Ekstase kann ich schon etwas abgewinnen", war Os` nüchterne Antwort.

„Du meinst, diese Art von Musik hat etwas wildes, ungezügeltes und vielleicht sogar etwas freies oder befreiendes?", wagte Rosemary zu fragen. „Dazu hat sie ja teilweise, soweit ich weiß, mystische und heidnische Einflüsse, die uns vielleicht an unsere Ahnen, ihr Wissen und ihre Weisheit erinnern. Vielleicht mischt sich so eine Art Sehnsucht nach vergangenen Zeiten mit hinein. Aus Sehnsucht kann allerdings auch eine

Sucht werden, man sucht und sucht und findet nie. Manche tanzen sich ja damit auch in eine Trance, vielleicht um sich zu erinnern. Oder um zu vergessen.“ Rosemary selbst vergaß meist lieber. Und für ihrem Geschmack hatte auch das ein oder andere Album solcher Musik, das ihr bereits in die Hände gefallen war, unter einem etwas dunklen Einfluss gestanden. Nicht nur zu viele Drogen, auch düster anmutende Symbole, angeblich heidnischen Ursprungs waren ihr weniger gut eingefahren.
Os fuhr sich über seinen rasierten Kopf. „Ekstase ist für mich mehr so etwas wie Sex. Pagan und Mystik… Hm!“ Er schüttelte den Kopf. Dann wandte er sich Raven zu: „Das ist wohl mehr dein Fachgebiet, Raven, oder? Dein Name - Raven - wie der Rabe, oder bist du doch ein Raver?“
Plötzlich tauchte vor Rosemarys innerem Auge ein schwarzer Rabe auf, der von einem wild aussehenden, umherstreifenden Wolf gejagt wurde, während der Rabe wiederum sie jagte. Oder war es umgekehrt?

Raven zuckte nur mit den Achseln. „Ich empfinde jedenfalls Maries Tönen weitaus musikalischer als diesen teils harten, elektronischen Rave-Sound. Marie, du hast immerhin ein Gefühl für gute Musik.“
„Äh, danke. Das musste ich lernen, genau wie…“, erwiderte Rosemary hastig. „Meine Großmutter hat mir das Komponieren von Speisen und Getränken mit ausreichend Gewürzen und Kräutern beigebracht. Nicht nur mit Rosmarin oder Ingwer.“
Ihre Granny war allerdings leider Vergangenheit und hatte sich bereits seit geraumer Zeit in eine lange Reihe ihrer Ahnen eingereiht.
„Rosmarin und *raven*, ihr mischt gerade auch alles in einen Topf“, murmelte Nina, leicht gereizt.
„Das hast du mir doch neulich erst aus dem Internet vorgelesen, Schatz!“ Raven drehte sich zu seiner Frau hin. „*Rave* würde die Vereinigung oder Wiedervereinigung zweier Zweige bedeuten, was immer damit gemeint ist.“ Er hob eine Braue und strich sich eine dunkelbraune Locke aus der Stirn. „Aber damit ist wohl nicht die harmonische Vereinigung eines

Rosmarin- und Thymianzweiges gemeint, wie in einem die Gaumenfreude anregenden Braten", murmelte er etwas gedankenverloren.
„Gaumenfreude?", lachte Nina.
„Wieso nicht?", sagte Rosemary etwas voreilig. „Genau in solchen Dinge wusste meine Großmutter Bescheid. Bei Husten, wenn die Stimme versagte gab es Thymiantee, Rosmarin bei Müdigkeit und Schwermut und Ingwer, wenn fast gar nichts mehr ging vor lauter Kälte."
„Deine Großmutter war also doch eine!" Raven pickte sich eine Sultanine aus seinem Stück Plumpudding.
„Eine was?!" Rosemary wollte es eigentlich gar nicht wissen.
„Ich habe mir das schon gedacht, als sich Marie ein wenig geziert hat, über ihre Familie zu sprechen. Sie kommt ja nicht von hier und man hat ihr wohl so einiges angetan, worüber sie nicht spricht. Wahrscheinlich, weil auch sie in ihrer Familie eine Außenseiterin ist." So redselig war Raven bisher selten in ihrer Anwesenheit gewesen.
Und als sei dies ansteckend, plauderte sie nun selbst scheinbar ungehemmt drauf los: „Die Zeiten der Hexenverfolgung scheinen noch nicht vorüber. Mir hat man gesagt, ich habe so etwas wie Zauberkräfte, die nicht erwünscht und gar gefährlich seien. Das hat man auch bereits bei meiner Großmutter getan, sie war eine Heilerin, so etwas wie eine Druidin oder europäische Schamanin. Als Kind war ich wohl zu häufig bei ihr gewesen, obwohl meine Eltern mir verboten hatten, mich zu lange mit ihr alleine im Garten oder im Wald aufzuhalten."
„Ah, der Garten..." Nina blickte nun hinaus in den mittlerweile etwas verwahrlosten Garten.

Rosemary folgte ihrem Blick hinaus in die Nacht. Wie so häufig in dieser Jahreszeit, saß eine schwarze Krähe auf dem Geländer der Terrasse und schien sie zu beobachten. Oder war es doch ein Rabe?
„Unser Garten könnte mal jemanden gebrauchen, der mit ihm spricht", bemerkte Nina in die Stille hinein.

Ravens Lachen ließ Rosemary aufschrecken. „Das aus deinem Mund?“, fragte er, an seine Frau gewandt.
„Wieso denn nicht? Du bist es ja, der das nicht möchte. Ich habe dir gesagt, der Garten wäre genau richtig für dich. Mehr körperliche Betätigung würde dir gut tun.“
Raven schüttelte den Kopf. „Ich bin dir also nach wie vor nicht gut genug. Nicht durchtrainiert genug, oder was?“ Er warf Os einen musternden Blick zu, wirkte dieser schon eher, als würde er sich regelmäßig in einem Fitnesscenter die Oberarme und seinen Brustkorb trainieren.

„Wir lassen das jetzt mal!… Marie, deine Lieder sind also mehr so etwas wie…?“ Nina wollte wohl das Thema wechseln.
„Heilklänge, würde ich sagen. Heilsam. Für die Sinne.“ Kaum hatte Rosemary es ausgesprochen, schämte sie sich auch schon. Sie war doch sonst keine solche Plaudertasche.
„Wie dein Eis“, lächelte Os und tunkte ein Stück des Plumpuddings in die geschmolzene Eiscreme auf seinem Teller.
„Mein Eis?!“ Sie warf ihm einen irritierten Blick zu.
„Na klar, die Zutaten sind teils hoch aphrodisisch und dazu relativ gesund. Es könnte einem vielleicht nicht nur das Wasser im Mund zusammenlaufen, also dir als Frau.“
„Wie bitte?!“ Sie sah Os geschockt an.
„Das könnt ihr ja mal ausprobieren. Marie wollte sich ja nicht mehr in den Rotwein flüchten, wie heute Nacht“, entgegnete Raven trocken.
„Ich möchte eigentlich gerade überhaupt nicht mehr flüchten, weder in einen Garten, noch in Eiscreme oder…“
Und in Sex wollte sie sich am allerwenigstens flüchten. Rosemary setzte sich auf und blickte in die dunkle Nacht. Es hatte zu stürmen begonnen, wie auch letzte Nacht. Irgendwo in der Ferne heulte ein Hund. Es klang beinahe nach einem Wolf und irgendwie unheimlich. Das Bild einer wilden Jagd wurde erneut in ihr lebendig.

☆

Als es dann auch noch an der Fensterscheibe klopfte, erschrak Rosemary heftig und auch Nina zuckte zusammen.
„Wer kommt denn jetzt noch?“ Nina sprang auf und rannte zu der großen Verandatür.
„Mama! Was machst du denn hier und warum klingelst du nicht?“
Eine Frau um die Siebzig fegte mit einem Schwall kalter Luft ins Wohnzimmer. Sie war in einen dicken, bodenlangen Mantel gehüllt, die weite Kapuze hatte sie tief ins Gesicht gezogen.
„Kind, ich muss dir was sagen. Euch allen!“ Sie senkte ihre Stimme und wisperte: „Wir bleiben heute mal schön hier und machen die Lichter alle aus, Frau Holle kommt!“ Nervös sah sie nach draußen in die dunkle Nacht, als würde sie verfolgt werden.
„Oh je! Hast du deine Tabletten genommen?“ Nina wollte schon nach der Tasche ihrer Mutter greifen.
„Nichts da! Es stimmt, der Tod geht über das Land. Habt ihr es nicht gehört? Mal wieder, irgendein Virus oder so was in der Art.“ Sie wirkte verwirrt.
„Ja, wie die Pest. Genau wie früher. Mama, das stimmt doch sicher nicht. Wir fachen jetzt mal das Feuer neu an und dann gibt es noch etwas zu essen und zu trinken. Komm erst mal richtig rein.“ Nina legte ihrer Mutter einen Arm um die Schultern.
„Wir machen Feuer, das ist gut, sehr gut“, murmelte ihre Mutter, warf ihren in wilden Farben gemusterten Mantel von sich und schon stand sie vor dem Kamin.

Rosemary lächelte, als ihr Waldtraut, Ninas Mutter, kurz darauf die Hand gab. Fast an jedem Finger hatte sie einen silbernen Ring, mancher mit einem schillernden Stein verziert. Sie trug ein altmodisches dunkelgrün glänzendes Kleid aus Pannesamt, das bis zu den Füßen reichte, einen breiten Gürtel um die Taille, mit rosa Spitze verzierte Armstulpen und mindestens drei lange, bunte Ketten um den Hals. Ihre rot gefärbten Locken waren zu einem wilden Knoten aufgetürmt. Waldtraut sah aus, als sei sie aus einem Märchen oder einer anderen Welt direkt hierher gekommen. Es fehlte nur noch, dass vor der Tür ein Reisigbesen geparkt wäre, dachte Rosemary.

Als Waldtraut sich wieder vor den Kamin gestellt hatte, blies ein heftiger Wind durch den Schornstein und wirbelte ein paar Funken und etwas Asche auf.
„Wotan ist unterwegs, mit seiner wilden Jagd, hört ihr es?“, flüsterte Waldtraut und sah aus geweiteten Augen in die Runde. Keiner sagte ein Wort, nur Raven begann zu grinsen und raunte Nina dann etwas ins Ohr.
Ein germanischer Gott sollte Wotan sein, der des nachts in der rauen Winterzeit mit seinem Gefolge umherzog, um unerlöste Seelen einzufangen, aber auch um die Menschen zu prüfen, das hatte Rosemary neulich irgendwo gehört. Ihr lief ein Schauer über.

Waldtraut verschwand vorübergehend im Badezimmer. Als sie geraume Zeit später wieder auftauchte, hatte sie ein kleines Fläschchen in der Hand. Sie träufelte sich etwas davon in die ihre Handflächen und verrieb es eifrig auf ihren Händen. „Das solltet ihr auch mal tun“, sagte sie dann mit verschwörerischer Miene. „Das schützt nicht nur vor Ansteckung, hat es eine antivirale und keimtötende Wirkung. Es tötet hoffentlich auch anderes.“
Rosemary schnupperte. Rosmarinduft lag plötzlich in der Luft.
„Rosmarin, Thymian, Ingwer, Salbei, Engelwurz, Wacholderbeeren, Zimtrinde, Gewürznelke…“, nickte Waldtraut kurz darauf und zwinkerte ihr zu. „Du kennst dich aus, kleine Kräuterhexe.“
Rosemary zuckte kurz zusammen.
„Das ist ein altes Heilmittel“, begann Waldtraut zu erläutern und betrachte sich eingehend das kleine, etwas altmodische Fläschchen. „Es wurde

früher von Räubern erfolgreich gegen die Pest eingesetzt, deshalb wird es noch heute 'Vier-Räuber-Essig' genannt." Ihr Blick irrte seltsam nervös von Rosemary, über Raven, zu Nina und weiter zu Os. „In eine schwarze Kutte gemummt, unter dieser ausreichend Kräuter wie Engelwurz, erinnerten die Pestärzte des Mittelalters an eine schwarze Krähe." Dann murmelte sie: „Mich erinnert gerade allerdings etwas an Wotan."
„Mama, du und Wotan!", stöhnte Nina genervt auf. „Und woher hast du diesen Essig?"
„Aus eurem Badezimmer." Waldtraut stöpselte die Flasche wieder fest zu.
„Nicht aus der Küche?", wollte Nina wissen.
Ihre Mutter schüttelte den Kopf. „Hier kennt sich einer aus, nicht wahr?" Ihr Blick blieb bei Rosemary hängen.

Raven erhob sich und machte sich daran, das Feuer im Kamin wieder mit neuen Holzscheiten zu füttern. Als es brannte, war Waldtraut eingeschlafen. Auch Rosemary fühlte sich mit einem Mal müde, als hätte sie seit Wochen nicht wirklich geschlafen, und seltsam heiß war ihr auch. Vielleicht war sie ja bereits von einem ansteckenden Virus ergriffen. Sie tastete etwas ängstlich nach ihrem Puls, schien ihr etwas daran nicht mehr ganz geheuer zu sein.
„Ich gehe mal ins Bett", murmelte sie und griff nach der mittlerweile leeren Schüssel und dem Teller mit einem Rest des Plumpuddings.
„Dann schlaf gut", sagte Raven leise.
„Gute Nacht", kam es auch von Nina und Os.
Schnell schlüpfte Rosemary aus dem Wohnzimmer in den kalten Flur.

Kurz darauf stand sie allerdings wieder im Wohnzimmer, nachdem sie aus purer Neugierde zur Haustür hinaus gesehen hatte. Dort hatte sie nachschauen wollen, ob davor nicht doch ein Reisigbesen geparkt sei. Sie hatte allerdings nur einen grünen VW entdeckt.

„Apropos 'Gute Nacht', ihr solltet heute Nacht besser alle hier bleiben", teilte Rosemary der Runde im Wohnzimmer mit, die ihr mit einem Mal äußerst sonderbar erschien. „Es schneit und stürmt. Und das ziemlich heftig!"
In diesem Moment erklang zitternd eine Saite des Flügels, der im Wohnzimmer in einer Ecke stand. Rosemary lief ein Schauer über den Rücken. Unheimlich, dachte sie. Und im gleichen Moment glaubte sie, die Schwingen eines Raben hätten sie gestreift. Das Klavier, der schwarze Flügel erinnerte sie seltsamerweise nicht zum ersten Mal an einen Raben. Auch das war ihr unheimlich. Als hätte sie es mit einem Mal sehr eilig, verzog sie sich, ohne auf eine Reaktion zu warten, in ihr Schlafzimmer.

Es war aus vielerlei Gründen eine raue Nacht, in der Rosemary durch wilde Träume gejagt wurde. Hin und wieder schreckte sie auf, weil sie glaubte, einen Raben rufen gehört zu haben und einmal auch das Heulen eines Wolfes, dieses viel zu nahe.

☆

Heilimpuls

Zur Einstimmung und Unterstützung kannst du etwas räuchern. Spüre in dein Herz und werde ruhig. Wähle dir dann eine der unten aufgeführten Fragen und gehe mit dieser in die Stille. Es geht bei dieser Übung nicht allein darum, eine Antwort auf die Frage zu erhalten, die dein Verstand gleich erfassen kann. Meditierst du mit einer dieser Fragen, kann bisher Ungefühltes - alte Schmerzen, Angst oder auch Wut - hochkommen, um sich zu lösen. Dies hilft dir, in dir leichter, freier und klarer zu werden. Es geht darum, zu fühlen. Dein Atem kann dich hierbei unterstützen. Anschließend notiere dir, was dir vielleicht gekommen ist, und bewahre es bis morgen auf. Hierzu folgt noch etwas. Räuchere noch einmal und bedanke dich.

☆ Wo kommt in deinem Leben, in dir derzeit eine Art Sturm auf?
☆ Wo darfst du dich noch mehr aus deiner Komfortzone wagen?
☆ Wo flüchtest du noch? Auf welche Weise?

Zum Räuchern:
Wacholder, Weihrauch, Rosmarin, Lavendel, Thymian, Engelwurz

☆

Dritte Rauhnacht

26./27. Dezember – 27. Dezember

Am nächsten Tag fühlte sich Rosemary den Vormittag über etwas besser, auch wenn sie in der Nacht äußerst seltsame Träume gehabt hatte. Wo war sie in diesen gewesen? Als sei sie mit Waldtraut durch den Wald geirrt, auf der Suche nach etwas, teilweise verfolgt von einem sehr schwarzen Raben. Irgendwo war auch ein dunkler Wolf gewesen und etwas, das sie gejagt hatte.

Der Morgen ging schnell vorüber. Zum Mittagessen kochte sie sich eine Kürbissuppe mit zu viel Curry. Der Currygeruch hing gegen Nachmittag noch immer in der Luft, als sie jemanden die Treppe hochkommen hörte. Rosemary erschrak, als sie ihren Kopf zur Küche hinausstreckte. Sie hatte sich gerade eine Tee gemacht. Vor ihr stand Raven im Dämmerlicht.
„Auch einen?“, fragte sie mit unsicherer Stimme.
„Einen was?“
„Einen Tee.“
„Nein danke. Wir wollten fragen, ob du Lust hättest, mit uns etwas im Wald spazieren zu gehen.“
„Ihr? Also Ninas Mutter, Nina und du?“ Sie blinzelte unruhig.
„Ja, und Os kommt auch mit.“ Raven kratzte sich nervös die Stirn. „Er ist noch da. Sein Auto wollte nicht mehr anspringen, als er vorhin losfahren wollte. Wir haben ihn eingeladen.“
„Aha! Nina und er haben sich also vertragen?“, fragte Rosemary.
Raven zuckte mit den Schultern. „Keine Ahnung, kann sein. Sie haben sich schon öfter gestritten. Aber wenn du mich fragst, will er…“ Er sah nach unten in den Flur und wieder zu ihr. „Os hat sicher ein Auge auf

dich geworfen, wollte er ja gar nicht fahren."
„Auf mich?! Das wäre mir aufgefallen. Und sowieso… Nein, danke, ich bin im Moment bedient!" Rosemary nahm einen großen Schluck des noch heißen Rosmarintees und hätte sich beinahe verbrannt.
„Ah... Und mit wem?"
„Mein Tee, das reicht mir", murmelte sie.

„Marie, wir… Du könntest doch mal… Wir machen uns ja schon etwas Sorgen. Seit du hier wohnst, bist du so. Oder bist du so schon länger?" Raven hob fragend eine Braue.
„Wie?"
„Na ja, dein Bild von Männern und auch sonst… Du singst solche Töne, bist aber immer nur mit dir allein."
„Das geht dich überhaupt nichts an! Und außerdem, mal ehrlich, es ist viel besser erst mal mit sich allein wieder zufrieden zu sein, bevor man..." Irgendetwas regte Rosemary auf.
Er sah sie mit ernster Miene an. „Okay, das mag stimmen. Also gut, kommst du mit?"
„Um mich anbaggern zu lassen? Von jemand der auf Fast Food steht?"
„Nein, um spazieren zu gehen. Mit meiner Schwiegermutter. Sie möchte irgendwas im Wald suchen, sie sammelt neuerdings ständig irgendwas."
Mit einem Mal war Rosemary neugierig. „Das tue ich auch gerne. Aber jetzt im Winter?"
„Du kommst also mit?", fragte er etwas zaghaft.
„Ja, das mache ich!" Ein paar Minuten später stand sie, bereit für einen Winterspaziergang, dick eingepackt im Flur vor der alten Haustüre.

☆

„Du bist ja schon fertig?", kam ihr Nina entgegen.
„Äh, ich dachte, wir gehen in den Wald?"
„Tun wir auch, aber meine Mutter muss sich erst noch sortieren. Das

könnte noch dauern, sie muss zuerst einmal… Na ja! Willst du noch mal zu uns kommen?“

Rosemary trat neugierig in das große Wohnzimmer, in dem wieder der Kamin brannte. Ninas Mutter stand davor, eine pinkfarbene Brille auf der Nase, und warf einen Zettel nach dem anderen in die Flammen.

„Mama! Was machst du denn da?“ Nina wollte sie daran hindern, damit fortzufahren, indem sie ihr hastig ein Stück Papier aus der Hand zog.

Waldtraut riss es schnell wieder an sich und feuerte es in den Kamin. „Ich verbrenne das Alte“, verkündete sie beinahe feierlich. „Mach du das auch mal. Mir sagt man, ich habe eine Psychose, weil ich manchmal jemand höre, der mir sehr liebevoll zur Seite steht. Ich frage mich allerdings allen Ernstes, ob nicht ganz andere in dieser Welt die Psychopathen sind.“

„Jetzt fange nicht schon wieder damit an. Und ich verbrenne überhaupt nichts!“ Nina starrte ihr Mutter entrüstet an.

„Marie, wie sieht das mit dir aus?“ Waldtraut schob ihre Brille nach oben und warf Rosemary einen fragenden Blick zu.

Rosemary war inzwischen einen Schritt näher getreten und schaute neugierig auf den Schuhkarton zu Waldtrauts Füßen, gefüllt mit alten Briefen. „Du verbrennst Liebesbriefe?“, fragte sie.

„Ja, mein Schatz. Möchtest du auch?“

„Liebesbriefe verbrennen? Das wird schwer, ich habe keine.“

„Du hast keine, weil dir noch kein Mann einen geschrieben hat?“ Waldtraut sah Rosemary ein wenig besorgt ins Gesicht.

„Könnte man so sagen. Vielleicht mal eine Postkarte. Die gibt es aber schon länger nicht mehr, einfach ab in den Müll.“

Für Rosemary hätte ein Liebesbrief auch gar nicht aus Worten auf einem Stück Papier bestehen müssen. Ein Lied, das in ihr noch lange nachklang, wäre ihr vielleicht lieber. Doch plötzlich fiel ihr wieder die Karte ein, die ihr jemand diese Weihnacht in den Briefkasten geworfen hatte. Anonym.

„Das ist auch gut - nichts horten, was man nicht mehr braucht", nickte Waldtraut und ließ sich nicht daran hindern, scheinbar ihre Vergangenheit weiter zu verbrennen. „Loslassen, was vergangen ist oder einem ohnehin nicht gut getan hat", sagte sie laut, ihre Brille wieder auf der Nase. Sie warf mit Feuereifer einen weiteren vergilbten Briefbogen in das lodernde Feuer, nachdem sie diesen eilig überflogen hatte.
Rosemary schaute ihr dabei zu. „Na ja, das ein oder andere hat mir ja schon gut getan, aber… Es ist vorbei, das stimmt."
„Sehr gut, nicht anhaften. Loslassen! Und annehmen, was und wie es gewesen ist. Vielleicht hast du ja etwas anderes als Liebesbriefe, das du loslassen könntest." Waldtraut warf ihr einen fragenden Blick zu.

Nina, die kurz nach draußen gerannt war, kam in diesem Augenblick mit Raven ins Wohnzimmer gestürmt.
„Mama! Wieso machst du das ausgerechnet hier, in diesem Haus?", fragte Nina sie mit leicht geröteten Wangen.
„Mein Kind, in diesem Haus war manches nicht sehr gut, das weiß ich. Und du, Raven... Oder soll ich doch Rambert sagen?" Waldtraut betrachtete ihren Schwiegersohn über den Rand ihrer Lesebrille hinweg.
„Ich heiße nicht Rambert! Ihr mit diesem blöden altdeutschen Namen!", brauste er, ganz ungewohnt, auf.
„Wieso? So schlecht ist er doch gar nicht. Rambert - ein glänzender Rabe." Waldtraut kicherte.
„Waldtraut - dein Name, was bedeutet er denn?" Raven klang fast ein bisschen frech, wie es Raben auch sein konnten, bei ihm war dies jedoch ziemlich unüblich.
„Die sich in den Wald traut", gab seine Schwiegermutter zur Antwort. „Und das machen wir dann auch – uns trauen. Wir alle! Doch davor muss man sich noch trennen", erklärte sie eifrig.
„Ihr habt sie doch nicht mehr alle", murmelte Raven.
„Und Marie, du kommst mit, als Rosemarie. Einverstanden?", lachte

Waldtraut und feuerte eine ganze Ladung Briefe in den Kamin. „Deinen Tee haben wir im ganzen Haus gerochen. Rosmarin!“
„Wie?! Rosemarie? Nein, die bleibt hier!“ Rosemary hätte nun auch gerne etwas ins Feuer gepfeffert.
„Alles klar“, sagte Waldtraut. „Wie Rambert. Na ja, das klingt ja auch... Ich kann dich schon verstehen, Junge. Raven – Bei diesem Namen wird einer Frau schon eher sinnlich zumute.“
„Hm! Das musst du mir nicht sagen. Rambert - da muss man eher an so etwas denken, wie reinrammen“, brummte er.
„Oder an rammeln“, kam es über Waldtrauts Lippen. „Und beides wäre ja gar nichts, weder jemand etwas reinrammen noch zu viel rammeln. Das ist nichts für eine Frau wie… Oder Marie, wie fändest du das?“
„Grauenhaft, darauf würde ich eher verzichten oder sogar davonlaufen“, gab Rosemary leise zur Antwort.
„Flüchten“, nickte Raven und sah sie kurz und etwas unsicher an.

☆

Eine Stunde später machten sie sich endlich in den mit einer dünnen Schneeschicht bedeckten Wald auf. Der Wind blies noch immer heftig und eisig dazu. Waldtraut hatte sich bei ihrer Tochter eingehakt und unterhielt sich mit Os. Wie er sich das denn vorgestellt habe, dass ihre Tochter nun noch mehr arbeiten solle und kaum noch hier sein würde, hatte sie gerade gefragt.
Os holte tief Luft. „Wie ich mir das vorgestellt habe? Überhaupt nicht. Wir brauchen Nina, sie macht das gut. Aber okay, ich verstehe das. Das muss allerdings sie mit ihrem Mann entscheiden. Er könnte ja auch das Haus verkaufen oder vermieten und mit ihr… Wir sind doch auch in einer sehr schönen Gegend.“
„Seid ihr das?“, fragte Waldtraut.
„Jetzt komm schon, Mama, du hast doch auch immer in der Stadt gelebt“, nuschelte Nina, nicht sehr gut gelaunt.

Der Wald wirkte mit einem Mal irgendwie unheimlich, dachte Rosemary, und blickte sich etwas nervös um. Zwischen den Bäumen, hier überwiegend Fichten, war ein wenig Nebel vom Boden her aufgezogen. Es sah aus, als würde demnächst die Welt untergehen, fand sie für einen Augenblick. Der Ruf einer Krähe durchschnitt plötzlich die kalte Luft und sie durchlief ein Schaudern. Rosemary schaute sich nun etwas ängstlich in dem hier dichten Wald um. Am Wegesrand erkannte sie ein paar Holunderbüsche und etwas veranlasste sie dazu, dort stehen zu bleiben. Lange sah sie irgendwie versunken auf die jetzt kahlen Zweige und den moosigen Untergrund.

„Wirst du das Haus verkaufen?“, fragte sie dann leise, ohne zu wissen, ob Raven es überhaupt hören konnte.
„Nein“, antwortete er fast ebenso leise hinter ihr. „Darin liegt noch etwas, ein Schatz oder vielleicht ein Geheimnis. Solange das nicht… Ich werde es behalten, aber...“ Er machte einen Schritt und wandte sich dann seiner Frau zu. „Nina, was sagst du denn dazu? Du möchtest dich also befördern lassen, auch wenn ich hier bleibe?“ Dann fuhr Raven flüsternd fort, gerade so leise, dass Rosemary es noch verstehen konnte. „Nina, wir beide haben ja derzeit sowieso mal wieder eine Krise. Weiß das deine Mutter überhaupt?“
„Wir haben immer eine Krise, Schatz“, antwortete Nina. „Eigentlich fast seitdem wir uns kennen, wenn ich es mir genau überlege. Weil du mich nicht haben willst, nicht wirklich. Nur so halb, weil ich dir irgendwie gefalle.“ Sie hatte sich jetzt vor ihm aufgebaut, die Hände in den Hüften und schaute ihn an. „Mal ehrlich, Raven, oder doch Rambert?“ Nina hatte manchmal dieses zuckersüße beinahe engelsgleiche Aussehen und doch konnte man dahinter ab und zu auch etwas anderes erahnen, wie auch in diesem Moment.
Raven schüttelte den Kopf. „Ich bin kein Rambert, das weißt du.“
„Nein, das hätte ich manchmal aber gerne“, murmelte Nina.

Rosemary wollte besser nicht weiter ihre Ohren spitzen, aber manchmal war sie einfach zu neugierig. Als Kind hatte ihr diese Eigenschaft allerdings meist eher Schwierigkeiten bereitet, wie vielleicht auch jetzt, wollte sie keine Details über das Eheleben der beiden erfahren.

„Liebes“, kam da Waldtraut dazwischen und sah ihre Tochter an. „Wir müssen weiter, bis zu… Du weißt schon.“
„Wieso kennst du dich hier eigentlich so gut aus?“, wollte Rosemary plötzlich von ihr wissen.
„Ich… Ich kenne diesen Wald hier. Genau wie auch die Villa, das Haus von Ravens Eltern. Wir waren befreundet. Nina und Raven haben sich schon als Kinder ab und zu gesehen. Wie Feuer und Wasser, würde ich sagen. Na ja, das könnte ja beleben, aber in ihrem Fall löscht das Wasser in letzter Zeit nur das Feuer.“ Waldtraut betrachtete Nina sorgenvoll.
„Ah, und Raven ist also aufgeblüht, oder was?“ Rosemary schaute kurz zu ihm. Er stand noch immer neben Nina, mit hängenden Schultern und einem seltsam traurigen Ausdruck auf dem Gesicht.
„Nein, wohl eher nicht.“ Waldtraut bedachte nun ihren Schwiegersohn mit einer nachdenklichen und etwas finsteren Miene.
„Du meinst also, er trägt Schuld daran, dass Nina…?“, wagte Rosemary leise zu fragen.
„Schuld? Schuld, das kann man so nicht sagen. Wir alle haben irgendwo Schuld, wie das hier teilweise auf dieser Erde so läuft, haben wir auf unsere Weise dazu beigetragen, und doch sind wir völlig frei von Schuld.“ Waldtraut hob nun etwas vom Waldboden auf. „Wo sind eigentlich deine Eltern, deine Familie?“, wollte sie dann wissen.
„Nicht hier, ich bin… Ich musste weg, man wollte mir… Ich sollte…“ Nervös blickte Rosemary auf den Boden und schreckte auf, als hinter ihr ein Ast knackte. Es war jedoch nur Os, der auf einen getreten war, und niemand aus ihren derzeit etwas rauen Träumen.

☆

Waldtraut schaute Rosemary mal wieder etwas besorgt an. „Du kommst nicht von hier?“

„Nein, ich komme aus England“, raunte sie ihr zu. „Eigentlich heiße ich Rosemary, um genau zu sein. Man hat mir diesen Namen gegeben, weil mich ein Mann vor einem Rosmarienbusch gezeugt haben soll. Wohl eher wie ein… Also mehr wie…“ Noch immer schämte sie sich für etwas, das sie selbst nicht getan hatte.

„Wie ein Rambert?“, fragte Raven, der scheinbar die Ohren gespitzt hatte.

„Ähm…“ Rosemarys Herz galoppierte mit einem Mal. Ohne es zu wollen, hatte sie mal wieder etwas zu viel von sich preis gegeben.

„Dein Vater ist also nicht dein leiblicher?“, wollte Waldtraut wissen.

„Nein, ist er wohl nicht“, berichtete Rosemary trotz ihres Unbehagens, seltsamerweise weiter. „Ich bin in einer Familie groß geworden, in der sehr viel Dunkles herrschte. Schon beinahe teuflisch. Meine Großmutter war allerdings ganz anders. Sie war jedoch eine Art Ausgestoßene und man hat sie immer wieder…“ Sie schluckte. „Ich bin dann irgendwann hierher. Mein Vater, der Mann, der mich groß gezogen hat, hat deutsche Wurzeln. Deshalb kann ich fließend Deutsch sprechen. Obwohl ich mich manchmal schon gefragt habe, ob es hier wirklich so viel besser ist als in meiner Heimat. All das Vergangene und seine Geister, die scheinbar noch immer hier spuken. Am liebsten wäre ich ganz woanders, die Frage ist nur wo?“ Sie blickte sich um und sah mal wieder vor lauter Wald die Bäume nicht.

„Bei Frau Holle?“ Waldtraut schaute sie sehr einfühlsam an.

„Vielleicht. Einfach unter diesen Hollerbusch kriechen“, antwortete sie leise und betrachtete den Holunder.

„Dieser der Frau Holle geweihte Busch, ist ein Baum des Todes, aber auch der Geburt und des Lebens, Rosemarie. Für unsere Vorfahren war

er ein Tor, ein Übergang zwischen den Welten. Frau Holle begleitet die Seelen, die gehen und die, die kommen." Waldtraut legte Rosemary sanft eine Hand auf den Arm. „Mal eine Frage, wenn dein leiblicher Vater eher gewalttätig gewesen sein soll und du kein Kind der Liebe wärst, wieso trägst du dennoch den Namen des Busches, der bei deiner Zeugung dabei gewesen ist?" Waldtraut blickte sie erwartungsvoll an.
Das war eigentlich eine gute Frage, die sich Rosemary seltsamerweise noch nie wirklich gestellt hatte. Wieso eigentlich nicht?
„Keine Ahnung, ist vielleicht nur ein Märchen. Meine Mutter war oder ist schwer depressiv. Vielleicht stimmt diese Geschichte auch gar nicht, und der andere war ihre Liebe, nur nicht… Ich sage mal, er hatte nicht genug Adel in sich. In meiner Familie herrschen noch immer gewisse Regeln und Gesetze, teils ungeschrieben, und ich möchte darüber auch nicht reden. Das ist mir gerade alles zu dunkel. Aber meine Mutter wollte, dass ich so heiße: Mary."
„Mary? Also nicht Rosemary?", wollte nun Os wissen. Er hatte scheinbar genauso gelauscht wie die anderen.
„Ich sollte eine Maria werden, hat sie mal gesagt. Sie hoffte, dass ich so etwas ganz anderes erfahren würde, als sie in ihrer Kindheit und Jugend. Aber daraus wurde nicht direkt etwas. Allerdings glaube ich, war ihre ganz schwarz, also… Dunkle Rituale. Darüber wollen wir nicht reden und meine Mutter auch nicht. Ich bin nur leider…" Rosemary fuhr sich über das Gesicht. „Ich kann das sehen", murmelte sie dann.
Zum ersten Mal sprach sie es aus und sah irgendwie beschämt auf den Waldboden. Wie Nebelschwaden waren die letzten Tage einige, scheinbar auch alte, völlig vergessene oder verdrängte Erinnerungsfetzen durch ihr Innenleben geweht. Darunter war auch immer wieder eine Rabenfeder gewesen, mal leicht und zart, mal düster und hart.

Waldtraut trat etwas näher. „Du kannst es sehen? Was?"
„Kommt, wir gehen weiter!" Rosemary bückte sich eilig und hob einen

abgebrochenen Ast des Holunderbusches auf.
„Lass sie“, sagte Raven leise zu Waldtraut. „Sie hat wohl eine schwere Zeit durchgemacht, bevor sie hierher kam.“
„Das sieht man“, bemerkte seine Schwiegermutter.
„Das sieht man?“ Raven lachte leise. „Finde ich nicht.“
„Doch, wenn man wie sie weiter sieht, also nicht nur das Äußere oder allein die Materie.“
„Mama, wir gehen mal weiter!“ Nina zog ihre Mutter vom Holunderbusch weg. „Wir müssen doch bald was essen.“
„Ich muss überhaupt nichts! Aber ich möchte noch ein paar Fichtenzapfen sammeln“, murmelte Waldtraut und wirkte plötzlich seltsam entrückt.
„Mama! Wenn du jetzt wieder so etwas Seltsames machst!“
„Was denn?“, fragte Rosemary neugierig.
„Gar nichts!“, fuhr Nina sie an.
Os räusperte sich, sichtlich verlegen, und blieb wie bisher still.
Waldtraut ließ sich jedoch nicht beirren, stopfte sich fünf prächtige Fichtenzapfen in ihre Manteltaschen und sammelte noch etwas Harz von der Rinde einer großen, alten Fichte.
„Das räuchern wir“, murmelte sie und sah dabei Rosemary an.

☆

Wieder in der Villa, zog sich Rosemary in ihr Zimmer zurück, wollte sie lieber alleine sein, wie dies in letzter Zeit häufiger der Fall war. Doch kurz vor dem Abendessen klopfte es an ihre Tür.
„Ich kann nicht“, gab sie leise zur Antwort.
„Ich bin es, Raven!“
„Raven… Woher hast du diesen Namen?“, fragte sie, die Tür noch immer geschlossen.
Leise ging diese nun auf. „Vielleicht ist es ja wie bei dir. Vielleicht habe ich ihn, weil da jemand gewesen ist, der mich doch gesehen hat.“

„Wie?“ Sie hatte nicht das Gefühl, dass sie bisher jemand wirklich gesehen hätte.
„Marie… Maria… Du liebst Rosmarin. Wenn du es wirklich spüren würdest, dass dein wirklicher Vater dich mit Gewalt gezeugt haben soll, dann würdest du diese Pflanze nicht ausstehen können. Und bei mir, ich… Ich hatte einen Vater, der die alten germanischen Göttersagen und so weiter liebte. Er sprach häufig vom Göttervater Wotan und seinem Gefolge.“

Rosemary sah Raven nachdenklich an. Er wirkte seltsam verworren. Wotan, der Gott aus der nordischen Mythologie, fiel es ihr da ein, hatte er nicht immer zwei Raben mit sich? Einer, der dachte und einer, der sich erinnerte? Oder wie war das? Weise seien sie, wie auch dieser Wotan, und dazu magische Wesen, die Lüge von Wahrheit unterscheiden könnten. Magie oder…? Fetzen eines Liedes flogen an ihr vorüber. Wotan von Rabenau.

Raven räusperte sich umständlich und holte sie damit wieder aus ihren Gedanken. „Dazu bin ich mit einer Rabenmutter groß geworden“, erklärte er.
„Aha… Also eine Art Hassliebe, oder was?“, fragte sie mit leicht zittriger Stimme.
Er schüttelte den Kopf. „Nein, meine Mutter war immer eine Rabenmutter. Aber mein Vater hat mich schon geliebt und er hat mich Ra... Raven genannt. Ich habe mittlerweile meinen Namen auch ganz offiziell ändern lassen. Klingt vielleicht seltsam, hier im Deutschsprachigen, aber das ist mir egal. Mir sind Raben manchmal nahe.“
Raven schaute aus dem Fenster und wirkte nicht gerade entspannt. Draußen war es mittlerweile neblig. Man konnte jedoch noch immer ein paar schwarze Krähen ausmachen, die auf einem kleinen Acker hinter dem Garten saßen und wahrscheinlich nach vergessenen Körnern suchten. Ihr eigenes Suchen war noch immer erfolglos, kam es Rosemary in den Sinn,

Ravens Blick folgend.
„Ich bin eigentlich gekommen… Willst du nicht doch heute Abend…?“
Er kratzte sich etwas unsicher am Kopf.
„Also gut“, murmelte sie und erhob sich.
„Du kommst also zum Essen?“
Sie nickte. „Was gibt es denn?“
„Überraschung“, antwortete er grinsend.
„Du hast gekocht?“
„Äh, ja, allerdings… Waldtraut hat ein wenig geholfen. Nina hat sich mit Os sofort ins Büro verkrochen, als wir aus dem Wald wiederkamen. War wohl inspirierend. Sie habe sich in etwas rein gefuchst, sagt er. Und bei dir? Für dich war es im Wald anscheinend auch inspirierend, oder?“
„Nein, wieso?“ Rosemary sog den köstlichen Duft ein, der sich jetzt von unten von der Küche kommend bis hier oben ausgebreitet hatte.
„Du hast vorhin gesungen, Waldtraut war ganz berührt.“
„Ah… Nein, ich habe nur...“, stammelte sie.
„Ich weiß, du hast nur ein wenig getönt“, lächelte Raven.
Der Geruch aus der Küche, der sie mittlerweile umwehte, erinnerte Rosemary wieder an Weihnacht. Da hatte es bei Nina und Raven ebenfalls einen Braten gegeben, allerdings einen klassischen Gänsebraten. Am Heiligabend hatte sie auch etwas auf sonderbare Weise zum Singen inspiriert. Sie schnupperte, als könne sie der Geruch aus Küche jetzt zu etwas inspirieren. Sie glaubte für einen Moment, er wolle ihr ein Geheimnis offenbaren.
„Also gut, ich verrate es dir“, sagte in diesem Moment Raven. „Es gibt einen Nachtisch von Waldtraut und als Hauptgang Rotkraut, Ofenkartoffeln und einen Nussbraten. Mit einer Rosmarinsoße.“
„Ah… Rosmarin?“ Sie hielt nun die Luft an.
Er verzog das Gesicht. „Ja, nicht gut?“
„Doch, aber… Na ja!“ Sie sah in den Nebel hinaus.

„Sag mal, war dein Gänsebraten auch mit Rosmarin gewürzt?“, fragte sie dann, einem seltsamen Impuls folgend.
Raven schüttelte den Kopf. „Ganz klassisch mit Beifuß, nach alter Familientradition. Das Kraut war früher Wotan geweiht. Unsere Vorfahren nutzten den Beifuß vermutlich in ihren Ritualen zur Wintersonnwende und in den Rauhnächten, habe ich vor kurzem gelesen.“
„Ah… Ach so, statt ihn zu räuchern und vielleicht noch eine arme Gans zu opfern, würzt man damit heutzutage den Gänsebraten“, überlegte Rosemary, seltsam aufgewühlt. „Er ist also eine Art Überbleibsel, eine unbewusste Erinnerung an Zeremonien unserer Ahnen. Interessant, der Beifuß soll diesen fettigen, schweren Braten ja bekömmlicher machen.“
Er nickte. „Darüber hinaus beruhigt diese Heilpflanze angeblich nervöse Gemüter und lässt leichter einschlafen. Das konnte ich diese Weihnacht gebrauchen. Beifuß würde übrigens insbesondere Frauen helfen, meint Waldtraut.“
Rosemary hätte jetzt eine Dosis Beifuß eventuell auch helfen können, waren nicht nur ihre Eingeweide unruhig. „Soweit ich weiß, kann das Kraut zu mehr Fruchtbarkeit verhelfen“, nickte sie vage.
„Wie der Thymian?“, fragte Raven, wirkte allerdings wenig interessiert.
„Thy… Thymian? Davon wüsste ich.“
„Beifuß kann allerdings auch abtreibend wirken, reinigt und öffnet er scheinbar effektiv die Gebärmutter, hat Waldtraut uns erklärt“, erläuterte Raven jetzt Rosemary.
„Alles klar, reinigend und fruchtbarkeitsfördernd, genau was ich brauche. Und das Ganze noch mit einer Überdosis an Rosmarin und Thymian! Rosemary and Thyme…“ Sie klang bitter, wenn nicht sogar ziemlich sarkastisch. Etwas aus ihrer Vergangenheit hatte sie mal wieder eingeholt, dazu Wotan samt seinem Gefolge.

☆

Heilimpuls

Wenn du kannst, mache ein Feuer - im Freien oder in einem Ofen - und verbrenne das, was du die letzten beiden Tage bewusst losgelassen hast. Kannst oder möchtest du kein Feuer entzünden, kannst du auch eine kleine feuerfeste Schale nehmen, um das Aufgeschriebene darin zu verbrennen. Oder du legst es vor dich und visualisierst dir ein gold-violettes Feuer der Transformation, worin das Alte verbrennt.
Tue diese Handlung des Verbrennens bewusst, in Verbundenheit mit deiner geistigen Führung und der göttlichen Quelle. Frage sie um die Transformation, die jetzt zu deinem höchsten Wohle ist und dem deiner Ahnen sowie der gesamten Schöpfung. Danke und übergib die Asche dem Wasser oder der Erde – so, wie es sich für dich stimmig anfühlt.

Du kannst auch eine Runde in der Natur, im Wald laufen, und dabei bewusst atmen, um Altes loszulassen. Übergib das, was du jetzt loslassen möchtest, in einem kleinen Ritual, deinem Herzen folgend, der Erde zur Heilung.

Wenn du möchtest, lade den Pflanzengeist des Beifuß ein und bitte ihn, dich zu reinigen, insbesondere auch im Bereich der Gebärmutter. In diesem heiligen Raum und deinem Kraftzentrum sitzen oft noch Ängste, Ohnmachtsgefühle, alte Ahnenthemen und Verletzungen aus der Kindheit oder der Weiblichkeit.

Zum Räuchern:

Wacholder, Weihrauch, Rosmarin, Fichtennadeln oder -harz, Beifuß, Engelwurz, Holunder

☆

Vierte Rauhnacht

27./28. Dezember – 28. Dezember

Rosemary stand am nächsten Morgen viel zu früh auf. Es war noch dunkel und ein eisiger Wind wehte in ihr Zimmer, als sie das Fenster öffnete. Ein paar Krähen saßen unten auf der Wiese im Garten. Sie glaubte, in der Nacht von einem Raben geträumt zu haben, der ihr irgendetwas mitgeteilt hatte. Doch was es gewesen war, das hatte sie vergessen. Groß war er gewesen, mit glänzendem schwarzen Gefieder und klugen, wenn nicht gar weisen Augen.
Sie spähte noch einmal in den Garten. Dort unten stand Raven und sah aus, als würde er sich mit einer der Krähen unterhalten. Er hatte eine Zigarette in der Hand und der Qualm schien sich in den Nebel, der noch immer in der Luft hing, zu verweben. Seit wann rauchte er denn, fragte sie sich irritiert? Ein Stück von ihm entfernt saß Os auf einem Stein, eine dampfende Tasse Tee in der Hand, und schien in Gedanken versunken zu sein.

Das gestrige Abendessen war seltsam angespannt gewesen. Nina hatte kein Stück von diesem Nussbraten essen wollen, er würde ihr mit dieser Soße nur im Magen liegen. Genau wie das letzte Mal, als Raven diese schwer bekömmliche Soße gekocht habe, da zu einem Rinderbraten. Zu viel Knoblauch, hatte sie gefunden, und dann noch diese Überdosis an Kräutern darin. Doch Rosemary war sich sicher gewesen, dass es einen anderen Grund gab. Sehr wahrscheinlich hatten Nina und Raven sich zerstritten, als er diese Soße aufgetischt hatte. Nachdem Rosemary Nina wütend hatte schreien hören, war schon bald ein heftiger Rauch aus ihrer Küche gekommen, als hätten sie auch etwas verbrannt, wie es gestern

Waldtraut getan hatte. Raven hatte sich dann tagelang nicht blicken lassen, nachdem Nina Hals über Kopf abgereist war. Was für eine Ehe! Manchmal wirkten die beiden, als würden sie sich so viel mehr als einfach nur gern haben, als seien sie fest miteinander verbunden. Und doch war da etwas, das sie beide immer wieder vom anderen wegzutreiben schien. Wie auch jetzt, das konnte Rosemary spüren. Und dieser Os hatte sicher kein Auge auf sie selbst geworfen, sondern vielmehr auf Nina. In Rosemarys Augen war das klar wie Kloßbrühe. Doch nach dem gestrigen Abendessen war sie sich dessen nicht mehr ganz so sicher gewesen. Da hatte eher ein Chaos in ihr geherrscht, als Os tatsächlich Anstalten gemacht hatte, ihr nach oben in ihr Zimmer zu folgen. Oder spielte er gerne mit dem Feuer und hatte Nina rasend machen wollen vor Eifersucht?

☆

Vor dem Essen am gestrigen Abend, welches dann doch noch länger gebraucht hatte, war sie von Waldtraut gefragt worden, ob sie mit ihr noch einmal kurz in den Wald gehen wolle. Sie müsse etwas zum Räuchern sammeln. Die beiden waren mehr oder weniger schweigend eine kleine Runde gelaufen. Waldtraut hatte sich eine Handvoll trockener Fichtennadeln geholt und eine kleine Wurzel einer bereits langen verblühten Wald-Engelwurz ausgegraben. „Das kommt bald alles auf die Kohle“, hatte sie gemurmelt und dann zu Rosemary gesehen.

Auf glühenden Kohlen hatte Rosemary schon bald darauf selbst gesessen. Nach dem Abendessen war sie noch kurz auf ein Glas Wein mit ins Wohnzimmer gegangen, eigentlich ohne es wirklich zu wollen. Nina hatte gegen die warmen Steine neben dem Kamin gelehnt, ihre Füße auf Ravens Oberschenkel. Wie in Trance hatte er sie ein paar Mal massiert, allerdings eher etwas lieblos für Rosemarys Geschmack. Währenddessen hatte sie sich von Os` Blick verfolgt gefühlt. Waldtraut war gleich nach dem Abendessen in ihrem Zimmer verschwunden. Es hatte eine seltsame

Stimmung in der Luft gelegen und Rosemary war dann auch schnell mit ihrem noch halbvollen Glas Wein aufgestanden, um wieder nach oben zu gehen.
„Kann ich mitkommen? Mich interessiert deine Plattensammlung“, war es von Os gekommen, kaum hatte sie sich erhoben und eine "Gute Nacht" gewünscht. Er war bis dahin schweigsam gewesen. Dafür hatte Raven zu viel geredet und er war es auch gewesen, der Os von ihrer Musiksammlung erzählt hatte. Beide waren sie absolut musikbegeistert, allerdings nicht ganz auf der gleichen Wellenlänge.
Rosemary war unsicher gewesen und doch hatte sie seltsamerweise eingewilligt. Langsam war Os hinter ihr die Treppe nach oben gelaufen. Sein Blick war dabei nicht von ihr gewichen, das hatte sie gespürt. In ihrem Zimmer angekommen, waren ihre Platten scheinbar doch nicht mehr so interessant gewesen. Er hatte sie ohne große Umschweife um die Taille genommen und ihr einen Kuss auf den Mund gedrückt. Dies nicht unbedingt sanft, eher so, als hätte er auch auf glühenden Kohlen gesessen.

Heute Morgen fühlte sich Rosemary gar nicht gut, als sie jetzt daran dachte. Zum Glück war er schnell wieder gegangen, als sie ihn hatte wissen lassen, dass sie nicht so weit sei. Sie könne das nicht, habe sie ein Mann zu sehr verletzt. Sie bräuchte noch etwas Zeit. Das hatte er verstanden, so glaubte sie. Rosemary glaubte allerdings auch, dass Os sich ohnehin schon verliebt hatte und das nicht in sie. Er hatte sich sicher einfach nur mal abreagieren müssen und nach einem Ventil gesucht, um mal Dampf abzulassen. Noch vor dem Abendessen hatte ihm gewiss nicht nur der Kopf geraucht, als er noch mit Nina über irgendetwas gebrütet hatte. Sie wurde auch den Eindruck nicht los, als würde er irgendeinen Plan verfolgen, nicht nur einen neuen Businessplan.

☆

Als Rosemary allerdings nach dem Frühstück in einer dicken Winterjacke aus ihrem Zimmer trat, stand zu ihrem Schrecken Os vor ihrer Tür und sah ihr entgegen.

„Ich wollte gerade… Nimmst du mich mit?“, fragte er und lächelte ihr zu.

„Wohin?“

„Spazieren, in den Wald“, gab er zur Antwort.

„Äh, ich wollte nur in den Garten“, nuschelte sie.

„Ach so. Marie… Wir könnten doch… Du brauchst doch auch mal wieder was anderes“, sagte er leise, als könne ihn jemand hören.

„Wie, was anderes?“ Rosemary bekam plötzlich Herzklopfen.

„Du möchtest doch vielleicht auch...“ Os machte einen Schritt auf sie zu und kam in ihr Zimmer.

Sie wich ein Stück nach hinten „In den Wald?“

„Marie, tue doch nicht so.“

„Wie?“

„Na so! Wir haben doch gerade Ferien.“ Er lehnte sich gegen die offene Tür.

„Ferien? Du? Den Eindruck hatte ich bisher nicht. Ich habe mir für diese Zeit vorgenommen, nicht viel zu machen. So wie man das früher auch getan hat - keine Wäsche waschen, keine Fingernägel schneiden und was es da noch so für Bräuche gibt.“ Sie schob sich ihre Mütze ein Stück aus dem Gesicht.

„Ah, das heißt also… Aber duschen tust du?“ Er schaute sie irgendwie seltsam an.

„Äh, natürlich!“ Irgendetwas war Rosemary nicht ganz geheuer und sie ahnte es.

„Auch heute?“, wollte er wissen.

„Das ist doch egal.“

„Nicht unbedingt“, entgegnete Os leise.

„Alles klar, ich habe es verstanden. Du möchtest mal jemand… Ich sage mal berühren.“ Besser sie zog sich ihre Mütze wieder tiefer ins Gesicht.
„Das auch.“ Der Blick, den er ihr nun zuwarf hatte etwas unheimliches. Rosemary erinnerte sich nur zu gut, wie sie Os gestern vor dem Abendessen mit Nina, ihre Köpfe dicht zusammen gesteckt, über irgendetwas brütend vorgefunden hatte. Ihm hatte sicher nicht allein der Kopf geraucht.
„Du musst mal Dampf ablassen, habe ich recht?“, tat sie ihren Eindruck auch kund.
„Ähm...“ Er schaute sie an und wirkte genauso, als müsse er das tun.
„Also… Dafür bin ich nicht der Typ! Das habe ich bisher noch nie gemacht, ist irgendwie nicht so meins“, nuschelte sie und wollte nicht an Vergangenes denken.
Os betrachtete sie eine Weile, bevor er antwortete: „Du meinst, einfach nur mal Sex haben, ohne verliebt zu sein?“
„Ganz genau!“, nickte sie eine Spur zu heftig.
„Warum nicht?“
„Weil… Ich weiß nicht, mein Gefühl sagt mir das. Andererseits würde ich es schon tun, wenn mir danach wäre. Also…“ Sie sah ihn an und wusste, dass sich ihre Wangen gerötet hatten.
„Du meinst, ohne…?“ Er strich sich, scheinbar völlig cool, über sein Kinn.
„Ohne gleich was miteinander anzufangen.“ Rosemary nickte erneut.
„Und warum dann nicht wir beide?“
„Wir beide? Also was jetzt?“
„Na, einfach mal… So was wie Spaß haben!“ Os fuhr sich, inzwischen selbst doch etwas unruhig, über seinen kahl rasierten Kopf.
„Wenn du meinst, dass wir Spaß haben.“ Sie zuckte mit den Schultern.
Os sah ja gar nicht so schlecht aus. Eigentlich sogar ganz gut, fand Rosemary, nachdem sie ihn etwas verstohlen noch einmal genauer betrachtet hatte, abgesehen davon, dass er ein wenig klein war. Er hatte ein attraktives Gesicht mit markanten Zügen sowie ein paar Muskeln und davon

vielleicht nicht zu wenig. Sie schaute sich ihn noch einmal an, als sei er ein Gegenstand, dachte sie, den sie bald auspacken sollte. Allerdings nicht wie ein Weihnachtsgeschenk.

Immerhin war Os nicht aggressiv, das hatte Rosemary mehr als einmal zu viel mit einem Mann erlebt. Eigentlich ein Wunder, wollte sie überhaupt noch Sex haben und das in letzter Zeit wieder mehr als auch schon. Wenn sie ehrlich mit sich war, hatte sie sogar ein echtes Bedürfnis danach, besonders seit Weihnacht. Woran dies genau lag, war für Rosemary bisher noch ein Geheimnis geblieben. Und genauso wenig wusste sie, worum es bei diesem Sehnen genau ging. Ähnlich wie mit ihren Lied, das sie seltsamerweise aufgenommen hatte. Als sie es sich noch einmal angehört hatte, ganz heimlich, als sei es verboten, hatte sie gar nichts verstanden. Worum ging es da? Ging es wirklich um Sex, um einen Orgasmus, um gelebte Sinnlichkeit und Ekstase oder um etwas anderes? Sie war sich nicht sicher.

Rosemary zögerte noch immer, sich mit diesem Os auf ein Abenteuer einzulassen. War sie dazu überhaupt in der Lage, sich von ihm, einem Fremden, anfassen zu lassen und das so gut wie überall? Bei diesem Gedanken war ihr ein wenig seltsam zumute und ein Schauer lief ihr den Nacken hinunter. Das Gefühl dabei war eine Mischung aus Angst und einer gewissen Erregung. Auf jeden Fall war irgendetwas daran unheimlich. Sie sollte das definitiv lassen, entschied Rosemary. Als aus dem Wohnzimmer mit einem Mal sanfte Klaviermusik aus den Boxen zu hören war, fühlte sie sich in ihrem Entschluss bestärkt.

☆

Rosemary war heilfroh, als Waldtraut von unten nach ihr rief und sie aus ihren Gedanken holte.

„Wir vertagen das“, murmelte sie, schlüpfte schnell an Os vorbei und

rannte die Treppe hinunter, als müsse sie mal wieder flüchten.
Os folgte ihr langsam die Treppe hinunter und lief unten Raven in die Arme.
„Morgen“, murmelte dieser. „Woher kommt ihr beiden denn?!“
„Von oben, aus Maries Zimmer“, gab Os völlig cool zur Antwort.
„Aha, also ihr beide… Was sagt meine Frau dazu?“
„Also Raven!“, lachte Waldtraut. „Ihr alle in diesem Haus, mich mal ausgenommen, habt wirklich noch etwas zu sortieren. Ich möchte jetzt mal was räuchern, das könnte dabei helfen.“
„Helfen? Wobei?“ Raven klang fast ein wenig angriffslustig.
„Mein Schwiegersohn, du musst dich vielleicht auch noch von etwas lösen, wie ich gestern.“
„Mich lösen? Von was?“ Er warf ihr einen irritierten Blick zu.
„Oder von wem, könntest du auch fragen.“ Waldtraut sah Raven herausfordernd an und blickte dann zu Rosemary. „Möchtest du mit mir mitkommen, Marie? Wir räuchern im kleinen Kaminzimmer, ganz hinten. Kennst du es?“
„Nein, da war ich noch nie“, schüttelte sie den Kopf.
„Dann wird es Zeit. Das ist genau, was wir für einen Rauhnachtszauber brauchen.“
„Einen was?!“ Rosemary wäre eigentlich am liebsten endlich mal von etwas entzaubert worden.
Waldtraut neigte den Kopf. „Meine Kleine, ich könnte dir auch noch mehr erzählen, wenn du möchtest. Deine Großmutter war doch auch eine. Wie hat sie denn diese Zeit begangen?“
„Äh, keine Ahnung. Ich war ja kaum bei ihr und sie ist viel zu früh gestorben. Nur noch ein Geist, der sich mir allerdings…“ Hastig biss sich Rosemary auf die Lippen, sollte sie die nächtlichen Unterhaltungen mit ihrer Granny besser nicht preisgeben. „Na ja, nichts als Träume“, murmelte sie.
„Und jetzt, heute Nacht? Wovon hast du da geträumt?“ In Waldtrauts

Augen blitzte es kurz auf.
„Von einem… Von einem Vogel, der mir etwas mitteilen wollte. Ähm… Wotan, könnte man sagen, oder...“, nuschelte Rosemary.
„Wotan? Ein Rabe?“ Waldtraut duckte sich für einen Moment, als sei ein solcher über sie hinweg geflogen.
Und für einen Moment glaubte Rosemary riesige Schwingen zu hören, aber das war wohl nur eine Einbildung.
„Nein, also… Einfach ein Vogel, keine Ahnung.“ Sie zuckte mit den Schultern.

„Komm!“ Waldtraut hakte sich bei Rosemary ein und führte sie nach hinten ins Haus. „Das ist doch in Ordnung, wenn wir eine Weile im Kaminzimmer sind?“, rief sie noch über ihre Schulter.
Raven brummte: „Macht doch alle, was ihr wollt! Ich bin dann mal weg, ich muss mal raus hier!“
„Dann tue das. Und wenn du möchtest, entfache du auch mal ein Feuer, um noch etwas den Flammen zu übergeben. Vielleicht im Garten. Und meiner Tochter könntest du das auch mal nahelegen. Räuchert ihr auch mal aus! Wenn ich darf, machen wir das im gesamten Haus. Und dieser Os, der… Wir werden sehen“, murmelte Waldtraut noch.
Für einen Moment fühlte sich Rosemary unbehaglich, als läge etwas in der Luft, mehr als nur ein wenig Rauch.

☆

Sie sah Waldtraut dabei zu, wie sie zuerst ein Feuer im Kamin entzündete und anschließend die fünf Fichtenzapfen, die sie im Wald aufgelesen hatte, auf dem abgetretenen, altmodischen Teppich verteilte. Waldtraut verband die Zapfen mit fünf langen Ästen, die sie vielleicht aus dem Garten hatte, sodass ein fünfzackiger Stern entstand. Ein Pentagramm, stellte Rosemary erschrocken fest und wäre am liebsten auf und davon.
Dieses Symbol holte für einen Augenblick alte Erinnerungen in ihr her-

vor. Sehr Düstere. Nur hatte es da auf dem Kopf gestanden, aber das war ja auch nur eine Frage der Perspektive. Rosemarys Herz schlug, als würde sie gleich von mehr als einem Schatten gejagt werden.
Waldtraut hatte sie beobachtet. „Marie, ich kann dich spüren. Deine Ahnen… Wir rufen jetzt deine lichtvollen Ahnen, die, die dich aus Dunkelheit ins Licht begleiten möchten, um dich zu befreien. Lass mal die Vergangenheit hinter dir. Bist du bereit? Darum bin ich hier."
„Wegen mir?!" Rosemary verspannte sich noch mehr.
„Vielleicht. Jemand hat mich gerufen. Und du, du bist wie ich. Wir müssen jetzt in dieser Zeit zusammenhalten. Verstehst du? Und wir müssen uns ganz dringend… Nimm dich raus, so wie du es bereits tust. Du darfst dies noch mehr tun. Gehe raus aus dem alten Spiel. Verstehst du?" Waldtraut schaute ihr eindringlich ins Gesicht.
„Ich glaube, ich ahne es", wisperte Rosemary, als hätte sie Angst, jemand könne es hören.

Waldtraut sah sie sehr aufmerksam an. „Ich bin da, dass du es weißt. Ich bin da, mit dir und auch für dich. Hörst du?"
„Okay… Danke." Rosemary kullerte plötzlich eine Träne über die Wange.
„Schon gut." Waldtraut legte einen Arm um sie. „Lass dich nicht unterkriegen, hier in diesem Haus, hörst du? Von niemanden. Auch von dir selbst nicht. Wir müssen uns jetzt ins Licht ausrichten, doch dafür muss man sich auch dem Dunklen zuwenden. Ohne das wird es keine Erlösung geben. Und das tun wir jetzt, wenn du möchtest. Es kann ganz leicht gehen."
Waldtraut ging noch einmal zur Tür und drehte den Schlüssel im Schloss. „Keine Angst, aber wir gehen jetzt tief und dafür brauchen wir Ruhe", erklärte sie. „Hier gibt es ja gleich mehrere, die dich etwas verwirren."
Rosemary sagte nichts, sie spürte nur, wie ihr Herz noch etwas schneller schlug.

Waldtraut blickte ihr erneut tief in die Augen. „Und wer ist derjenige, der dich ruft? Ein Rabe? Ist es dieser Os? Dunkel wie einer und er kann was, er hat auch eine Gabe. Oder ist es Raven, weil er so heißt und weil er…, aber in sich noch ein Feigling, der sich nicht traut?“
„Ein was?“ Rosemarys Kehle war plötzlich trocken.
„Raven ist ein Feigling. Er verkriecht sich, hier in diesem Haus. Und Nina… Sie weiß mal wieder überhaupt nichts von dem, was ihr wirklich gut tut. Woher sie das nur hat?“ Waldtraut schüttelte den Kopf.
„Na ja, woher wohl“, entwich es Rosemary.
„Wie bitte?“ Waldtraut zog ihre Brauen zusammen.
„Sei mir nicht böse, aber unsere ganze Kindheit, Schule und so weiter… Wie soll man denn da immer wissen, wer man ist und was man wirklich möchte? Ich weiß es auch nicht.“ Rosemary hob unsicher die Schultern.
„Du hast schon recht.“ Waldtraut blickte auf das Feuer im Kamin und dann auf das Pentagramm auf dem Boden. „Ich weiß es auch nur in Bruchstücken, wie man sich aus alten, zu engen Schubladen, aus Anpassung oder Scham wieder befreien und heilen kann. Und das Wissen darum kam auch erst, als meine Kinder größer waren. Sie waren mir dabei allerdings eine große Hilfe, muss ich sagen. Und Nina könnte sich auch mal trauen.“ Für einen Moment hielt sie inne. „Das habe ich ihr noch nie gesagt, das sollte ich vielleicht“, fuhr Waldtraut nachdenklich fort.
„Du sagst es ihr doch, auf deine Weise“, erwiderte Rosemary leise.
„Was meinst du?“
„Ich glaube, weil du dich nicht so sehr einmischst. Sie ist ja auch erwachsen.“
„Kann sein, aber gestern habe ich mich ja eingemischt. Na ja, wir fangen mal an.“

☆

Waldtraut griff nach einem alt aussehendem, kelchförmigen und verrußtem Gefäß, das sie scheinbar bereits vorher hierher gebracht hatte. Dann

nahm sie ein schwarzes, rundes Kohlestück und zündete es an. Die Funken durchliefen es und erinnerten Rosemary an das, was sie manchmal in sich spürte. Ein angenehmer Schauer durchlief sie.
Als die Funken die Kohle durchwandert hatten, legte Waldtraut sie auf den Sand, der sich in dem tönernen Kelch befand. Rosemary schaute ihr neugierig dabei zu. Dann holte sich Waldtraut eine kleine Schale, in der sich eine Mischung aus verschiedenen Kräutern und Harzen befand. Auch das Harz der Fichte, das sie im Wald gesammelt hatte, konnte Rosemary darin ausmachen.
„Wacholder, Rosmarin, Lavendel, Engelwurz, Fichtenharz, Beifuß und ein wenig Weihrauch“, murmelte Waldtraut und streute etwas davon behutsam auf die Kohle. Dann griff sie noch nach einem weiterem Räucherkraut. „Mariengras nicht zu vergessen - für dich Marie.“ Sie warf ihr kurz einen Blick zu. „Begib dich mal in die Mitte des Pentagramms und dann atme tief ein und aus“, wurde Rosemary dann von Waldtraut angewiesen. „Ich werde dich hiermit abräuchern. Du musst nichts tun, einfach nur fühlen. Vielleicht siehst oder spürst du etwas.“
Waldtraut schob Rosemary sanft in die Mitte des Symbols und stellte sich vor sie, mit der Räucherschale in der Hand. Der Rauch stieg Rosemary nach einiger Zeit eine Spur zu heftig in die Nase und sie musste husten. „Lass es raus“, flüsterte Waldtraut und gab eine große Ladung auf die heiße Kohle.
Nur langsam konnte Rosemary sich besser darauf einlassen. Sie hatte bisher solche Rituale ausschließlich mit dunkler, schwarzer Magie verbunden und in ihr tobte eine Art Kampf. Es war kein einfacher. Ihr Herz jagte teilweise in einer wilden Jagd dahin, als würde sie verfolgt werden, wie sonst in ihren teils düsteren Träumen. Dennoch spürte sie, dass etwas in ihr bereit war, sodass sich Altes auch in Rauch auflösen konnte.
Geraume Zeit später brach etwas in Rosemary und sie sank wimmernd auf den Boden. Dort kauernd, saß sie da und begann zu weinen, herzzerreißend, als würde ihr tatsächlich jemand das Herz aus der Brust reißen.

Irgendwann wurde es weniger, ebbte ab und Rosemary konnte sich wieder mehr besinnen, wo sie sich in Wahrheit in diesem Moment befand. Eigentlich in vollkommener Sicherheit, dachte etwas in ihr, auch wenn es sich noch nicht ganz so anfühlte.

Eine Angst war zuvor in ihr emporgestiegen, die ihr für einen Moment alle Luft zum Atmen genommen hatte. Sie hatte sich wie in eisernen Ketten gefühlt, gefangen in einer Angst aus einer uralten Zeit. Oder war diese doch nicht so alt? In ihr war ein Gefühl, als würde sich etwas miteinander vermischen: Eine längst vergangene Zeit - Hexen, Scheiterhaufen und noch weitaus Älteres - mit ihrer eigenen Vergangenheit als Kind und Jugendliche in England. Diese hatte sie irgendwo auch in einem England verbracht, das vielleicht mehr der Vergangenheit angehörte: Duke, Earl, Duchesse, Countess, Lord und Lady… Und auch ihr Vater, der Spross einer deutschen adeligen Familie mit einem "von" im Namen, schien nicht ganz einem modernen Europa entsprungen zu sein.
Wie hatte sie das nur ausgehalten? Ein viel zu enges Korsett, all diese strenge Etikette, dieser ganze Adel in ihrer Familie und dazu mit einer düsteren Geschichte. Blaues Blut - Manchmal hatte Rosemary gedacht, etwas daran wäre gar nicht nur ein Ausdruck, sondern, einen Teil ihrer Familie betreffend, schon fast eine Tatsache: blau und eiskalt, so hatte sie es oft empfunden. In ihrer Vergangenheit und der ihrer Ahnen war häufig keine Herzenswärme gewesen. Kein rotes, warmes Blut, wie es ihr in den letzten Tagen manchmal zu sehr in ihr Herz geflossen war und vielleicht auch in ihre Wangen.
Es war nicht nur eine alte Erinnerung, ein alter Schmerz und uralte Todesangst, es war gleichzeitig auch etwas anderes, das während diesem Ritual mit Waldtraut in ihr aufgestiegen war. Da war auch ein ganz anders Gefühl aufgetaucht. Dies gepaart mit dem Gefühl, als müsse beziehungsweise dürfe sie sich endlich wagen, das aus ihrem Inneren nach Außen zu geben, was sie schon oft gespürt hatte: Liebe. Eine Liebe, die

ihr sogar manchmal schon fast weh tat. Es schmerzte nicht wie ihre alten Erinnerungen, sondern vielmehr, weil dieses Gefühl der Liebe so groß und weit war, dass sie nicht glauben konnte, dass man so etwas überhaupt in sich tragen und spüren konnte. Diese Liebe erschien ihr jedoch auch nicht ganz aus dieser Welt zu sein, als würde sie, wie anderes auch, nur in das Reich ihrer Träume gehören.

☆

Rosemary kauerte noch immer auf dem Boden, als von draußen Lärm zu hören war. Es war schon eher ein Brüllen, das durch das Haus hallte. Waldtraut schreckte, wie sie selbst, auf, hatte auch sie sich in einem anderen Zustand befunden. Waldtraut schien in einer Art Trance gewesen zu sein. Jetzt blinzelte sie nervös in Richtung Tür.
„Nicht aufmachen, Marie! Wir bleiben hier. Lass die Jungs mal ihren Kampf austragen."
„Wie bitte?" Das Geschrei hatte Rosemary abrupt aus einem beinahe himmlischen Gefühl, sich noch in dieser Liebe befindend, gerissen.
„Na ja, Nina und ihre beiden Männer", nickte Waldtraut in Richtung Tür.
„Wie meinst du das?"
„So wie ich es gesagt habe. Meine Tochter… Sie hat es sich einfach in den Kopf gesetzt, so einen Mann wie Raven zu heiraten. Introvertiert, schüchtern und wie du, musisch veranlagt. Das hat ihr gefallen. Allerdings tut ihr dieser Os mit ein wenig mehr Tatendrang scheinbar gut. Er kann sie auch ganz anders nehmen."
„Ah, du meinst, er nimmt sie…?" Rosemary sah die Tür an, hörte man noch immer ein Bellen durch das Haus.
„Marie oder besser Rosemary, dieser Os ist doch nicht zufällig hier!", hörte sie Waldtraut sagen. „Kam dich schon mal dein Chef zu Hause besuchen und das auch noch direkt nach Heiligabend, an einem Feiertag?"
„Äh… Nein, aber ich arbeite auch nicht wie Nina in einem Unternehmen mit einem Chef, der alles selbst aufgebaut hat, mit viel Herzblut, glaube

ich“, antwortete Rosemary unsicher. Vor Weihnacht hatten sie Nina und Raven mehr zufällig in Os` Firma mitgenommen. Sie hatten von einem Mitarbeiter, war Os plötzlich zu einem wichtigen Termin außer Haus gerufen worden, das eher kleine, aber exklusive Tonstudio gezeigt bekommen. In diesem ließ er mittlerweile auch CDs für Firmen produzieren – so etwas wie mentales Erfolgstraining.

„Das stimmt. Du meinst also…?“

„Ich meine überhaupt nichts. Vielleicht brennt es ja bei ihm. Aber gut, er hat ja was, man könnte Nina verstehen.“

Waldtraut lachte. „Und Raven? Er ist vielleicht ein wenig zu weich.“

„Na ja, meist ist er mürrisch, wenn du mich fragst. Unausgeschlafen und einfach...“ Rosemary fuhr sich über das Gesicht.

„Aha. Ihr beiden habt also keinen großen Kontakt?“

„Nein, nur wenig. Er kommt hin und wieder zum reparieren, wenn mal wieder etwas auseinanderfällt. Eine Dichtung oder...“

Über Waldtrauts Gesicht huschte ein Lächeln. „Eine Dichtung? Na, die könnte er mal bei sich entfernen.“

„Also… Wic meinst du das?“

„Marie, Raven hat sich doch auch schon lange in etwas verloren. Glaubst du etwa, dass er glücklich ist? Sicher nicht, wenn er immer mürrisch ist. Und er hat früher sehr viel mehr Klavier gespielt. Auf dem alten Flügel hinten im Wohnzimmer.“

„Was?!“ Rosemary schluckte. „Ich dachte, der gehörte seinem Vater?“

„Nein, der konnte keine Note lesen, dafür Paragraphen, er war Rechtsanwalt“, erläuterte Waldtraut.

„Raven spielt Klavier?!“ Wieso machte sie das plötzlich derart nervös?

„Ja, sehr gut. Er hat noch nie gespielt?“ Waldtraut hob den Blick und sah Rosemary fragend an.

„Keine Ahnung. Heiligabend habe ich mal was gehört. Ich dachte, das sei nur aus der Anlage gekommen. Hm… Meine Ohren sind scheinbar nicht so gut. Und heute um Mitternacht, das war vielleicht… Das waren nur

ein paar Akkorde.“
Diese Akkorde hatten sie allerdings aus ihrem Traum gerissen und wie Nebel waren mit einem Mal alte, scheinbar längst vergessene Erinnerungen durch ihre Gedanken geweht. Schnell hatte sie diese wieder in sich vergraben und sich in andere Gedanken geflüchtet.
„Das könnte sein, dass du nicht so gut hörst, Marie“, hörte sie nun Waldtraut sagen. „Wenn du mich fragst, hörst du so manches nicht. Aber dafür bräuchtest du nicht unbedingt deine Ohren, um es zu tun. So, wir machen hier mal langsam Schluss. Das Ganze hat schon seine Wirkung getan.“

Waldtraut stand auf und griff nach dem Räucherkelch. „Ich räuchere noch einmal um dich herum, wenn das in Ordnung ist.“
„Könnte ich das auch selbst tun?“, fragte Rosemary etwas zaghaft. Sie wollte zumindest jetzt mal dem folgen, was sie glaubte, in sich zu hören.
„Natürlich! Umso besser.“ Waldtraut lächelte und reichte ihr den Kelch. „Wir nehmen dafür Weihrauch, Beifuß und etwas Eisenkraut. Das kannst du gebrauchen. Vielleicht noch etwas Salbei.“ Ihr Blick wanderte in eine weitere Schale, die auf der Fensterbank stand.
Rosemary nickte, entschied sich dann aber doch für etwas anderes: „Hast du auch etwas… mehr so was wie Rose, Lavendel und Zimt?“
Waldtraut schaute sie an und musste lächeln. „Auch gut, aber ein bisschen Eisenkraut und Beifuß darf mit dazu, einverstanden?“ Sie begann in einer Schachtel herum zu kramen. „Um das Männliche mit dem Weiblichen wieder zu vereinen“, murmelte Waldtraut dann, als sie fündig geworden war.
Als sie mit ihrer Zeremonie fertig waren, fühlte sich Rosemary fix und fertig und versank bereits lange vor ihrer gewohnten Zeit des Schlafengehens in ihrem Bett.

☆

Heilimpuls

Nimm dir Zeit für ein Ritual – für eine heilige Handlung. Zur Einstimmung und um leichter loszulassen, kannst du etwas räuchern.
Lege dir aus einer Schnur oder Ästen ein Pentagramm auf den Boden. In die Mitte stelle eine Kerze oder ein Teelicht. Du kannst in jede der fünf Spitzen etwas hinein legen, z.B. einen Kristall, Weihrauch oder eine Feder, oder visualisiere es. Folge hierbei deinem Gefühl.

Löst diese Übung oder das Pentagramm Angst oder ein ungutes Gefühl in dir aus, dann spüre dort hinein. Eventuell ist es ein Widerstand, haben wir alle in anderen Inkarnationen mehr oder weniger auch Anteil an dunklen Ritualen gehabt oder wurden für und in solchen benutzt. Oft haben wir energetisch aus anderen Leben noch Schwüre gespeichert, um nie wieder mit so etwas und daraus resultierendem Leid und Schmerz in Kontakt zu kommen.
Übergib deine Angst und alte Eide, Gelübde und Schwüre einem gold-silber-violetten Feuer der Transformation, das du vor dir visualisierst.
Wenn du das Gefühl hast, es möchte noch etwas Größeres in dir gelöst werden, wende dich an jemand, der dir hierbei Unterstützung geben kann. Sei dir gewiss, dass während der hier angegebenen Übung nichts geschehen kann, was du nicht alleine durchwandern und in dir heilen kannst. Du bist von lichten Kräften wunderbar begleitet und geborgen.

Wenn du soweit bist, stelle dich für dein Heilritual in das Pentagramm und räuchere, wenn du magst. Dann schließe die Augen und atme tief ein und aus. Fühle Mutter Erde unter dir und das Göttliche überall um dich herum und in dir. Atme in dein Herz und dann fühle. Du musst nichts weiter tun als zu fühlen und es in dir geschehen lassen. Was spürst du? Was macht dir noch Angst?

Wenn du dich soweit fühlst, rufe deine lichtvollen Ahnen, die, die dich bereits stärken. Sehe, wie sie näher kommen und einen Kreis um dich bilden. Spüre, sie sind mit dir sind. Dann bitte deine lichten Ahnen, deine Seele sowie deine geistigen Begleiter jetzt in deine Vergangenheit und in deine Ahnenlinie zu reisen, um zu klären und zu heilen. Lasse es einfach geschehen. Du wirst es spüren, wenn es soweit ist, dass du aus dem Pentagramm wieder heraustreten kannst. Lasse dieses noch bis zum nächsten Tag liegen.
Räuchere noch einmal und bedanke dich bei allen.

Zum Räuchern:
Wacholder, Beifuß, Salbei, Rosmarin, Lavendel, Holunder, Eisenkraut, Engelwurz, Fichtenharz oder -nadeln, Mariengras, Weißdorn

☆

Fünfte Rauhnacht

28./29. Dezember – 29. Dezember

Der nächste Tag war klirrend kalt und es begrüßten Rosemary ein paar Eisblumen am Fenster, als sie am Morgen den Vorhang zur Seite schob. Sie war am Abend nicht mehr nach unten gegangen, hatte sie nur noch geweint, irgendwie grundlos. Auch heute fühlte sie sich, als würde ihr noch immer das ganze alte Drama und Leid dieser Welt auf den Schultern lasten. Winter im Herzen, war jetzt einer ihrer Gedanken, als sie in den Garten schaute. Da war nichts mit ein wenig Zauber. Ein wenig Feenstaub, das wäre was, den man ihr ganz sanft in ihr Herz streuen würde.

Rosemary sah noch immer aus dem Fenster. Der Garten war über und über mit Raureif bedeckt, jeder noch so kleine Ast, und auf dem Rasen lag noch ein wenig Schnee. Ein Glitzern war für einen Moment zu sehen, als sich kurz ein paar Strahlen der Morgensonne durch die grauen Wolken schoben. Selbst als die Sonne wieder im Nebel verschwand, blieb etwas zurück, einem Glitzern gleich. Als habe sich magischer Sternenstaub auf die Erde gelegt. Mit einem Mal empfand sie den nebligen Morgen wunderschön, schon fast ein wenig verzaubert, dachte sie.

Und so wirkte Rosemary vielleicht auch selbst, als sich jemand vor ihrer Tür räusperte.
„Marie“, rief es leise, „schläfst du noch?“
Um Himmels willen, bemerkte sie erschrocken, das war Os! Wie konnte er nur?
Sie antwortete nicht.

„Marie?“, kam es noch einmal und dann ging ihre Tür auf.
„Ich bin nicht da“, murmelte sie und schaute weiter aus dem Fenster.
„Ich wollte dir nur sagen, dass es Frühstückt gibt. Wir könnten gemeinsam frühstücken.“
„Ach so... Frühstücken?“ Rosemary sah starr in den Raureif hinaus, um besser nicht daran zu denken, was ihr eben kurz in den Sinn gekommen war: Ein gemeinsames Frühstück mit jemandem, den sie liebte. Und das im warmen Bett. Nicht nur so etwas wie ein Vergnügen, wie Os es im Sinn hatte, und das vielleicht auch keines wäre.
„Wie lange bleibst du eigentlich?“, fragte sie.
„So schlimm, dass ich da bin?“ Os klang irgendwie zerknirscht.
„Nein, ich frage mich einfach nur, du und Nina und…“ Sie warf ihm einen flüchtigen Blick zu.
Er spielte ein wenig verlegen mit dem spitz rasierten Streifen seiner Barthaare am Kinn. „Du meinst Raven, uns drei? Wir kennen uns schon lange, keine Sorge. Raven mag mich, auch wenn er manchmal ein wenig grimmig tut. Ich habe ihn zwar lange nicht gesehen, aber...“
„Ah. Ach so.“
„Was hast du denn gedacht?“ Er räusperte sich.

Rosemary drehte sich nun doch zu ihm um. „Keine Ahnung. Um ehrlich zu sein, habe ich mich gefragt, ob du nicht auch Nina bereits solch ein Angebot gemacht hast wie mir. Oder ob du mit ihr nicht sogar schon im Bett gelandet bist.“ Seit wann traute sie sich so etwas auszusprechen?
Os schaute sie ein wenig irritiert an. „Gelandet? Nein, das sind wir nicht. Wir… Sie ist meine beste Mitarbeiterin, ich kann sie nicht verlieren. Und sie ist verheiratet.“
„Aha, das klingt jetzt aber schon ein wenig danach, als hättest du mit ihr geschlafen, wenn das nicht der Fall wäre.“
Er schüttelte den Kopf. „Nein, sie ist… Nina und Ra… Raven können sich nicht voneinander trennen. Das war schon immer so. Sie wollte es

mal, aber… Sie hat es nicht geschafft, vermute ich. Oder er hat sie nicht gehen lassen. Vielleicht ja beides."
„Sie wollten sich trennen?", hakte sie nach.
„Ja, erst neulich wieder, soweit ich weiß. Aber der eine hält den anderen. Sie ist ja freiwillig wieder hier, nehme ich an. Und die beiden..." Os blickte Rosemary erneut seltsam an.
„Und du? Du möchtest mich doch gar nicht", entfuhr es ihr, merkwürdig gereizt.
„Marie..." Er lachte, seinen Blick auf den Boden gerichtet.

Sie betrachtete ihn, wie er dort stand und scheinbar auch gerade nicht weiter wusste, ähnlich wie sie.
„Du… du würdest mir vielleicht schon gefallen, wenn wir einfach mal… einfach mal leben", sagte er, seine Stimme ein wenig steif.
„Leben? Klar, danach sehne ich mich." Sie sah wieder aus dem Fenster. „Aber meinst du, das funktioniert, wenn wir einfach mal Sex haben?" Im Garten regte sich etwas, ähnlich wie in ihr. „Na ja, wir können es ja versuchen", erwiderte Rosemary dann leise und drehte sich zu ihm um.
Os antwortete, mit einem schiefen Grinsen im Gesicht: „Du willst aber gar nicht, und ein bisschen mehr Feuer wäre schon ganz schön."
„Mehr Feuer? Das kannst du haben. Mir hat mal jemand gesagt… Vergiss es!" Sie winkte ab und wandte sich wieder dem Nebel draußen zu.
Er lachte leise. „Du habest Feuer? Und wo ist es? Wo ist der Rosmarin in dir?"
„Nimm mich nicht auf den Arm!" Sie wollte jetzt am liebsten tief in den Wald.
„Nein, darauf käme ich nie, dich auf den Arm zu nehmen."

Sie sahen sich nun an und Rosemary glaubte für einen Moment, Os hätte etwas anderes gesagt. Nämlich genau das, was sie auch glaubte zu spüren: Er wäre ein Mann für ein paar Nächte und dann hätte es sich schon wieder ausgezaubert. Der Zauber wäre schnell verflogen oder nie da gewesen. Denn wirklich in seine Arme schließen wollte er wahrscheinlich, wenn überhaupt, Nina. Und sie konnte er nicht haben. Das konnte Rosemary in seinen Augen sehen: eine Sehnsucht nach einer Frau, die er schon lange liebte.

Es wäre also nichts weiter als kleiner Flirt. Ein bisschen vielleicht wie der Schnee, der manches vorübergehend zudeckte. Wollte sie das? Vielleicht könnte es ja schon eine relativ leidenschaftliche Nacht sein, war das ja möglich, auch ohne verliebt zu sein. Als wäre es eine Art Programm, das in ihrem Körper gespeichert war und das dann wie von selbst ablief. Das kannte Rosemary, war ihr Körper eben doch manchmal auch einfach bedürftig. Aber dieses Gefühl, von dem sie glaubte, das es auch möglich wäre, wäre schnell wieder verpufft, viel zu schnell. Und sie würde anschließend mal wieder nur von dunklen Geistern verfolgt werden, nur weil sie gehofft hatte, durch solch eine Nacht etwas verdrängen zu können. Oder weil sie sich danach sehnte, wieder mehr Lebenskraft in sich zu spüren – so als habe man genug Rosmarin intus. Dieser vermochte ja, wie guter Sex, eingeschlafene Lebensgeister zum Leben erwecken.

☆

Trotz ihrer zweifelnden Gedanken fand sich Rosemary am Abend mit Os, in einer nicht mehr sehr unverfänglichen Lage vor dem Kamin im hintersten Raum des Hauses, in dem sie gestern noch in einem Pentagramm gestanden hatte. Sie hatte sich doch verführen lassen. Auch gut, dachte sie, als es vorbei war. Wieso auch nicht, sie war auch nur ein Mensch, eine Frau mit ihren körperlichen Bedürfnissen.
Und dennoch war da ein tiefer Schmerz in ihr, als sie sich später doch wieder allein in ihr Bett verzog. Es war nichts passiert, redete sie sich ein, und fühlte sich dennoch irgendwo tief verletzt. Wie hatte sie das nur geschehen lassen können, so ganz ohne dieses magische Gefühl?

☆

Kaum war Rosemary eingeschlafen, wurde sie in ihren Träumen gejagt, verfolgt und mehr als einmal für etwas bestraft, was sie scheinbar getan hatte. Schuld und eine große Scham war alles, woran sie sich im ersten Moment erinnerte, als sie noch vor Mitternacht schweißgebadet wieder aufwachte.

Os hatte an ihre Tür geklopft, glaubte Rosemary, und war sich sicher, davon geweckt und aus diesen Alpträumen einer wilden Jagd gerissen worden zu sein. Sie stand möglichst lautlos auf und drehte hastig den Schlüssel im Schloss. Wieder klopfte es, es war also keine Einbildung gewesen! Ihr standen plötzlich die Nackenhaare zu Berge, als draußen auch noch ein Hund aufheulte. Wolfsnächte, nannte man die Rauhnächte auch. Wer war es gewesen, der sie in ihren Träumen gejagt hatte? Sie glaubte, sich an einen schwarzen oder dunklen Wolf zu erinnern. Und wie so häufig war auch ein Rabe mindestens einmal durch diese wirren Träume geflogen, scheinbar ebenfalls auf der Jagd nach etwas.

„Marie“, hörte sie jetzt Ravens Stimme, „bitte, mach wieder auf!“

„Ich… Was willst du?“ Entgeistert starrte sie die Tür an.

„Bitte! Lass mich mal rein.“

„Nein!“

„Bitte, ich möchte… Ich muss in diesen Raum! Dringend!“ Seine Stimme klang auch so.

„In mein Zimmer?!“ Rosemary wollte im Moment von keinem Mann etwas wissen.

„Das war früher nicht dein Zimmer. Mir ist etwas eingefallen.“

„Raven, es ist mitten in der Nacht.“

„Es ist kurz vor zwölf.“

Rosemary schloss nun doch die Tür auf und ließ Raven in ihr Zimmer. Nervös schaute er sich dort um. „Du bist allein?“

„Wieso nicht?“
„Könnte ja sein, du hast ja… Na ja!“
„Was?“
„Ich habe euch...“
„Du hast was?“ Entsetzt sah sie ihn an.
„Ich habe euch gehört, dich und Os“, murmelte er und blickte sich noch einmal im Zimmer um.
„Kann gar nicht sein, ich habe kaum einen Laut...“ Besser sie sagte nichts mehr.
„Hast du. Schon gut, kann ja mal passieren“, nuschelte er.
„Meinst du? Kann das einfach mal so passieren? Wir beide könnten also auch Sex haben, wenn Nina mal zu lange für deine männlichen Bedürfnisse irgendwo festsitzt?“ Sie musste verrückt sein, so etwas auszusprechen.
„Also Marie! Nein, bei mir kommt so etwas nicht vor!“ Raven schaute sie argwöhnisch an.
„Klar, dir passiert das nicht einfach so. Aber mir?“ Jetzt fühlte Rosemary sich angegriffen. Natürlich, es war ja passiert, dachte sie irgendwie traurig.
„Marie, das ist mir egal. Os gefällt dir vielleicht, das tut er ja auch anderen Frauen! Er ist muskulös und… Und wie war es?“
„Raven, das… Nicht… nicht so berauschend. Zu schnell.“
„O ha! Du wolltest also mehr. Na ja, kann man dir ja nicht verdenken.“ Raven räusperte sich und sah sich erneut unruhig um. „Aber das Zimmer hier...“
„Was ist mit dem Zimmer?“, fragte Rosemary ein wenig gereizt.
„Mein Vater muss sich hier irgendwo...“
„Er hat hier was?“ Sie hatte plötzlich ein seltsames Gefühl, eine Ahnung.
„Meine Eltern waren sich schon lange nicht mehr grün“, begann er mit tonloser Stimme zu berichten. „Nicht nur mit sich selbst, sie waren einfach... Wohl am Ende, nehme ich an. Das ganze Weltgeschehen und...

Mein Vater hat sich nicht mehr retten können.“
„Du meinst, er ist an diesem Virus gestorben?“
Er strich sich eine dunkle Haarsträhne aus der Stirn. „Nein. Den gab es hier nie, nur einen anderen: Angst. Er hatte panische Angst, vor so vielem. Angst, dass man ihm alles nimmt: das Haus, seine ganze Existenz... Mein Vater hat sich da vielleicht auch hinein gesteigert. Wie im dritten Reich, hat er immer wieder gesagt. Und eines Tages… Aus!“
„Aus?“ Rosemary schluckte.
„Ja, ich glaube hier. Eben in meinem Traum tauchte er auf. Ich habe ihn gesehen, wie er sich hier in der Ecke…“ Raven deutete in eine Zimmerecke.
Ihr hatte es kurz die Sprache verschlagen. „Er hat sich hier…? Du meinst, er hat sich umgebracht?“
„Ja. Die Firma, in der er Teilhaber gewesen ist, ist langsam den Bach runter gegangen. Und meine Mutter, die ihn schon lange vorher verlassen hatte, hat ihm gänzlich den Rücken gekehrt. Ein düsteres Kapitel und für mich war es das auch.“

Rosemary starrte noch immer in die leere Zimmerecke. „Oh je! Ich hatte ja keine Ahnung, aber jetzt, wo du das sagst… Also, dort hinten steht jemand. Auch jetzt. Er steht dort bereits seit längerer Zeit. Er möchte mir nicht zuhören. Wir haben einen Deal: Er lässt mich in Ruhe, so dass ich schlafen kann, und ich nerve ihn nicht mehr.“
„Was?! Sag mal, du bist aber nicht auch…?“ Raven ließ sich auf einen Stuhl fallen.
„Verrückt? Keine Sorge. Du kannst mich ja raus werfen, wenn es dir unheimlich ist.“
„Unheimlich? Ja, du bist mir irgendwie unheimlich. Allerdings… Seltsam, ich habe ihn ja auch gesehen, klar und deutlich. Wo steht er?“
„Dort!“ Rosemary zeigte noch einmal in die Ecke. „Im Moment sehe ich ihn allerdings nicht mehr.“

„Er ist gegangen. Heute Nacht, glaube ich.“ Ravens Stimme klang plötzlich so, als würde er gleich weinen.
„Was?“
„Ich habe es gesehen. Er hat sich bei mir entschuldigt und ich mich bei ihm.“ Ihm lief nun eine Träne über seine Wange.
„Raven, er ist… Er hat sich also gelöst, das ist gut“, nickte sie.
„Ich weiß nicht, meinst du?“
„Ich glaube schon. Wir dürfen loslassen, das habe ich heute auch.“

Er sah sie kurz an. „Ah, so sieht das also bei dir aus. Ach, das habe ich ja schon gehört - Frauen können gut loslassen, wenn sie...“
„Hm... Raven, ich war halt einfach auch mal wieder fällig“, murmelte Rosemary.
„Wieder fällig? So wie der Hausputz? Also echt! Das hätte ich jetzt nicht von dir gedacht. Du lässt dich einfach so verführen?“
„Nein, so einfach war das nicht. Ich fühle mich schuldig, ziemlich. Und noch viel mehr schäme ich mich. Ich schäme mich allerdings oft, nachdem ich Sex hatte.“
Raven verzog ein wenig das Gesicht, als wolle er grinsen. „Aha, na ja. Mein Vater hat das auch.“
„Sich geschämt?“, hakte sie nach.
Er nickte. „Ich glaube schon. Ich bin eher prüde groß geworden. Sehr prüde, um genau zu sein.“
„Ist mir schon aufgefallen - ein wenig verklemmt, wie die Tür zu...“ Rosemary musste an die Tür zu seinem und Ninas Schlafzimmer denken.
„Verklemmt? Hm! Und du? Du bist also so ganz freizügig und… Ich kann ja Os morgen mal fragen.“
„Os? Der hat keine Ahnung, ich war überhaupt nicht in der Verfassung für…“ Das war sie allerdings doch irgendwie gewesen, nur ohne das, was sie so gerne erlebt hätte.
„Aha, du meinst, er hat dich gar nicht wirklich kennengelernt, die Frau

Gar-nicht-prüde?“ Raven musste lachen.
„Also… Ganz ehrlich, ich möchte mit dir darüber nicht sprechen!“, regte Rosemary sich nun auf. „Wir waren doch bisher einfach nur nette Nachbarn, oder nicht? Was hat da mein Liebes- oder mein verkorkstes Sexleben verloren?“
„Eigentlich nichts, da hast du recht. Tut mir leid“, murmelte er.

☆

„Möchtest du hier in diesem Zimmer nochmal nachschauen, wegen deines Vaters?“, fragte Rosemary nun etwas versöhnlicher gestimmt.
„Was soll ich denn da nachschauen?“, kam es etwas barsch von Raven.
„Ob…? Keine Ahnung. Er hat wohl nicht so viel hinterlassen. Ich bin froh, ist er nun gegangen.“ Sie wäre allerdings noch mehr erleichtert, würde sich auch Raven wieder verziehen.
„Bist du? Wieso?“, wollte er wissen.
„Er war… sehr traurig. Sogar extrem traurig. Und seine Frau hat ihn auch verlassen.“ Rosemary sank nun auf den Rand ihres Bettes.
„Ja, das sagte ich ja“, nickte Raven.
„Ja, wie ich auch.“
„Du hast ihn verlassen?! Oder hast du…?“
Ihr Nicken war kaum zu sehen. „Meinen…“
„Deinen Mann?! Du hast einen Ehemann?“ Er sah sie nun ein wenig skeptisch an.
„Ja, ich bin, wie du, verheiratet“, gestand sie. „Noch offiziell, in England.“
„Ach! Das wusste ich gar nicht.“
Sie lachte ein wenig bitter. „Konntest du ja auch gar nicht, ich habe es euch nie gesagt. War auch besser so für mich. Ich wollte es vergessen. Alles. Einfach das Ganze. Diese Weihnacht...“

Von draußen vom Dach kam plötzlich eine Art Scheppern. Es klang, als sei dort jemand, dachte Rosemary erschrocken. Sie spurtete zum Fenster und riss es auf. Von der Dachrinne blickte ihr eine Krähe entgegen. Schnell schloss sie wieder das Fenster.
„Diese Weihnacht?! Wieso?“, bellte Raven schon fast.
„Nicht dieses Jahr, letztes Jahr.“ Sie sah weiter aus dem Fenster. „Mein Ehemann hat mich suchen lassen“, murmelte sie dann.
„Suchen lassen?“
„Ja! Auch in Deutschland, das hat mir meine Mutter verraten. Ich weiß nicht, ob ich hier bleiben kann. War sowieso keine gute Idee, ausgerechnet in der Gegend untertauchen zu wollen, aus der mein Vater einst kam.“
„Oh je!“, brummte Raven. „Wer ist denn dein Ehemann? Ein Verbrecher?“
„Nein, ich bin… Ich komme aus keiner einfachen Familie. Wir haben so eine Art… Ich sage mal ein Bündnis - seine Familie mit meiner. Wenn ich etwas verrate, dann könnte seine und meine Welt untergehen. Das glaubt er.“ In Rosemary herrschte nun tiefster Winter.
„Ah, ich verstehe kein Wort.“

Im Flur war nun eine Tür zu hören. Vielleicht war es Os, hatte er sein Zimmer im gleichen Stockwerk wie Rosemary, neben Waldtrauts.
Sie schwieg einen Moment bis nichts mehr zu hören war.
„Das ist auch besser so, verstehst du das alles nicht“, antwortete sie dann leise. „Aber ganz ehrlich, ich habe Angst, dass er mich hier findet.“ Und so fühlte sie sich auch, zitterte sie mit einem Mal.
„Wie sollte er dich denn finden? Weiß deine Mutter, wo du bist?“, fragte Raven nun etwas leiser.
„Nein, nur eine Freundin. Sie hat auch als Einzige meine Handynummer. Über sie läuft der Kontakt zu meiner Mutter.“
Er atmete schwer aus. „Oh! Klingt kompliziert.“

„Ist es! Aber gut, Ty wird sich schon wieder beruhigen“, antwortete Rosemary und versuchte sich selbst wieder zu beruhigen.
„Ty?… Ah, *rosemary and thyme*“, kam es dann von Raven.
„Also das ist jetzt weit hergeholt! Sein Name ist Tyler.“
„Aber… Er ist dein Mann, oder?“ Er zog eine Braue hoch.
„Er war es!“, entgegnete sie mit eisern klingender Stimme.
„Geschieden?“
„Nicht auf dem Papier, aber sonst schon. Und du, wie ist das bei euch?“
Raven sah sie geschockt an. „Nina und ich sind verheiratet, das weißt du doch!“
„Klar, weiß ich das. Auf dem Papier seid ihr es, aber sonst?“ Das war ein wenig dreist, bemerkte sie zu spät.
„Das geht dich gar nichts an! Du und Os, ihr habt heute Abend auch so eine Art Ehe vollzogen, wenn du mich fragst.“
„Wie bitte?! Oh Mann! Du bist aber wirklich prüde.“ Rosemary war entsetzt, nicht allein aus diesem Grund.
„Mag sein. Aber du kannst doch nicht einfach mit einem Kerl ins Bett, ohne dass dies seine Spuren hinterlässt? Man verbindet sich doch über Sex.“ Ravens Gesicht wies nun eher harte Züge auf.
„Da magst du irgendwo recht haben. Also gut, ich bekenne mich schuldig. Und jetzt will ich schlafen. Ich möchte… einfach ins Bett“, murmelte sie und fühlte sich mit einem Mal hundsmiserabel.
„Dann tue das.“

Raven wandte sich in Richtung Tür, drehte sich allerdings noch einmal um und sah sie eine Weile an. „Marie?... Tut mir leid, das war jetzt nicht so nett.“
„Nein, war es nicht. Aber gut... Danke.“ Rosemary schaute zu ihm.
„Und dein Mann… Was kann man tun, falls er kommt?“
„Was man tun sollte? Nichts. Wir könnten uns ja alle mal vergeben. Aber es gäbe etwas: Er glaubt, ich sei bei einem anderen“, fiel es ihr plötzlich

ein.
„Aha und wieso glaubt er das?“ Nachdenklich zog er eine Braue hoch.
„Weil... weil ich ihm nur auf diese Art weismachen konnte, dass er mich in Ruhe lässt. Ty ist viel zu stolz.“
„Aha. Also nur, weil du dich angeblich in einen anderen verliebt hast, kannst du hier sein, ohne dass er dich sucht, oder wie?!“ Raven sah so aus, als wäre ihm das alles nicht geheuer.
„Nein, also… Nur so kann er mich vielleicht loslassen. Und ich ihn.“
„Ah, verstehe ich irgendwie nicht.“
Sie verstand sich selbst ja kaum noch, dachte Rosemary, und antwortete: „Musst du ja auch nicht. Ich wurde gewissermaßen zwangsverheiratet, eine arrangierte Ehe. Fast wie in Indien. Mein Mann, also Tyler, glaubt mittlerweile ich sei so etwas wie Teil seines Besitzes. Und als er mich… Ich bin halt abgehauen. Das war auch das Beste. Für mich. Für ihn? Hm! Vielleicht auch.“
„Marie, oder soll ich jetzt besser Rosemary sagen? Du hast dich irgendwie verrannt“, stellte Raven nüchtern fest.
„Meinst du? Wie du auch?“
„Ich?!“, fragte er entgeistert.
Sie schaute ihm in die Augen. „Mal ehrlich, du und deine Frau - das ist doch auch kein großer Zauber mehr.“
„Also mal ehrlich, wenn man sich schon lange kennt, vergeht ein gewisser Zauber eben auch. Kannst du dich so...? Du weißt schon, so wie heute Abend mit Os, erlebst du das so mit einem Mann, wenn du ihn schon tausend Mal berührt hast?“
„Ich glaube schon. Das sagt mir mein Gefühl. Etwas in mir weiß, dass es möglich ist. Aber okay, erlebt habe ich es auch noch nicht. Ich habe ja noch nicht mal… Na ja, egal!“, winkte Rosemary ab.
„Wir lassen das mal“, erklärte Raven nüchtern. „Aber du wolltest mir sagen, falls dein Mann hier auftaucht, braucht er einen Liebhaber an deiner Seite und dann zischt er wieder ab?“

„Keine Ahnung, aber es könnte etwas bewirken. Tyler ist wie gesagt sehr stolz und wenn ich mit einem anderen...“
„Du meinst, geschlafen hast? Woher kommst du denn?! In England ist man doch schon etwas fortschrittlicher. Oder gibt es da noch dieses Tabu, also ich meine kein Sex vor der Ehe?“ Raven war also doch nicht ganz so prüde.
„Ich komme aus einer seltsamen Familie. Da lässt man sich auf manches nicht ein.“ Und Rosemary wollte sich jetzt nicht länger auf solch ein Gespräch mit Raven einlassen.

„Ah… Na ja, vielleicht magst du mir das ja mal wann anders erzählen. Du siehst aus, als wäre dir kalt.“ Raven warf ihr einen musternden Blick zu.
„Ist mir auch, eigentlich immer“, murmelte Rosemary und zog die Füße an.
„Dann solltest du dich mal wieder aufwärmen. Vielleicht ja vor dem warmen Kamin und dann noch mit einem Kerl...“
„Das war auch nichts. Körperlich mag es mir dabei ja warm gewesen sein, aber sonst… Irgendwie war es mir da auch eher kalt, weil…“
Vielleicht sollte sie das nächste Mal besser ein warmes Bad mit Rosmarin genießen, statt mit einem ihr doch fremden Mann vor einem Feuer heißen Sex ohne diesen ganz besonderen Gefühlscocktail zu haben.
„Aha…“ Raven schüttelte den Kopf. „Marie, ich komme bei dir nicht mehr mit.“
„Wie?“
„Na ja, du erzählst mir, dass dir das eigentlich alles nicht wirklich passt und doch tust du es. Oder hast du das erst im Nachhinein bemerkt, dass du mit Os auch nicht genug Wärme bekommst, die du gerne hättest?“

„Raven… Seltsam, hast du diesen Namen, findest du nicht?“ Wollte sie mit dieser Frage von etwas ablenken oder endlich den Nebel in ihr lich-

ten? In den letzten Tagen schien es ihr, als würde sich ein Nebel aus alter Zeit in ihr auf sonderbare Weise lichten, als wolle ein uraltes Geheimnis gelüftet werden.
„Nein, wieso?“, gab er mal wieder mürrisch zur Antwort.
„Na ja, ich komme aus England.“ Sie hob ihre Brauen.
„Ah… Was soll das jetzt heißen?“ Er schaute sie merkwürdig an.
„Gar nichts. Ich gehe mal ins Bett.“
„Okay, das mache ich auch.“
„Gute Nacht“, murmelte Rosemary und hob ihre Bettdecke hoch.
„Schlaf gut“, sagte Raven noch leise und verschwand.

☆

Heilimpuls

Du bist auf eine innere Reise eingeladen. Zur Einstimmung kannst du etwas räuchern. Dann mache es dir bequem, schließe deine Augen und atme ein paar Mal tief ein und aus.
Sehe dich auf einer großen Wiese bei Sonnenaufgang. Sie ist von Raureif bedeckt und glitzert im ersten Sonnenlicht eines verzauberten Wintermorgens. Ein schwarzglänzender Rabe fliegt nun zu dir, setzt sich vor dich und begrüßt dich. Folge ihm auf einem kleinen Pfad, der zu einem Wald und in diesen hinein führt. Vielleicht begegnest du dort noch einem lichten Wesen, das dich ebenfalls begleiten möchte. Folge ihnen tiefer in den Wald. Was spürst du? Wie zeigt sich dir der Wald? Liegt er im Nebel oder ist er von Licht durchflutet? Was möchte dir der Wald mitteilen? Was sagen dir deine Begleiter?
Sie führen dich weiter, bis auf eine Lichtung, auf der ein warmes Feuer brennt. Lasse dich davor nieder und werde ruhig. Fühle in dein Herz und lasse dich bei deiner inneren Heilung begleiten. Spüre in dich hinein, um was es gerade geht.
Vielleicht nimmst du einen alten Schmerz wahr oder es zeigt sich dir jemand aus der Vergangenheit. Du kannst ihn fragen, was es jetzt noch braucht, um frei zu werden. Vielleicht möchte er, dass ihr euch noch einmal vergebt. Versöhne dich mit dir und deinen Ahnen. Lasse alte Wunden und Schmerzen heilen, seien es deine eigenen oder auch solche, die du von deinen Ahnen übernommen hast.
Wenn du soweit alles in dir gefühlt hast und alles getan ist, dann kehre mit deinen Begleitern wieder auf die Wiese zurück und bedanke dich.

Zum Räuchern:
Weihrauch, Lavendel, Salbei

☆

Sechste Rauhnacht

29./30. Dezember – 30. Dezember

Der nächste Tag begann sehr unruhig. Rosemary war gerade aufgewacht, da klatschte eine Ladung Schnee gegen ihr Fenster. Erschrocken sprang sie aus dem Bett und versuchte möglichst unbemerkt hinter dem Vorhang nach unten in den Garten zu spähen. Dort war niemand. Noch einmal landete eine Kugel Schnee auf der Fensterscheibe. Sie war nicht von unten, sondern quer von der Seite geflogen gekommen, hatte sie nun erkennen können. War dies etwa Os, hatte er ja auch hier oben ein Zimmer? Oh je, dachte sie, was wollte er denn jetzt? Hoffentlich kein Frühstück im Bett! Und doch fühlte sie sich nicht völlig abgeneigt. Sie war irgendwie ausgehungert, eigentlich schon ihr halbes Leben lang.

Leise öffnete Rosemary die Zimmertür und sah auf den Gang hinaus. Vor ihrer Tür lag eine kleine, altmodische Schatulle mit einem Zweig Rosmarin darauf. Sie hob sie mit pochendem Herzen auf und nahm sie mit in ihr Zimmer. Das goldene Döschen lag leicht in ihrer Hand. Wer hatte ihr dies vor die Tür gelegt? Sie betrachtete es eine Weile und öffnete es dann vorsichtig.

Darin lag eine Feder. Eine zarte, kleine Feder, mehr grau als schwarz. Ihr allererster Gedanke war, und sie wusste, dass dieser oft der Wahrheit entsprach, dass es die Feder einer Krähe oder eines Rabens war. Rosemary ließ sie sanft in ihrer Hand ruhen und betrachtete sie. Sie war so leicht.

Plötzlich durchfuhr sie ein weiterer Gedanke. Es war nichts, das sie jemals mit jemand geteilt hätte, doch in diesem Augenblick ahnte sie, dass sie jetzt Hilfe bei etwas brauchte. Sie sollte sich ein Herz fassen und Waldtraut zumindest etwas von sich erzählen. Noch etwas anderes tauchte aus lange versunkener Erinnerung mit einem Mal in ihr auf, das war allerdings nichts als ein jugendlicher Wahn gewissen. Eilig packte Rosemary diese Erinnerung, verbunden mit einer schwarzen Rabenfeder, wieder in eine innere Schatulle, diese fest verschlossen, wie sie es auch bisher gewesen war. Dann legte sie die Feder wieder in das goldene Döschen und verschloss auch dieses. Nachdem sie sich hastig angezogen hatte, schob sie es in ihre Hosentasche und rannte nach unten.

Beinahe ungeduldig klopfte Rosemary an der Küchentür, in der Hoffnung Waldtraut dort bei einem Frühstück vorzufinden. Ihr antwortete allerdings Nina. Rosemary trat in die Küche und erblickte neben Nina Os, ihre Köpfe mal wieder dicht beieinander, in irgendwelche Unterlagen vertieft.

„Sitzt ihr schon lange hier?“, fragte Rosemary unsicher.

Nina nickte und wirkte irritiert, als sie kurz aufblickte.

„Os, du bist also schon seit längerem wach?“, hakte Rosemary nach. „Ich meine, du hältst dich also schon länger hier unten auf?“

Das war keine gute Idee gewesen, bemerkte sie zu spät. Er sah aus, als hätte er sich am liebsten unter dem Tisch versteckt oder noch sehr viel weiter weg.

„Ja, ich sitze hier schon seit einer Stunde - ohne Frühstück“, murmelte er ohne aufzublicken und schob einen Zettel unter einen Stapel Papiere.

Rosemary petzte die Augen zusammen und warf ihm einen argwöhnischen Blick zu.

Nina, nun irgendwie skeptisch, fragte: „Warum willst du das denn wissen, Marie?“ Ihr Blick wanderte leicht genervt von Rosemary zu Os.

Vielleicht war ihr Intermezzo gestern Abend mit Os nur Raven aufgefallen, fragte sich Rosemary, dabei nach einer Antwort auf Ninas Frage suchend.

„Äh, weil mein Fenster“, begann sie dann stammeln. „Da kam… Ich dachte, es käme von Os nebenan. Hat mich nur gewundert, nicht dass ich

mich noch einmal erschrecke." Langsam hatte sie wieder etwas Fassung gewonnen.
„Dich erschrecken?" Os schaute sie nun irritiert an. „Was kam denn da?", wollte er dann wissen.
„Äh… Schnee", antwortete sie leise.
„Ein Schneeball?", hörte Rosemary da Ravens Stimme hinter sich.
„Ähm… Also…"
„Dir hat jemand einen Schneeball gegen das Fenster geworfen?" Nina zog ihre Stirn in Falten.
„Und da hast du dich erschreckt, weil du dachtest, ich wolle…?!" Os ließ ein Lachen hören, blickte allerdings gestresst auf die Unterlagen vor sich.
„Vergesst es einfach, ich bin gerade etwas schreckhaft", nuschelte Rosemary.
„Das kann man sagen", lachte Raven. „Willst du einen Kaffee?"
„Nein, lieber… Ich hätte lieber einen Tee", antwortete sie beinahe verlegen.
„Einen Schwarztee? English Tea?"
„Nein, am liebsten… Habt ihr Holunderblüten?", fragte sie vorsichtig.
Raven ging zu einem der alten Küchenschränke, um nachzusehen. Eine Weile kramte er darin herum und hielt ihr dann ein großes Glas entgegen.
„Das vielleicht?"
Rosemary besah sich die getrockneten, gelblichen Blüten darin und nickte.
„Könnte ich vielleicht etwas mehr davon bekommen? Und hättet ihr auch noch etwas…?" Sie hielt inne.
„Was brauchst du noch?", wollte Raven wissen. „Musst du etwas zaubern? Was willst du denn kochen?"
„Zaubern ja, aber nicht kochen", antwortete Rosemary ihm.
„Oh!" Er blickte sie beinahe sorgenvoll an. „Das solltest du besser lassen, Marie. Gerade in diesem Haus, wenn du mich fragst."
„Ich tue nichts in dieser Art, keine Sorge." Sie bekam plötzlich schweiß-

nasse Hände.
„Also welche Zutat brauchst du noch?“
„Keine, schon gut“, winkte sie ab.
Raven warf ihr einen fragenden Blick zu, eines seiner Augenlider zuckte ein paar Mal nervös.
„Vielleicht ein paar Federn.“ Rosemary schaute ihn weiterhin an, doch seine Miene verriet nichts.
Sie ließ sich dann von ihm ein Glas Tee reichen und steckte sich eine Handvoll der Holunderblüten in die andere Hosentasche.

☆

Kurz darauf klopfte Rosemary, mit der Tasse Tee in der Hand, an Waldtrauts Zimmertür. Ihr war nicht danach gewesen, mit den dreien in einer seltsamen Stimmung in der Küche zu sitzen und ihren Tee zu trinken. Außerdem spürte sie, dass sie jetzt dringend etwas tun musste. Etwas, das ihr vielleicht helfen würde, sich wieder freier in allem bewegen zu können, ohne Angst entdeckt zu werden und in Altes, Dunkleres hineingezogen zu werden.

Waldtraut saß auf ihrem Bett und fühlte sich nicht so gut. Sie habe kaum geschlafen, erklärte sie, und massierte sich die Schläfen.
„Marie, was möchtest du denn?“, fragte sie und sah Rosemary in die Augen. „Du hast doch was auf dem Herzen?“
„Ja, ich habe heute Nacht… Also, ich habe das Gefühl, ich muss doch noch mal etwas loslassen, etwas Altes, aus meiner Vergangenheit. Und dafür brauche ich noch einmal ein Ritual, aus dem Grund, weil man mich gezwungen hat an einem teilzunehmen. Ein sehr Dunkles. Und etwas in mir sagt mir, ich kann das nur lösen und sozusagen aufheben, wenn ich ein lichtvolles Ritual mache. Eine Zeremonie in Liebe.“ Die Worte waren aus Rosemary geradezu herausgeströmt, als sei die Zeit nun reif dafür.

„Das stimmt“, nickte Waldtraut, „nicht solch eine, wie gestern mit Os.“
„Was?“ Rosemary verspannte sich.
„Marie, ich sehe manchmal mehr als mit dem bloßen Auge. Ich vermute sehr stark, dass das dunkle Ritual etwas mit… mit Sex zu tun hatte, also mehr mit einer Form des Missbrauchs.“
Rosemary antwortete nicht.

„Also gut“, fuhr Waldtraut fort. „Wir können jetzt etwas machen - mit deinen Ahnen. Aber das, was du wirklich brauchst, um davon frei zu werden, wird eine andere Zeremonie sein. Und dafür brauchst du nicht mich. Dafür… Du wirst es wissen. Er wird sich dir schon nähern, auf eine Weise, die… Lass es geschehen. Sexualität ist wie vieles auf dieser Erde auf den Kopf gedreht worden, könnte man sagen. Krank, verdorben... Nicht durch und durch, sind wir ja zum Glück genug Menschen auf dieser Erde, die sich nichts sehnlichster wünschen, als sich mit einem Menschen in Liebe zu verbinden und auch zu vereinen. Allerdings bleibt oft ein fahler Nachgeschmack oder das Gefühl nie wirklich befriedigt zu sein, weil es nicht allein das ist, was du vielleicht gestern zum Teil hattest. Selbst wenn du Os lieben würdest, könnte dir noch etwas fehlen, weil wir irgendwo vergessen haben, dass wir mehr sind. Mehr als nur ein Körper mit seinen fünf Sinnen und seiner Psyche. Wir sind sehr viel mehr, haben wir eine Seele. Lässt du diese durch dich wirken, kann sie sich auch in der Sexualität mit ausdrücken. Dann wirst du auch eine andere Sexualität erleben, eine, die dir Kraft gibt, Weisheit oder manches mehr. Magie! Eine Magie, die wir vergessen haben. Nicht nur ein bisschen Liebeszauber. Denn die weibliche Sexualität, die aus einem Schoß kommt, der Heilung erfahren hat und der sich so wirklich öffnen kann, hat eine ganz andere Qualität. Kann sich eine Frau in ihrem Schoß wirklich öffnen, mitsamt ihrem Inneren, und begegnet sie einem Mann, der sich in seinem Herzen zu öffnen vermag und fließen bei ihm Gefühle von wahrer Liebe, dann wird daraus eine heilige Zeremonie. Natürlich sollte

auch bei ihr die Liebe zu ihm da sein und sie sich nicht scheuen, diese zu zeigen. Eine Kraft kann so ins Fließen kommen, die wir nicht mehr wirklich kennen, auch wenn vielleicht manche sie bereits wieder erahnen. Es gibt ja genug neue Herangehensweisen, *Slow Sex* und so weiter..."
„Du kennst dich aber aus." Rosemary starrte Waldtraut ein wenig entgeistert an.
„Nein, nur in der Theorie. Du bist dem Ganzen sehr viel näher als ich, wenn du mich fragst. Ich kann es dir erzählen, aber leben…? Nein, das wird bei mir in diesem Leben wahrscheinlich nichts mehr. Aber du, Rosemarie, du könntest es. Wenn du dich zuerst selbst noch etwas heilst und dann mit einem Mann auch gemeinsam weiter den Weg der Heilung gehst. Das ist es, was du brauchst. Euch heilen, auch gegenseitig. Und das klingt jetzt vielleicht nicht so weise oder spirituell, aber ich fühle das: Verbindest du dich auch über die Sexualität mit einem Mann, der bereit ist, in sich zu heilen, kann ein kleines Wunder geschehen. Damit meine ich jetzt nicht unbedingt nur ein Kind. Das ist natürlich auch ein Wunder. Aber selbst wenn es kein Kind geben wird, kann etwas Neues geboren werden. Verstehst du?"
„Ich… Ein wenig." Rosemary war sich jedoch nicht ganz sicher, ob sie das wirklich tat. Sie erinnerte sich allerdings an einige ihrer Träume aus der letzten Zeit. Anderes verlor sich irgendwo im Nebel.
Waldtraut holte tief Luft und sprach weiter: „Ekstase mein Kind, kommt aus der göttlichen Urquelle, wir sind alle aus einer Ekstase heraus entstanden, könnte man sagen. Wieso schämst du dich dafür? Wieso schäme ich mich dafür? Wir wurden und werden noch immer manipuliert und missbraucht, und dafür hat man uns gewissermaßen an der Wurzel gepackt. In der Sexualität liegt die Wurzel unseres menschlichen Daseins und irgendwo hat man uns Menschen der wahren, ursprünglichen Sexualität beraubt. Aus der Sexualität wird nicht nur neues Leben in Form eines Kindes geboren, auch anderes, wie deine Lebenskraft, Kreativität fließen so leichter aus dir in dein Leben. Doch Sexualität ganz ohne Lie-

be, mit Gier oder gar Gewalt verbunden, kann Dunkles in die Welt bringen und kann einen Menschen sogar von innen heraus zerstören, du spürst dies. Dunkle Rituale, wie du scheinbar auch eines erlebt hast, unterbinden und unterdrücken Lebensenergie, aber auch das Vertrauen ins Leben. Verstehst du?"
Rosemary schluckte. Sie verstand, leider besser als es ihr lieb war.

„Was können wir jetzt tun? Waldtraut schloss für einen Moment die Augen.
„Ich habe ein paar Holunderblüten und eine Feder. Die gehört irgendwie dazu." Rosemary umklammerte das Döschen in ihrer Hosentasche.
„Eine Feder? Von welchem Vogel?"
„Äh… Keine Ahnung." Rosemary holte das Döschen hervor und zeigte es Waldtraut. „Kennst du das?", fragte sie mit angehaltenem Atem.
Waldtraut betrachtete sich die kleine, goldene Dose und schüttelte den Kopf. „Nein, kommt mir völlig unbekannt vor. Aber es ist alt, sicher zweihundert Jahre oder älter."
„Hm… War jemand hier? Heute morgen?" Mit einem Mal bekam es Rosemary mit der Angst zu tun.
„Ich habe nichts mitbekommen. Ich lag sehr lange wach, gegen Morgen konnte ich dann endlich einschlafen."
„Warte mal, ich muss mal..." Rosemary rannte aus dem Zimmer und wieder hinunter in die Küche.

☆

Dort stand Raven vor Nina und bat sie gerade um Verzeihung. Er tat dies auf eine Art, die Rosemary einen Schauer verursachte. Hätte sie jemand so um Vergebung gebeten, sie wäre ihm wohl auf der Stelle wieder verfallen. Verfallen - ganz genau, dachte sie, so wie sie gestern diesem Os. Dieser stand draußen auf der Terrasse vor der Küche und sah nicht gerade zufrieden aus.

„Habt ihr euch gestritten?“, wagte Rosemary zu fragen, als Nina und Raven soweit waren und sie sich in die Küche traute.
„Ja“, murmelte Nina, „wir streiten eigentlich noch immer.“
„Ah, ich möchte auch nicht stören“, und schon wollte Rosemary wieder den Rückzug antreten.
„Marie, warte!“, hielt Raven sie jedoch zurück. „Sag mal, wegen der Feder - was meintest du damit genau?“
Rosemary schluckte und schaute ihm in die Augen. Es war doch nicht etwa er gewesen?
Sie zog das kleine, goldene Döschen aus ihrer Hosentasche und hielt es ihm entgegen.
„Wo ist da eine Feder?“, fragte er, den Blick fest auf die Dose gerichtet.

Rosemary öffnete langsam den Deckel und ihr Blick fiel in das Innere. Dort war nichts. Rein gar nichts! Wie konnte das jetzt sein? Hatte sie das Döschen eben bei Waldtraut geöffnet? Eigentlich nicht, da war sie sich ziemlich sicher. Sie war mit einem Mal kreidebleich.
„Das ist jetzt total merkwürdig. Raven, bitte! Du musst mir helfen!“, wimmerte sie schon fast.
„Aber nicht heute!“, sagte Nina ziemlich entschieden. „Wir haben einiges vor. Und es gibt auch noch etwas für morgen, für Silvester, vorzubereiten.“
„Nina, jetzt warte mal, es sind ja vielleicht nur ein paar Minuten“, brummte Raven. „Um was geht es, Marie?“, wandte er sich wieder ihr zu.
„Das… Du müsstest mal mit mir mitkommen. Bitte! Es ist sehr dringend. Man könnte sagen, es ist sogar überlebenswichtig!“ Rosemary schaute ihn an, als hätte sie einen Geist vor sich, sah er plötzlich aus wie einer.
Er strich sich eine gelockte Strähne aus der Stirn. „Also gut. Nina, es tut mir leid, ich bin bald wieder da. Keine Sorge.“

☆

Raven lief hinter Rosemary das alte Treppenhaus nach oben und folgte ihr in ihr Zimmer. Sie hatte gerade die Tür geschlossen, da erblickte sie die Feder auf ihrem Kopfkissen. Sie war wohl verrückt. Vielleicht hatte sie diese völlig unbewusst dorthin gelegt statt wieder in das Döschen. Oder es spukte. Eines von beidem.

„Also was ist los?“, kam es mal wieder unwirsch von Raven.

Rosemary starrte ihn an und dann auf ihr Kopfkissen. „Nur eine Frage, woher kommt diese Schatulle?“ Sie zeigte ihm das kleine goldene Behältnis noch einmal.

„Die kenne ich nicht. Hast du mal auf den Boden des Döschens geschaut? Dort könnte sich eine Prägung befinden, woher es kommt oder wer es angefertigt hat.“

Sie drehte das Döschen um und erstarrte. Dort war das Wappen ihrer Familie zu sehen und nicht nur das. Daneben war, mehr als gut, auch das von Tylers Familie zu erkennen. Sie sank auf ihr Bett und wollte sich am liebsten für immer darin verkriechen, unsichtbar für den Rest der Welt.

„Er ist da“, wisperte Rosemary kaum hörbar. Vielleicht hatte sie sich deshalb von einem alten Geist verfolgt gefühlt?

„Wer? Marie!? Wer?“ Raven klang nun auch nicht mehr sehr gelassen.

„Das weißt du. Wenn du es nicht gewesen bist, wer hat mir dann dieses Döschen, auch noch mit einer Feder…?“ Sie sah verzweifelt auf ihr Kopfkissen.

Er folgte ihrem Blick. „Du meinst diese Feder? So klein?“ Er ging auf ihr Bett zu und schaute auf die beinahe schwarze Feder. „Das war sicher Os! Er hat so ein Faible. Er nannte sich nicht umsonst '*black wolf*' und auch sonst, sein Aussehen… Da ist irgendetwas Dunkles.“

Entsetzt sah Rosemary Raven an. „Aber woher sollte Os denn diese Dose haben? Das ist ja…!“ Sie schüttelte den Kopf.

„Hast du ihm irgendetwas erzählt?“

„Eigentlich nicht, nicht das ich wüsste. Irgendetwas macht mir Angst.“

„Marie, wir machen das jetzt mal anders. Du solltest vielleicht im Haus ein wenig aufpassen, wohin du gehst. Am besten möglichst nicht alleine. Und heute Nacht… Keine Ahnung. Du schließt deine Tür ab und machst mal die Fensterläden zu. Okay? Du kannst ja dein Handy anlassen. Und ich auch.“
Sein Vorschlag hallte merkwürdig in ihr nach. „Da habe ich morgen Kopfschmerzen und du eventuell auch“, entgegnete sie leicht zittrig. „Oder wir haben Alpträume, mit diesem Gerät und seiner Strahlung neben dem Bett.“
„Das kann man ja mal aushalten“, murmelte er.
„Echt? Das würdest du tun?“ Sie blinzelte nervös.
„So wie du gerade aussiehst, hat man ehrlich gesagt ernsthafte Bedenken, dich allein...“ Unruhig schob er sich eine Strähne aus der Stirn. „Ich möchte nicht, dass hier in diesem Haus… Hier gab es bereits genug Dunkles. Ich bin nicht daran interessiert, dass das hier so weitergeht.“
„Aha, na dann. Soll ich eventuell ausziehen? Ihr wollt ja vielleicht sowieso bald von hier weg. Eure Versöhnung - du bleibst ja vielleicht ohnehin nicht.“
„Das weiß ich nicht, zumindest im Moment nicht. Ich muss mich mal neu sortieren. Auch hier im Haus. Ich werde heute mal ausmisten. Im Keller.“ Raven blickte sich in Rosemarys Zimmer um.
„Willst du hier gleich anfangen? So wie du schaust.“ Auch sie sah sich nun irgendwie ängstlich um.
„Nein, keine Sorge. Aber hast du hier aufgeräumt, bevor du dich eingerichtet hast?“, wollte er wissen.
„Na klar. Das hatte ich doch mit dir abgesprochen, das ist alles im Keller.“
Raven fuhr sich gestresst über das Gesicht. „Ach ja, da muss ich mal hin. Am besten jetzt gleich. Und dein Döschen würde ich mal Waldtraut zeigen. Frage sie, ob sie spüren kann, woher es kommen könnte. Und ob es echt ist oder nur Fake. Könnte ja sein, dass dir jemand nur Angst machen

möchte. Wo warst du eigentlich, bevor du hierher gekommen bist?"
„Hier und dort, nirgendwo lange. Es kam immer irgendwann die Angst, man hätte mich entdeckt. Also Tyler oder jemand aus meiner Familie."
Und auch jetzt hatte Rosemary diese Angst ergriffen. Eine Angst, dass andere etwas entdecken könnten oder sie in sich selbst. Etwas, vor dem sie bisher geflüchtet war. Und sie verspürte eine noch größere Angst, dass dies bereits geschehen sein könnte. Und was dann passieren würde…

„Marie, du kannst doch nicht immer nur weglaufen", hörte sie nun Raven sagen. „Willst du das die nächsten Jahre tun? Was ist denn eigentlich passiert? War es wirklich so schlimm, dass es dir ans Leben…?"
Rosemary sah ihn nur an, ohne zu antworten.
Er schwieg für einen Moment. „Du musst mir nichts sagen. Ich verstehe dich, dass du lieber schweigst - auch als eine Art Schutz. Das kenne ich. Also… Ich bin da. Wirklich." Er legte ihr kurz eine Hand auf die Schulter.
„Danke!" Sie betrachtete das Döschen in ihrer Hand und drehte es eine Weile hin und her.
„Ich muss jetzt mal in den Keller", sagte er dann und wirkte irgendwie verwirrt.
„Danke Raven… Ach, aber Nina, sie wartet sicher."
„Ich muss jetzt auf jeden Fall mal da runter. Und du, gehe mal zu Waldtraut."
„Okay", nickte sie und tat dies auch.

☆

Waldtraut saß mittlerweile in einem alten Sessel und machte einen müden Eindruck. „Marie, da bist du ja wieder. Komm mal her, zeig mir noch mal das Döschen."

Rosemary legte es ihr in die Hand und erzählte von ihrer Entdeckung auf der Unterseite. Waldtraut setzte sich ihre pinkfarbene Lesebrille auf die Nase und besah sich den Boden eingehend. Dann griff sie nach einem Kugelschreiber und kratzte mit dem metallen Halter auf der Schatulle herum.

„Die Aufschrift ist nicht echt, wenn du mich fragst. Ganz einfache, moderne Druckerfarbe."

„Äh… Du meinst sie ist Fake? Und wieso?" Rosemary starrte auf das nur noch teilweise erkennbare Wappen ihrer Familie.

„Keine Ahnung. Entweder möchte dir jemand Angst machen oder..." Waldtraut sah zu Rosemary hoch und schaute ihr über ihre Brille hinweg in die Augen. „Du darfst dich noch einmal von etwas lösen. Auch mithilfe dieser Schatulle. Du nimmst sie jetzt und wirfst sie fort. Ganz bewusst. Am besten irgendwohin, wo sie keiner mehr herausholen kann."

„Ins Feuer? Aber verbrennt so etwas?"

„Nein, wir müssten sie wohl eher einstampfen", überlegte Waldtraut, nun mit Feuereifer. „Frage mal Raven, ob er sie mit dir unten im Keller an der Werkbank klein bekommt. Du weißt schon, mit einem Schraubstock, einfach immer enger und enger schrauben."

„Oh je! Das kann ich nicht, das ist ja so wie..." Rosemary verzog das Gesicht.

„Ähnlich, wie es dir geht? Dann mache genau das mit dieser Schatulle und lass dabei diese Gefühle und alte Erinnerungen in dir los. Lass einfach mal alles los. Gibt es noch mehr, was mit diesem Döschen zusammenhängt?" Waldtraut legte ihre Brille wieder zur Seite.

„Ja, darin lag ja eine Feder. Sie liegt inzwischen auf meinem Kopfkissen. Aber ganz ehrlich, ich weiß überhaupt nicht, wie sie dorthin gekommen ist. Das ist… ein Zauber. Vielleicht mal wieder nur ein Schwarzer."

Waldtraut lachte leise. „Könnte sein. Magie… Eine Art Liebeszauber. Frage doch mal… Hast du Raven mal gefragt?"

„Wieso?! Das habe ich bereits.“ In Rosemary herrschte eine Art Sturm.
„Aha, und wieso ihn? Wieso nicht Os?“, wollte Waldtraut wissen.
„Äh… Woher sollte er denn…? Raven, das klingt so...“
„Ein wenig mystisch? Und doch ist es mehr dieser Os, dem das anhaftet, oder nicht?“ Waldtraut sah allerdings, wie sie selbst, überfragt aus.
„Nein, finde ich nicht“, erwiderte Rosemary. „Aber Raven meinte das auch - Os würde sich '*black wolf*' nennen oder habe es früher getan.“
„Ein einsamer Wolf, der nachts ab und zu heult, wie du. Er hat dich doch auch nur verführt, oder?“ Waldtraut strich sich über ihren langen Rock.
„Äh… Wie meinst du?“ Darüber wollte Rosemary jetzt absolut nicht nachdenken.
„Na ja, er sieht ganz gut aus und er kann das wahrscheinlich. Er beherrscht einen gewisser Zauber: einer Frau sozusagen ein wenig Honig um die Lippen...“ Waldtraut kicherte.
„Du meinst, er hat mich irgendwie verzaubert und ich würde ihm sonst gar nicht…?“ Rosemary musste sich setzen.

„Hm! Vielleicht. Wer ist es denn, der dich am besten in diesem Haus im Moment versteht?“, fragte sie nun Waldtraut.
„Du, nur du“, sagte Rosemary völlig überzeugt.
„Bist du sicher?“
„Wer denn noch?“
„Na ja, eventuell könnte da ja auch noch ein anderer sein…“ Waldtraut rückte etwas auf einem Beistelltisch zurecht.

„Also gut“, sagte sie dann. „Nochmal zu dieser Feder: Gab es jemand in deiner alten Heimat für den solch eine irgendeine Bedeutung haben könnte?“ Waldtraut öffnete die Dose und sah hinein. Doch darin war nach wie vor nur eine Leere.
Rosemary nickte ein wenig geistesabwesend. „Darum ist das hier ja irgendwie gruselig. Raven… Meine Familie hat ein Wappen und darauf ist

ein Rabe mit ausgebreiteten Flügeln."
„Oh, verstehe! Diese Feder bedeutet für dich also nichts Gutes."
„Nein, eigentlich wenig", sinnierte Rosemary. „Meine Granny, meine Oma hat mir mal erzählt, ich habe als kleines Kind eine große Angst vor diesen Vögeln, vor Raben und Krähen gehabt."
„Ah. Und weiter?" Waldtraut schien mit einem Mal hellwach.

„Sie sagte, sie habe sie mit mir jedoch gezähmt", begann Rosemary leise zu erzählen. „Weil ein Rabe, oder auch eine Krähe, weise sei. Man habe es ihm auch nur aberkannt - vielleicht verboten - sich an seine Kraft, Weisheit und Magie zu erinnern. Damit meinte sie allerdings mich. Das habe ich erst jetzt verstanden. Es war nie ein Rabe, sondern etwas in mir, wovon sie gesprochen hat. Wotan hatte ja auch seine Raben. Ihn könnte man auch als einen Schamanen in unserer Kultur bezeichnen. Am Weltenbaum hängend, hat er sich selbst gefunden, als er glaubte, sein Leben würde zu Ende gehen. Dafür hat er zwar ein Augen gegeben, aber auch das kann man anders deuten: Er schaut mit einem Auge in die äußere Welt und mit dem anderen nach Innen. Und er habe durch diese Erfahrung und Einweihung die Runen mit ihrer Kraft erhalten, das hat meine Granny mir leise zugeraunt. Als würde sich mich ein tiefes Geheimnis einweihen, hatte sie die Tür zuvor abgeschlossen, mich in ihr Bett gezogen und es mir unter der Bettdecke zugeflüstert. Kurz darauf kam ein Arzt und man hat sie mitgenommen."
Und bis auf ein einziges Mal war Rosemary der Rabe dann erst recht unheimlich gewesen. Als hätte er sie immer verhöhnt, wie man es auch mit ihrer Granny getan hatte.

„Ach Gott, Kind, wieso hat man das getan?" Waldtraut schien ernsthaft mitgenommen zu sein.
„Man sagte, sie sei besessen. Von einem Teufel oder so. Und diese Runen hat jemand in ihrem Zimmer gefunden. Einen Beutel voller hölzer-

ner, kleiner Scheiben aus Eibenholz. Ich hätte sie gerne gehabt, aber meine Mutter hat sie ins Feuer geworfen. Mitsamt anderen Dingen."
„Oh je! Das war es, was man früher getan hat. Aber dass so etwas heute noch immer geschieht?" Waldtraut fuhr sich durch ihre strubbeligen Locken.
„Meine Eltern wollten nur helfen, sagten sie." Rosemary schluckte. „Ich habe mal mitbekommen, dass meine Granny sich des öfteren mit anderen getroffen hat, meist Frauen. Es ging darum, wie man dunklen Machenschaften mit rituellem Missbrauch ein Ende bereiten könne. In meiner Familie geschehen solche Dinge. Nicht direkt in meinem Elternhaus, aber…" Sie hielt für einen Moment den Atem an. Mal wieder fühlte sie diese Leblosigkeit in sich, eine tiefe Ohnmacht, so glaubte sie.
„Ach je, darum bist du also weg?" Waldtraut sah nicht so aus, als könne sie noch lange zuhören.

Rosemary nickte kaum merklich. „Ich sollte ein Kind zur Welt bringen. Keines, das hätte leben dürfen. Das hat mir natürlich keiner verraten. Und meine Mutter wusste davon sicher auch nichts. Aber ich wusste zu viel. Ich habe es geträumt, immer und immer wieder. Okay, es waren nur Träume, voller Nebel, aber… Wie eine Gans, die man vielleicht früher in einem für mich blutig und schwarzmagisch anmutenden Ritual in der Winterzeit geopfert hat. Ein hilfloses Wesen... Nur um sich selbst davon mehr Glück, Erfolg und Reichtum zu versprechen, als müsse man einen Gott damit besänftigen oder gnädig stimmen. Was soll das für ein Gott sein, der so etwas von uns verlangt? Der Gott, den ich spüre, wenn ich es mir erlaube, der möchte… Liebe. Keine Opfer. Und Tyler, mein Mann, wusste vielleicht etwas, denn er fing an mich massiv… Ich musste mich von ihm… Er hat mich..." Rosemary krümmte sich und hielt sich den Bauch.
Waldtraut war blass geworden. „Ah… Und wusste er auch, was mit dem Kind geschehen würde? Oder sollte vielleicht einfach nur ein Nachfolger

her? Du bist ja auch nicht mehr die Jüngste. Oder ein Kitt für eure Ehe?"
„Waldtraut!" Das hatte sie jetzt so nicht hören wollen. Immer wieder hatten sie andere für verrückt gehalten und jetzt schien auch Waldtraut ihr nicht wirklich zu glauben, als würde sie sich nur wie eine Dramaqueen aufspielen. Doch auch sie selbst hatte schon oft genug an ihrer Wahrnehmung der Dinge gezweifelt und das ein oder andere tief in sich vergraben.

„Tut mir leid", sagte Waldtraut in diesem Moment leise.
„Ich glaube, Ty wusste es nicht", sprach Rosemary leise weiter. „Nicht so. Man hatte ihm vielleicht andere Gründe genannt, als die wahren, aber er war plötzlich noch mehr… Er wusste, das ein Kind aus unserer Ehe für die Machthierarchien unserer Familien wichtig war und es auch darum ging, etwas für unsere Familien zu tun, dass ihnen wieder mehr Macht geben könnte. So wie auch unsere Ehe dies getan hatte oder es hätte tun sollen. Das ist leider kein Witz. Ich weiß, das klingt... Ich komme wie aus einer anderen Welt. Aber nicht aus solch einer Magischen und Geheimnisvollen, in die ich mich als Kind gerne verzogen habe, wenn mir etwas zu viel war. In dieser Welt gab es Engel, Wichtel und Feen, Goldstaub und lichtvollen Zauber, da gab es Liebe." Rosemary schloss die Augen, als könne sie sich so leichter an all das Lichte erinnern.

„Das ist ein Teil von dir. Keine Fantasie, Marie! Du musst da wieder eintauchen, hörst du? Darin liegt Heilung. Und auch in so etwas wie unserem Ritual mit dem Pentagramm. Unterdrücke all dies nicht länger. Wir müssen das Dunkle in Licht verwandeln und nicht versuchen, es weg haben zu wollen, indem wir einfach so tun, als wäre es nicht da. Du musst dich dem Dunklen in dir irgendwo stellen - deiner Angst, deinen Schatten. Aber auf eine Weise, ohne dich damit noch einmal direkt zu konfrontieren. Kein Drama mehr. Die Heilung kannst du in dir, in deinem Inneren erfahren, mithilfe deiner Engel und indem du fühlst. Dann kann es auch auf sanfte Weise davon fliegen oder verbrennen – sich transformieren und wandeln. Eventuell brauchst du noch einmal… Keine Angst, du musst nicht dorthin zurück. Nie mehr. Und Tyler, dein Ehemann, vielleicht möchte er dich auch wieder finden, ganz neu. Wie wäre das? Ihr beide begegnet euch auf einer ganz neuen Ebene in wirklicher und wahrhaftiger Liebe?“ Waldtraut schaute sie erwartungsvoll an.

„Mit Tyler?! Nein, besser nicht!“, entfuhr es Rosemary.

„Wieso?“ Waldtraut sah ihr in die Augen.

„Keine Ahnung, ist nur mein Gefühl. Ich muss ihn loslassen. Ich möchte ihn loslassen!“

„Und wieso?“

„Wieso, wieso!? Keine Ahnung!“ Rosemary war jetzt fast ein wenig zornig geworden.

„Schon gut, ich lasse dich. Vielleicht weißt du es ja bereits.“ Waldtraut blickte sie ein wenig musternd an. „Willst du Tyler nicht doch mal kontaktieren und ihm die Wahrheit sagen? Manchmal hilft das.“

„Oder es macht es nur noch schlimmer. Weil er alles versuchen wird, dass ich diese Wahrheit nicht mehr als solche ansehe, sondern die seine zu meiner mache. So läuft das und das auch mit allen Mitteln.“

Vielleicht tat sie ihm damit irgendwo doch ein wenig Unrecht, dachte etwas in Rosemary, aber dennoch wollte sie lieber für immer diese Marie bleiben, bloß nie mehr eine Rosemary.

☆

Waldtraut sagte eine Weile lang nichts.

„Marie“, fing sie dann an und hielt ihr das Döschen hin. „Gehe mal in den Keller.“

„Nein!“

„Doch, mit Raven. Oder meinetwegen mit Os, falls er mehr Kraft hat. Aber tue es.“

„Raven ist bereits im Keller. Er meinte aber, ich solle nirgendwohin alleine gehen."
„Das hat er gesagt? Na dann rufe ihn. Ich komme sonst auch mit. Wo sind denn Nina und Os?"
„Keine Ahnung. Sie wollten ja arbeiten, es gab allerdings eine Unterbrechung. Ein Streit und eine große Versöhnung zwischen Raven und Nina. Wenn du Glück hast, bekommst du demnächst ein Enkelkind", ließ Rosemary sie wissen.
Waldtraut kicherte. „Meinst du? Könnte sein. Vielleicht nicht das Kind meiner Tochter, aber… Raven hat ja was als Schwiegersohn. Er wäre mir vielleicht ja noch immer einer, falls..." Sie sah Rosemary nun nachdenklich an.
„Was redest du denn da?!", regte sich Rosemary auf. „Kann das sein, dass du mich nur noch mehr verwirren möchtest? Wozu?"
„Nein, das liegt mir fern. Ich bin heute müde und vielleicht nicht so ganz bei der Sache." Waldtraut klappte ein Buch zu, das neben ihr auf einem wackeligen, altmodischen Tischchen lag.
„Dir geht es nicht so gut, oder?", wagte Rosemary sie zu fragen.
„Doch, doch!"
„Du siehst aber nicht so aus."
„Schon gut, mache dir keine Sorgen. Wir gehen mal zu Raven."

☆

Im Keller war ihr Vorhaben schnell erledigt und das Döschen war kaum noch wiederzuerkennen. Raven hatte es mehrfach von verschiedenen Seiten durch den Schraubstock gedreht und ihr dann das kleine Päckchen hingehalten.
„Du hast aber Kraft", bemerkte Rosemary und sah auf den Klumpen in ihrer Hand.
„Wenn es sein muss", lächelte er. „Und jetzt?"

„In die Tonne damit. Und die Feder lasse ich mit dem Wind fliegen, ist ja noch immer windig genug."
Der Wind fegte heute wieder in relativ hoher Geschwindigkeit über das Land, als wolle auch er dabei helfen, etwas Altes auszutreiben. Ähnlich wie Waldtraut es mit dem Räuchern bereits im Haus getan hatte, ihre Ankündigung wahr machend.
„Gut, dann lasse sie fliegen. Soll ich kurz mit hochkommen?", fragte Raven.
„Ja, das wäre…", nickte sie und doch wäre es ihr lieber gewesen, er hätte sich mit anderem beschäftigt.

„Was macht dein Ausmisten?", fragte Rosemary, wollte sie vielleicht von sich und ihrem Ängsten ablenken.
„Nicht so viel, ich habe mich etwas in alten Dingen verloren."
„Bringt angeblich auch kein Glück, in den Rauhnächten auszumisten, zumindest nicht im Außen und materiell." Sie blickte sich im staubigen Keller um.
„Kein Glück? Na ja, das hatte ich bisher eh selten", murmelte er.

„Hier!" Raven zeigte nun auf ein altes Fotoalbum. „Das sind meine Eltern, als sie sich kennen gelernt haben. Da war die Welt noch in Ordnung, könnte man sagen, Ende der Sechziger."
„Na ja, ob da alles so in Ordnung gewesen ist, ich meine ganz generell?", überlegte Rosemary laut.
„Da magst du recht haben, aber auch bei ihnen war dies wohl nicht so ganz der Fall. Da war auch etwas nicht ganz in Ordnung, wenn du mich fragst. Ich habe mich das schon oft gefragt. Waldtraut… Mein Vater kannte sie, als er jung gewesen ist. Vor meiner Mutter. Sie sei aber nichts für ihn gewesen, ein buntes und verrücktes Huhn, wohl ein bisschen wie heute." Raven musste lächeln.
„Hm, das hat ihm vielleicht Angst gemacht, eine Frau mit solch einer

Ausstrahlung. Na ja, es hatte ja etwas Gutes. Du und Nina sind auf dieser Erde. Euch gäbe es sonst ja nicht.“ Rosemary betrachtete das alte Foto.
„Und das ist gut, meinst du?“
„Findest du etwa nicht?“ Sie schaute nun auf.
Er sah sie an und sagte nichts. Dann nahm er das Album, blätterte ein paar Seiten nach hinten und hielt es ihr hin. „Meine Mutter mit meinem Vater. Laut Bildunterschrift.“

Rosemary besah sich das Foto und glaubte kaum ihren Augen zu trauen. Sie blätterte ein paar Seiten nach vorne und wieder zurück. Diese Frau hatte eine ganz andere Frisur als auf den Bildern davor. Sie hatte Ähnlichkeit mit der von Waldtraut: ein dicker Lockenkopf in einem rötlichen Ton. Zwar hatten manch alte Fotos aus dieser Zeit einen Rotstich, aber dennoch wirkten die Haare eindeutig rot. An den Ohren baumelten der Frau dicke Ohrringe.
„Oh!“, entfuhr es ihr. „Sie sehen sich ziemlich ähnlich. Das ist aber schon deine Mutter. Allerdings hat eine der beiden der anderen etwas abgeschaut, wenn du mich fragst. Welche?“
„Keine Ahnung, ich kam erst einige Jahre später auf die Welt. Da müsste ich mich trauen, Waldtraut zu fragen. Oder ich frage Nina, das wäre ja auch noch eine Möglichkeit.“ Raven schien nachzudenken.
„Oder du fragst beide“, schlug Rosemary vor. „Aber sag mal, jetzt fällt es mir erst wieder ein. Ninas Mutter hat hier Liebesbriefe verbrannt. Waren das ihre oder die deiner Eltern?“
„Das habe ich mich auch gefragt“, sagte Raven leise. „Ich war irgendwie abgelenkt, als Waldtraut das getan hat. Ich muss sie fragen. Sie hat vielleicht immer noch… Mein Vater… Sie hat ihn vielleicht doch geliebt. Wirklich. Nicht wie meine Mutter. Sie hatte immer etwas an ihm auszusetzen gehabt. Es gibt ein Geheimnis in diesem Keller oder in meiner Familie, das ahne ich.“

Rosemary schwieg und sah noch einmal auf das Foto. Sie blätterte ein weiteres Mal ein Stück nach vorne und wieder nach hinten. Kein Foto war wie dieses eine.
„Das ist seltsam“, teilte sie ihren Eindruck mit. „Deine Mutter sieht nur einmal so aus, vielleicht war es Karneval.“
„Könnte auch sein. Ich frage Waldtraut.“ Raven nahm das Album und wollte den Keller verlassen. So wie er aussah, am liebsten mit all seiner Vergangenheit.

„Marie?“, hörte sie es plötzlich in der Dunkelheit, hatte er bereits das Licht ausgeknipst. „Warst du als Kind oder später schon mal in Deutschland gewesen?“
Rosemary versteifte sich. An diese sonderbaren, vielleicht verwünschten Besuche hatte sie nie wieder denken wollen. „Ja, ich war ein paar Mal hier. Mein Vater kommt aus Deutschland.“
„Und von wo genau?“, fragte Raven, mit einem Mal nervös.
„Keine Ahnung, um genau zu sein. Das ist seltsam, ich weiß. Er sagte mir mal, er käme aus einer Großstadt am Rhein. Mehr hatte er nicht verraten wollen.“
„Aha, und wieso? Das ist doch mehr als sonderbar. Wahrscheinlich Köln. Was denn sonst? Ist nicht allzu weit weg von hier und doch…“ Er schien nachzudenken.
„Ja, und diese Gegend hier... Mein Vater war auf eine Weise stark mit Deutschland verbunden und gleichzeitig scheinbar total traumatisiert. Er hat ja noch den zweiten Weltkrieg hier erlebt, als kleines Kind. Er war um einiges älter als meine Mutter. Mein Vater ist vor mehr als einem Jahr gestorben. Bevor ich… Er hätte es vielleicht nicht zugelassen, wer weiß.“

Für einen Moment glaubte Rosemary eine Welle der Trauer, um was auch immer, würde sie mit sich reißen wollen.

„Marie, wir könnten doch… Hast du Lust mir hier mit dem Ausmisten zu helfen?“, hörte sie Raven fragen.
„Dir zu helfen? Wieso?“
„Keine Ahnung, nur ein Gefühl.“
„Ah, also mein Gefühl...“ Rosemary sah ihm in die Augen und wollte gerade nichts anderes, als fort von hier. Am liebsten weit weg. Irgendetwas an Raven nahm ihr gerade den Atem. Eine Erinnerung? Nein, das konnte es nicht sein. Dieses Haus vielleicht?
Rosemary schaute ihm noch einmal ins Gesicht. „Mal sehen. Heute nicht, ich bin nicht so gut drauf.“
„Okay, wir vertagen es“, nickte er.

☆

An diesem Tag war mit Rosemary auch nicht mehr viel anzufangen. Sie saß mit Waldtraut unten im Wohnzimmer vor dem Kamin, las, trank Tee und hörte ein wenig aus Waldtrauts Leben. Nichts Spektakuläres, hatte sie ihr erzählt, eine Tochter und einen Sohn sowie eine Ehe, die gehalten habe, bis ihr Mann sich zu früh mit einem Herzinfarkt verabschiedet habe. Lange Zeit sei sie Hausfrau gewesen und später habe sie in einem Pflegeheim gearbeitet bis zu ihrer Rente. Kein aufregendes Leben, hatte Waldtraut zum Abschluss noch einmal gesagt. Doch wenn man sie dabei so angesehen hatte, hatte sie ganz anders gewirkt. Nachdenklich war Rosemary in ihr Zimmer gegangen. Nachdem sie sich noch eine Suppe gewärmt hatte, war ihr nicht mehr nach Gesellschaft gewesen.

☆

Heilimpuls

Heute ist der vorletzte Tag im Jahr. Nimm dir Zeit, um Innenschau zu halten und verabschiede dich bewusst vom alten Jahr. Gibt es noch etwas, das du in dir noch klären möchtest, das du noch bewusst loslassen möchtest oder etwas, wo es noch Versöhnung braucht?
Du kannst dich noch einmal von einem Raben – sie gehören zu den Schamanenvögel (Nord-) Europas – in dein Inneres begleiten lassen. Frage ihn und deine Engel, wo es noch etwas zu klären oder zu erkennen gibt. Anschließend reflektiere für dich das vergangene Jahr. Diese Zeit ist oft auch eine herausfordernde in dieser Welt. Der Wandel auf Mutter Erde, durch den wir gehen, kann Gefühle, wie Angst oder Ohnmacht, alte Verletzungen und Traumata ans Tageslicht bringen. Dies gibt uns allerdings auch die Chance, uns zu wandeln und zu erneuern. Bedanke dich für dieses Jahr, mit allem, was es mit sich gebracht hat. Jede Krise birgt eine Chance, um mit neuer Kraft aus dieser hervorzugehen und sich selbst ein Stück besser kennenzulernen und näher zu kommen.

Zum Räuchern:
Wacholder, Weihrauch, Thymian, Rosmarin, Eisenkraut

☆

Siebte Rauhnacht

30./31. Dezember – 31. Dezember

Der Silvestertag begann nicht so gut. Rosemary fuhr mit einem Schrei in den frühen Morgenstunden aus einem schrecklichen Alptraum auf. Keine Minute später hörte sie Raven vor ihrer Tür: „Marie, alles klar?"
Sie sagte nichts und hörte nur ihren eigenen Pulsschlag.
„Marie?!" Er rüttelte an der Tür, die sie allerdings vor dem Schlafengehen zugesperrt hatte. Sie gab noch immer keine Antwort.

Kurz darauf hörte sie Os` Stimme vor der Tür. „Was ist denn hier los?", wollte er von Raven wissen.
Rosemary hielt sich die Ohren zu, dröhnte noch etwas aus ihrem Alptraum in ihr.
„Marie, sie… Ich habe gehört, dass… Ihr Mann, sie fühlt sich verfolgt", kam es etwas stotternd von Raven.
„Marie?", rief nun Os. „Alles klar bei dir?"
„Mir… Ich kann nicht..." Sie bekam kaum noch Luft.
„Marie!?", hörte sie es noch einmal, ohne wirklich zu wissen, von wem es gekommen war.

Irgendeiner der beiden Männer ließ sich nun mit seinem ganzen Gewicht gegen die Tür fallen. Beim dritten Anlauf gab sie nach. Dann öffnete sich die Tür und Os stand darin.
„Marie?!", hörte sie Raven.
„Mein Herz… Ich kann nicht..." Rosemary hielt eine Hand auf ihr Herz, noch immer irgendwo um Luft ringend.
„Oh Gott! Nina!", brüllte Raven nach unten. „Ruf mal einen Notarzt!"
„Schick ihn fort. Alle", murmelte Rosemary. Sie wiederholte es noch ein

paar Mal, ihr Atem ging dabei schwer.
Die beiden Männer warfen sich flüchtig einen Blick zu. Os stand wie angewurzelt im Türrahmen und schaute dann irgendwie unbeholfen zu Rosemary, während Raven einen Schritt in Richtung ihres Bettes machte, selbst mit einem eher hilflosen Blick im Gesicht.

Nina kam auch sogleich mit ihrem Handy nach oben gestürmt.
„Mama?!“, rief sie noch auf der Treppe, dachte sie scheinbar, es ginge um ihre Mutter.
„Nein, hierher!“, schrie Raven, „schnell!“
„Marie?“ Nina sah sie an, selbst blass im Gesicht. „Wartet!“ Sie drückte Raven das Telefon in die Hand und rannte wieder aus dem Zimmer.
Raven blickte ihr entgeistert hinterher, doch Nina tauchte kurz darauf samt ihrer Mutter wieder im Zimmer auf. Zuvor hatte sich Os still und leise aus dem Staub gemacht.

„Marie?“ Waldtraut kniete sich neben das Bett und legte Rosemary eine Hand auf ihr Herz. „Darf ich?“, fragte sie leise.
Rosemary nickte. „Schick ihn fort. Bitte! Sie alle!“, wimmerte sie.
„Wen?“ Waldtraut schaute kurz nach hinten.
„Tyler, aber besonders meine Eltern samt Verwandten“, murmelte Rosemary.
„Oh je, sie ist verrückt“, wisperte Nina.
„Ich glaube nicht“, sagte Waldtraut laut und deutlich. „Genauso wenig wie du und ich. Nina, wieso wusstest du, dass du mich rufen solltest statt einen Arzt?“ Sie sah kurz zu ihrer Tochter und fuhr dann fort: „In diesem Haus gehen gerade ein paar Geister ein und aus - das tun sie schon länger - und wir alle sind wohl hier, weil wir damit etwas zu tun haben. Os könnte übrigens auch noch kommen, der *lonely wolf*. Marie, sag ihm bitte, was du gesehen hast. Alles! Ich bitte dich darum, zu deinem eigenen Wohl.“

„Nein, auf keinen Fall!“, schüttelte Rosemary den Kopf und japste nach Luft.
„Dann halt nicht. Aber Os, oder dieser Mann, der vielleicht ganz anders heißt… Du kennst ihn, oder?“, fragte Waldtraut leise.
„Nein, woher denn?“ In Rosemary herrschte Chaos. Und Angst, wenn nicht schon Panik.
„Marie, erinnere dich! Du warst schon einmal hier. Genau hier, in diesem Haus? Habe ich recht?“ Waldtrauts Stimme klang, als würde sie es nicht zulassen, dass Rosemary noch einmal davonlief.
„Nein, ich weiß davon nichts!“ Energisch schüttelte sie ihren Kopf.
„Auch nicht, wenn ich dir sage, dass man dir an diesem Ort vor vielen Jahren ein Stück deiner Haare abgeschnitten hat und du dich hier ein wenig verliebt hast? Vielleicht verbotenerweise. Nicht nur, weil du vielleicht… Du warst höchstens fünfzehn.“ Waldtraut sah aus, als müsse sie sich selbst erst noch erinnern.
Rosemary hatten diese Worte ziemlich erschreckt. Ihr Herz jagte mal wieder davon. „Was?! Hier?! Das war hier?! Ach je! Und wieso komme ich wieder hierher? Das ist doch nicht möglich. Das ist Zauberei! Mein ganzes Leben, ich bin irgendwie verflucht. Überall verfolgt mich was.“
Rosemary begann zu weinen, denn an das, was hier vielleicht geschehen war, hatte sie eigentlich nie wieder denken wollen.

☆

„Nina, tue mir den Gefallen und suche mal Os“, wandte sich Waldtraut nun an ihre Tochter.
„Suchen? Ist er nicht in seinem Zimmer?“
„Vielleicht nicht. Er kann nicht schlafen, weil er sich auch erinnert. Wie andere auch.“ Waldtraut blickte in den dunklen Garten, in dem der Nebel hing.
„Mama, du machst mir Angst. Eigentlich immer mal wieder, aber jetzt

ganz besonders. Os, wer ist er?!“ Ninas Stimme war mehr ein Hauch.
„Keine Ahnung, das werden wir herausfinden“, murmelte ihre Mutter.

„Müssen wir Angst haben?“, fragte Nina ängstlich.
Und auch Rosemary war nahe daran, in mehr als eine Angst abzugleiten.
„Frage dein Herz. Wenn du Os siehst, wenn du neben ihm stehst, was fühlst du, Nina?“ Waldtraut schaute währenddessen zu Rosemary und legte ihr sanft eine Hand auf die Stirn.
„Was ich fühle?!“ Nina blickte, scheinbar völlig überfordert, zu Raven. „Keine Ahnung, er ist mein Chef. Was soll ich denn fühlen?“
„Dann tue es jetzt. Nur eine Minute lang, einfach fühlen. Macht er ihr dir Angst?“
Nina sah ihre Mutter ungläubig an, schloss dann aber seltsamerweise die Augen und schien tatsächlich zu fühlen. „Nein, er macht mir keine Angst, zumindest keine, die mir sagen würde, das akute Gefahr droht. Das tut hier nur…“ Ein Ruck durchfuhr sie. „Wer ist hier noch?! In diesem Haus? Raven, sag es mir! Bitte, hier ist jemand!“ Plötzlich machte Nina den Eindruck, als hätte sie ein Heer an Gespenstern gesehen.
„Schatz, hier ist niemand, keiner, der dir Angst machen müsste“, antwortete Raven, klang jedoch selbst nicht wirklich ruhig.
„Hier ist jemand. Wer? Wer?“, schrie Nina ihn an. „Ich will es wissen!“
„Hier ist niemand, Schatz.“
„Natürlich!“ Nina sah nun aus, als sei sie doch kurz davor verrückt zu werden.

„Nina, komm!“ Ihre Mutter erhob sich und nahm sie in den Arm. „Wir schaffen das, du hast es doch schon immer gewusst.“
„Was?!“, wimmerte Nina.
„Wer es ist, der dir wirklich Angst macht.“
„Wer?!“ Nina wirkte jetzt wie ein Häufchen Elend.
„Es ist Raven“, murmelte Waldtraut.

„Was?!“ Nina schob ihre Mutter recht rabiat von sich.
Raven schaute Waldtraut an, die Augen zusammen gekniffen, und wusste wohl nicht, was er hätte sagen oder wie reagieren sollen.
„Mein Mann?! Er hat mir nie Angst gemacht, so ein Blödsinn!“, brabbelte Nina vor sich hin, fast wie ein kleines Kind. „Mama, wieso kommst du darauf?“
„Keine Ahnung. Vielleicht täusche ich mich ja. Marie, wie geht es dir? Was macht dir wirklich Angst?“, wandte sich Waldtraut an Rosemary.

„Ähm… Raven“, antworte diese leise. „Er hat mich… Er war es, der mir die Haare geschnitten hat, stimmt`s?“ Rosemary sah nun zu ihm. „Und du veräppelst mich. Diese Feder, die Dose, das warst. Und nicht Os! Zumindest die Feder! Das warst du, Raven!“
Er sagte eine Weile lang nichts und presste die Lippen aufeinander. „Natürlich, ich!“, presste er dann hervor. „Es war alles immer nur ich! Ich habe mich auch noch gar nicht bei dir entschuldigt, Rosemary, dafür dass... Ich habe dich hier aufgenommen, weil ich genau wusste, wer du bist. Du hast mich nur nicht erkannt. Wie auch, ich habe mich wohl ziemlich verändert und das ist auch besser so. Du wärst nie hierher gekommen, wenn du es gewusst hättest. Dein Vater hat dir dieses Haus nämlich vererbt. Es ist deines.“ Es klang fast ein wenig bitter.

„Was?! Du bist verrückt!“ Beinahe wäre Rosemarys Herz nun tatsächlich stehen geblieben.
„Nein, ich bin nicht verrückt. Ich bin nur… Ich war nur nicht ehrlich gewesen. Die Villa gehörte meinem Vater, er hat sie von seinen Eltern geerbt. Mein Vater hatte einen älteren Bruder und dieser ist als junger Mann nach England ausgewandert. Als mein Vater gestorben ist, gab es ein Testament. Das Haus wurde an die Kinder vermacht, welche die beiden Brüder hatten, war das Haus nie vollständig auf meinen Vater überschrieben worden. Er hieß "von Eiben" mit Nachnamen, genau wie dein

Vater. Ich habe Ninas Namen angenommen. Dies ist das Elternhaus von deinem und meinem Vater. Und diese Kinder, das sind du und ich. Du bist meine Cousine, die einzige, die ich habe.“ Raven legte seine Hand auf ihre.
Rosemary erstarrte. „Www… wie bitte?!“, stotterte sie und begann am ganzen Körper zu zittern.
„Marie, dein Vater wollte hiermit nichts mehr zu tun haben. Frage mich nicht warum, darum wollte ich ja mit dir in den Keller. Es gibt hier etwas. Irgendein Geheimnis.“

„In den Keller?!“, rief nun Nina. „Oh je, das solltet ihr sein lassen, da liegen ein paar Leichen.“
„Was?“ Raven drehte sich ein wenig erschrocken zu ihr um.
„Raven, wieso hast du Marie hierher geholt? Seit sie hier ist...“ Nina schaute ihn vorwurfsvoll und irgendwie ängstlich an.
„Schatz, das musste ich. Ich wollte wissen, warum mein Vater mit seinem Bruder so derart gebrochen hat. Und ich wollte auch anderes herausfinden. Da gibt es noch mehr Geheimnisse, zum Beispiel um meine Mutter. Wer ist meine Mutter wirklich, Waldtraut? Sag es mir! Es gibt Fotos. Bist du ihre Schwester?“ Raven klang nicht wie sonst.
„Du kanntest doch deine Großeltern und auch meine Eltern.“ Waldtraut schien dennoch seiner Frage auszuweichen.
„Ihr habt aber Ähnlichkeit, mehr als du glaubst. Ich zeige dir mal was!“ Er rannte tatsächlich aus dem Zimmer, die Treppe hinunter und kam mit einem Fotoalbum wieder nach oben.

☆

Raven tippte auf das Foto, auf dem seine Mutter Waldtraut fast zum Verwechseln ähnlich sah. „Angeblich ist das meine Mutter. Oder bist du es? Oder ist sie du? Und wo ist dann meine Mutter? Und wer hat mich zur

Welt gebracht?“, kam es rasch über seine Lippen.
Rosemary sah ihm zu, wie er nun, ähnlich wie sie selbst, scheinbar bald am Ende wäre, kurz davor durchzuknallen. Super, dachte sie, statt dass sie die Korken knallen lassen würden, wäre sie heute Abend wohl fix und fertig. Das würde keine Nacht zum Feiern.

„Das...“ Waldtraut starrte auf das Foto. Lange, viel zu lange. Sie sagte nichts und gab Raven das Album wortlos zurück.
„Deine Mutter… Sie hat dich nie gekannt“, kam es geraume Zeit später sehr leise über ihre Lippen.
„Was?!“ Raven war blass geworden.
„Deine Mutter ist nur relativ kurz hier gewesen.“
„Ah… Und wer ist die Frau, die mich groß gezogen hat?“
Waldtraut hatte den Kopf gesenkt und betrachtete eine Weile ihre Hände: „Meine Schwester, du hast recht. Das wusste keiner. Zumindest hat keiner...“
„Wieso? Das ist doch merkwürdig!“ Raven klang irgendwie bockig. In ihm schien es gehörig zu arbeiten. „Ich bin also so was wie Ninas Cousine, immerhin hat mich deine Schwester groß gezogen?! Ach Gott!“, entfuhr es ihm dann.
Waldtraut schüttelte den Kopf.
Nina sah ihre Mutter an, als sei sie eine Art Fata Morgana. „Mama! Ich bin aber nicht die Schwester von Raven?! Dann bringe ich mich um!“
Waldtraut zuckte zusammen. „Kind! Sag so was nicht! Nein, das bist du nicht. Ich bin deine leibliche Mutter, aber nicht Ravens. Aber wenn wir schon mal dabei sind, hier reinen Tisch zu machen: Nina, du und dein Bruder seid allerdings nicht meine einzigen Kinder. Es gab ein weiteres Kind, das ich verloren habe. Aber das ist nicht Raven. Er hatte eine Mutter, die ihn geliebt hätte. Aber sie war nur vorübergehend hier…“ Waldtraut holte noch einmal tief Luft, bevor sie weitersprach: „Raven, dein Vater, er ist... Er ist fremd gegangen. Man hat das Kind, also dich,

vor der Tür gefunden. Deine Mutter, die, die dich groß gezogen hat, konnte keine Kinder zur Welt bringen, darum gab es auch nie Geschwister. Und die Frau, die dich zur Welt gebracht hat… Sie ist verschollen."
„Was?!" Raven sah aus, als wäre etwas in ihm ebenfalls verschollen. „Wer war sie?", fragte er irgendwann leise und mit rauer Stimme.
„Mein Junge, deine Mutter..." Waldtraut schaute ihm mitfühlend in die Augen. „Du kannst es sehen, wenn du dich betrachtest. Wem siehst du ähnlich?"
Raven starrte sie an, den Atem angehalten. Das taten sie alle, Rosemary eingeschlossen.

Raven hatte eine gewisse Ausstrahlung, die manchen vielleicht auch Angst machen konnte. Seine braunen Augen und ein hübsches Gesicht, von dunkelbraunen welligen Haaren umgeben - für den Geschmack mancher Frau sicher zu weich, dennoch strahlte er eine gewisse Stärke aus - war sicher für manche auch ein Hingucker. Und er hatte Hände, die Rosemary gleich daran erinnert hatten, dass sie vielleicht auch anderes gut konnten als Klavier zu spielen.

Raven wirkte jetzt irgendwie verloren. „Ich habe keine Ahnung. Wem sehe ich denn ähnlich?" Sein Blick blieb bei Rosemary hängen und ihre Augen wussten nicht wohin.
„Meine Mutter hat Ähnlichkeit mit… mit Marie", sagte er dann leise.
„Nein, überhaupt nicht", erklärte Waldtraut. „Marie hat grüne Augen, hellere Haare, du bist groß, Marie eher klein..."
„Aber trotzdem", entgegnete Raven.
„Okay, ein wenig. Ihre Art, sinnlich und auch musisch", nickte nun Waldtraut. „So war deine Mutter. Wie du, Raven."
„Ich bin nicht sinnlich, da kannst du deine Tochter fragen", brummte er.
„Das kann er schon sein, wenn er will", murmelte Nina. „Und früher sowieso, wenn er Musik gemacht hat. Das hat er ja aber sein lassen."

„Wegen dir, Nina!“, brauste Raven ungewohnt auf. „Du wolltest das oft nicht. Also schon, aber anders.“
„Mensch Raven, das brauchen wir doch jetzt nicht auch noch hier…!“, jammerte Nina.
„Nein, also wer ist meine Mutter?“ Raven sah wieder zu seiner Schwiegermutter.

„Du hast keine Idee?“, flüsterte Waldtraut.
„Nein, absolut nicht. Ich…“ Er zog mit einem Mal sein Gesicht schmerzhaft zusammen. „Sag bitte, dass das nicht wahr ist?!“
„Vielleicht“, flüsterte sie.
„Waldtraut!“ Sein Gesicht wirkte blass und seltsam leblos.
„Raven, es tut mir leid!“ Waldtraut ging auf ihn zu und schloss ihn in seine Armen. „Irgendwann musstest du es vielleicht erfahren.“
„Wer ist es denn?“, fragte Nina plötzlich ganz aufgeregt.
„Meine…“ Er sprach nicht weiter und begann plötzlich zu weinen. „Das kann nicht sein, das packe ich alles nicht.“
„Doch, du bist stark. Viel stärker, als du glaubst. Darum hat Nina Angst vor dir. Deine leibliche Mutter, Barbara, war die kleine Schwester deiner Mutter. Zu klein. Noch mehr ein Kind, noch nicht mal ganz vierzehn. Man hat sie...“ Waldtraut hatte die Augen geschlossen.
„Dann bin ich also doch Ninas Cousin, sogar blutsverwandt?“, flüsterte Raven mit brüchiger Stimme.
Waldtraut zuckte mit den Schultern.
„Wieso hast du zugelassen, dass Nina und ich heiraten?“ Er sagte es mit einer Stimme, die Rosemary gefrieren ließ.
„Ich hätte es euch vielleicht schon ausgeredet, aber dein Vater war eisern. Er hat mich… Wie immer. Und ihr beide...“
Raven legte seine Hände vors Gesicht. „Oh Gott! Ich kann nie wieder… Nina, es tut mir leid. Ich kann dich nicht mehr anfassen. Das...“

☆

Nina begann nun zu weinen, auf eine unheimliche Weise. Ihre Mutter hielt sie im Arm und eine Weile lang geschah nicht viel. Rosemary lag starr in ihrem Bett und verstand gar nichts mehr. Da war nur Chaos, ein heilloses Durcheinander. Im wahrsten Sinne des Wortes erschien es ihr heillos und unmöglich sich daraus je heilsam zu befreien. Wieso hatten sie diese schreckliche Wahrheit nicht besser unter dem Tisch gelassen? Ein weiterer Missbrauch, auch in Ravens Familie, wenn sie es richtig verstanden hatte. Als gäbe es davon viel zu viel auf dieser Erde.

Als Nina sich eine wenig zu beruhigen schien, murmelte sie: „Wir haben uns ja ohnehin kaum noch wirklich berührt. Ich war nicht mehr… Vielleicht habe ich es unbewusst geahnt. Meine Mutter hat mich immer an etwas erinnert, vielleicht an dich, Raven." Sie schniefte: „Mama, wie kann ich dir das nur verzeihen?"
„Musst du nicht. Aber mein Kind, es gibt Länder, da wäre das legal."
„Das ist mir doch egal!", schrie Nina Waldtraut an. „Ich finde es… Das ist doch krank! Krank, genauso wie…!"
„Und du, Waldtraut, hast das alles, wie das mit deiner Schwester, hingenommen?", kam es von Raven. Seine Stimme klang, als sei er innerlich erfroren.
„Das wussten wir nicht. Ich habe das auch lange nicht gesehen, viel zu lange. Nina und du, ihr seid ja auch mal längere Zeit getrennt gewesen. Erst als ihr euch wieder vertragen habt und plötzlich heiraten wolltet, obwohl ihr beide… Da habe ich euch besucht. Raven, du hast da gesessen, eine Hand in Ninas, deine andere Hand, schmal mit deinen langen Fingern, lag auf dem Tisch. Und plötzlich hatte ich dieses Bild von Barbara vor mir, wie sie immer am Klavier gesessen hatte. Doch auch da habe ich das ganz anders interpretiert: Talente vererben sich oft quer durch die Familie. Mir wurde es auch erst jetzt klar. Vorgestern hast du in dich versunken vor dem Flügel gestanden, wieder mit etwas längeren Haaren,

und da hast du ihr so ähnlich gesehen. Aber ich..."
„Eigentlich seltsam, sind wir nicht früher darauf gekommen", sagte Raven, sein Gesicht in seinen Händen vergraben.
„Wieso? Deine Mutter, die dich groß gezogen hat, kommt aus derselben Familie. Und das Musische liegt auch in der Familie deines Vater, auch wenn er sich lieber mit Paragraphen geplagt hat, als sich der Musik hinzugeben. Und auch das andere… Wir sind eine Hexenfamilie, das hat dein Vater mehr als einmal gesagt."
Raven wollte das nicht hören, das konnte man sehen.

„Mal noch was, dass ich das mal neu sortieren kann", kam es plötzlich leise von Nina, „Mama, das ist doch irgendwie völlig unlogisch, ihr habt uns nie gesagt, dass du und Ravens Mutter Schwestern seid?"
„Ja, weil auch wir, wie Raven… Ich habe nicht dieselbe Mutter wie sie. Wir haben nur den gleichen Vater. Es liegt wohl in der Familie, leider. Und auch das war ja ein Geheimnis."
Raven starrte Waldtraut einen Moment lang an. „Wie?! Du meinst, dass... Du sprichst von Missbrauch? Dann sollte ich besser… Ich sollte mich eventuell kastrieren lassen, bevor ich..." Er sah zu Nina.
„Also…!" Seine Frau schüttelte den Kopf. „Wenn du mich fragst, besteht da keine Gefahr. Außer du verhältst dich bei mir ganz anders..." Nina schaute ihn jetzt merkwürdig an.
In Raven schien eine Art Fieber ausgebrochen zu sein. „Aber das könnte schon sein, dass… Mein Großvater, mein Vater… Er kam mir allerdings nie so vor, dass er... Ich habe ihn geliebt und jetzt?! Das Bild meiner Kindheit, nur eine Illusion. Und jetzt ein Alptraum!" Er schüttelte den Kopf.
„Das kenne ich", murmelte da Rosemary. „Nichts als ein Traum, der plötzlich zerplatzt. Oder aus einer scheinbar heilen Welt wird ein Alptraum, entpuppt sich die Wahrheit. Das ist mir auch passiert, mehr als einmal."

„Marie, wie geht es dir eigentlich?“ Raven schaute sie nun etwas besorgt an. „Wir… Sorry, das Ganze hier… Wie geht es dir?“
„Ganz okay, ich bin seltsam ruhig. Na ja, eventuell kommt das noch. Du, mein Cousin und… Ich bin, glaube ich, ein wenig geschockt.“ Rosemary hielt sich am Bettpfosten fest und zitterte erneut wie Espenlaub.
„Sie hat einen Schock“, murmelte da Waldtraut. „Habt ihr so etwas wie Weihrauch im Haus?“
„Du hast doch immer welchen dabei?“ Nina schaute ihre Mutter fragend an. Sie selbst wirkte allerdings auch, als könne sie etwas zur Beruhigung gebrauchen.
„Ach ja, kannst du ihn mal holen? Er ist in der kleinen grünen Tasche auf meinem Nachtisch.“ Waldtraut sah aus, als sei auch sie völlig durch den Wind.

☆

Nina stürmte kurz darauf, scheinbar noch aufgelöster als zuvor, wieder in Rosemarys Zimmer. „Mama, da war jemand in deinem Zimmer!“, verkündete sie außer Atem. „Es ist teilweise aufgewühlt, Chaos, wohin mal schaut. Da hat jemand was gesucht. Wer bist du?“ Sie war nun mindestens so geschockt wie Rosemary.
„Kinder! Wir müssen hier raus!“ Waldtraut verhedderte sich mit einer Hand in einer ihrer Ketten, war sie mit einem Mal völlig nervös. „Ich habe es ja schon vermutet, dass man mich verfolgt. Hier geht irgendein Geist um. Darum wollte ich… Wir müssen weg! Wir alle! Mit Os, wer immer er ist. Nina, kannst du ihn bitte holen?“ Waldtraut wirkte seltsam verwirrt und doch irgendwie ganz klar.
„Mama, ich kann überhaupt nicht mehr, ich klappe gleich zusammen“, heulte Nina auf. Raven hielt sie im Arm, als sie scheinbar tatsächlich kurz vor einem Zusammenbruch war.

Rosemary schälte sich nun aus dem Bett und ging schwankend in Richtung Os` Zimmer. Sie klopfte mehrere Male. Erst beim fünften Mal hörte sie eine Art Knurren.
„Was ist denn?“, hörte man ihn dann verschlafen.
„Aufstehen! Please“, sagte sie nicht gerade laut.
„Wieso?“
„Keine Fragen, komm mal bitte. In mein Zimmer.“
„Das ist keine gute Idee, ich bin...“, vernahm sie ihn.
„Das ist mir egal. Wir sind auch nicht allein. Keine Sorge, Os, ich möchte auch gar nicht.“
„Ach!? Nicht?“
„Jetzt komm bitte. Es ist geht nicht um das, was du denkst, aber es ist mir ernst“, entgegnete sie.
„Ah… Aha...“

Rosemary hörte, wie er beinahe stolperte, vielleicht beim Versuch sich etwas anzuziehen. Dann riss Os die Tür auf, noch halb nackt nur in Unterhosen, und sah sie leicht angespannt an.
„Du solltest dir etwas mehr anziehen“, ließ sie ihn wissen und schaute auf seine nackten Füße.
Raven trat nun in den Flur und blickte zu den beiden. „Os, lass sie!“
„Ich tue gar nichts. Diese Lady kann eher nicht genug bekommen, wenn du mich fragst.“
„Os, es ist ernst!“, sagte Rosemary und schaute ihm ins Gesicht.
„Was? Das mit uns? Das hättest du wohl gerne“, brummte Os. „Ich bin niemand für was Ernstes, merk dir das Lady.“
„Jetzt hör mal mit der Lady auf!“
„Du bist aber eine und zwar eine echte Lady. Geadelt und blaues Blut!“
Der Blick aus seinen graublauen Augen jagte ihr einen Schauer über den Rücken.
„Du kennst mich?!“ Rosemary kniff unruhig die Augen zusammen, in-

zwischen mit wild jagendem Herzen. Sie spürte einen Anflug von Panik.
„Ja, ich kenne dich.“ Plötzlich sprach Os in fließendem Englisch weiter. „Du bist Tylers Frau. Ich bin Os Donovan, ein früherer Freund von ihm.“
„Nein!“ Rosemary trat entsetzt einen Schritt nach hinten.
„Doch“, sagte er leise.
„Und Nina, was glaubt sie, wer du bist?“, fragte sie mit tonloser Stimme.
„Os Donovan, das habe ich nie verheimlicht.“
„Das stimmt nicht!“, fuhr ihn nun Raven an. „Hier nennst du dich Os Dovan. Oder einfach O.D.“
„Okay, du hast recht.“ Os fuhr sich über die Augen.
„Wieso machst du das?“ Raven verschränkte die Arme und warf ihm einen äußerst grimmigen Blick zu.

„Kinder, wir gehen!“, hörten sie da Waldtraut sehr energisch.
„Aber wir gehen ohne Os, ohne diesen Oscar oder wie immer er heißt!“, sagte da Raven klar und deutlich. „Er war es! Er war das alles! Den lassen wir mal besser hier!“ Auch Rosemary wäre das am liebsten gewesen, fühlte sie sich alles andere als wohl in ihrer Haut.
Os grinste, scheinbar ganz cool, und blieb völlig gelassen im Türrahmen stehen.
„Nein, er kommt mit!“, erklärte Waldtraut sehr bestimmt. „Wir gehen alle und ganz besonders gehen wir mit diesem Os, wie auch immer er in Wahrheit heißen mag. Vielleicht sogar noch nicht mal Donovan. Wie wäre es zum Beispiel mit Lord…?“ Waldtraut warf ihm einen merkwürdigen, beinahe streng forschenden Blick zu.
„Ich bin sicher kein Lord, aber Marie - Rosemary - ist eine waschechte Lady. Das wusste hier wohl keiner. Da wohnt sie hier so herunter gekommen, läuft in einem alten, verwaschenen Nachthemd herum, eine wilde Mähne, wie eine zerrupfte Krähe…“ Os strich sich über seinen kahl rasierten Kopf.
„Raven…“ Rosemary musste schlucken „...Der verfolgt mich halt.“

„Du meinst einen Rabe deiner Ahnen?“, fragte Os und sah nun selbst wie einer aus, ein wenig finster, wenn nicht gar hinterlistig. „Ich weiß, dass sich im Wappen deiner Familie ein Rabe befindet. Und du bist auch mit einem verheiratet: Tyler. Er ist auch einer!“
„Nein, er hat ein anderes Wappen“, murmelte Rosemary, sich sichtlich unwohl fühlend.
„Darin ist auch ein Rabe. Schau es dir genau an, wie auch deines. Ganz genau!“ Os Augen wirkten nun dunkel und unheimlich.

Doch sie wollte im Moment nirgendwohin schauen, weder zu ihm, noch in anderes seltsam Verworrenes, und noch viel weniger in Düsteres ihrer Vergangenheit. Raben galten auch als Unglücksboten, ging es ihr durch den Kopf, der mittlerweile kaum noch zu gebrauchen zu war. Darüber hinaus ernährten sich diese schwarzen Vögel von totem Aas und man fand sie auf Schlachtfeldern. Das alles drehte sich in Rosemary. Ganz sachte segelte nun auch noch eine kleine Rabenfeder an in ihrem inneren Augen vorbei, als wolle diese ihr noch etwas anderes zuraunen.

„Das lassen wir jetzt mal, Kinder, wir gehen!“, rief Waldtraut nun laut. Sie sah aus, als würde sie gleich auf einen Besen steigen, fand Rosemary.
„Mal ehrlich, Waldtraut, egal wer hier spukt, ob Geister, verlorene Seelen, Raben oder wer auch immer, sie haben uns doch schon längst gehört“, sprach sie ihre Gedanken laut aus. „Wir laufen doch auch wieder nur alle davon.“
Waldtraut bedachte Rosemary mit einem unruhigen Blick. „Ja, das sollten wir auch, wir sind hier nicht sicher. Ich fühle mich hier überhaupt nicht sicher. Und meine Runen heute Morgen… Ein Rätsel.“
Draußen in der Dunkelheit begannen plötzlich ein paar Krähen ein nicht zu überhörendes Gezeter und für einen Moment sagte keiner etwas.
„Okay Mama, dann... dann mal los!“ Nina zog Raven ängstlich am Ärmel. „Bleib bitte da, bei mir“, bat sie ihn flüsternd.

„Mach ich!“ Er legte ihr einen Arm um.
„Vielleicht ist das doch kein Problem, dass wir Cousin und Cousine sind“, hörte Rosemary Nina noch flüstern.
„Nein, also…“ Raven atmete hörbar aus. „Doch für mich schon, ich habe genug. Nicht auch noch so was wie Inzest“, erklärte er dann.
„Dann halt ohne Kinder“, jammerte seine Frau.
„Nina, wir gehen mal“, murmelte er.
„Keine Kinder“, sagte Nina noch einmal.
„Nein, die wird es nicht geben!“ Raven klang entschieden und steuerte auf die Treppe zu.

☆

Waldtraut lud sie wenige Minuten später alle in ihren grünen VW und fuhr mit quietschenden Reifen aus der Einfahrt des großen Anwesens der alten Villa. Rosemary drehte sich noch einmal um, als wäre es das letzte Mal. Der Garten, mit Raureif bedeckt, glitzerte im Mondschein.
„Wir sind zu früh“, murmelte sie.
„Zu früh? Für was?“, fragte Waldtraut.
„Keine Ahnung, ich glaube, wir müssten noch etwas entdecken. Vielleicht im Keller. Aber gut.“
„Das können wir doch.“
„Ich habe ein seltsames Gefühl“, entgegnete Rosemary und sah nun nach vorne in den Nebel. Dieser fegte in Fetzen über die Straße und als sie sich doch noch einmal umwandte, bemerkte sie, dass der Nebel sich wie ein Schleier um die Villa gelegt hatte. Es war auch ihr Haus. Seltsam, dachte sie, wusste aber nicht, was sie überhaupt noch denken sollte. Os, Raven, die beiden machten sie gerade irgendwie wahnsinnig.

Waldtraut war bereits seit geraumer Zeit über die Autobahn gefahren, es war überall grau, neblig und rabenschwarz, da rief Rosemary plötzlich: „Fahr hier raus!“

Waldtraut setzte augenblicklich den Blinker und nahm die Ausfahrt ein wenig schlingernd. Das Hotel, auf das Rosemary zeigte, als sie darauf zufuhren, wirkte im Gegensatz zu anderem in dieser Nacht einladend. Goldenes, warmes Licht breitete sich um das alte Haus aus. Es war eine Villa im ähnlichen Stil wie das Haus, aus dem sie gerade gewissermaßen geflohen waren. Nur lag dieses mehr im Licht, waren ihre Gedanken. Es wirkte hell und freundlich, obwohl es gerade erst sechs Uhr morgens war.
„Hier bleiben wir“, fand auch Waldtraut und atmete irgendwie erleichtert aus.

☆

Nachdem jeder in einem Zimmer untergekommen war - die Frauen zu dritt in einem, Raven und Os jeweils in einem Einzelzimmer - fanden sie sich erst am Abend wieder gemeinsam an einem runden, festlich gedeckten Tisch zu einem Silvesterdinner ein.
Das Essen war gut, fand Rosemary, auch wenn sie es etwas anders gewürzt hätte. Leise murmelte sie vor sich hin, nachdem sie ihren vegetarischen Braten aus Tofu probiert hatte. „Ein wenig Thymian, mehr Knoblauch, eine Prise Nelke und Zimt, eventuell etwas Beifuß… Auf jeden Fall Ingwer.“ Sie sah noch einmal auf den Braten.
„Thymian? Aber kein Rosmarin?“, lachte Raven.
„Nein, nur wenn ich auch noch Majoran dazu nehmen würde. Aber besser doch ohne Thymian, ich möchte im Moment lieber Ingwer.“
„Aha. Und warum das?“ Os hatte ein sonderbares Grinsen im Gesicht.
„Keine Ahnung, eigentlich möchte ich ganz etwas anderes.“ Sie blickte etwas verloren auf ihren Teller. „Nichts, das es hier gäbe und schon gar nichts, das man mir so servieren könnte“, sagte sie eher leise.
„Sicher?“, kam es trocken von Os.
Waldtraut kicherte. „Kind, man kann es einer Frau aber auch gewissermaßen servieren, liebevoll und...“

„Von was redest du?!“ Rosemary schaute von ihrem Teller auf.
„Vom Gleichen wie du“, zwinkerte Waldtraut ihr zu. „Du sprichst nicht von Essen, von wegen Ingwer!“
„Hm! Ich habe halt noch Hunger“, nuschelte Rosemary.
„Dann iss! Dein Teller ist noch mehr voll als leer.“ Waldtraut zeigte mit mit ihrer Gabel und einem schelmischen Lächeln im Gesicht auf Rosemarys Teller.
„Immerhin mal dort“, murmelte diese und nahm einen weiteren Bissen. „Auch wenn mir dort ebenfalls etwas fehlt. Vielleicht Ingwer. Oder Zimt. Vielleicht auch beides.“ Sie stocherte ein wenig lustlos im Tofu herum.
„Ingwer...“, kicherte Waldtraut.
„Wieso nicht Rosmarin? Der ist ja auch nicht so ohne, der hat doch auch...“ Os sah Rosemary an und schaute dann zu Nina.
„Rosmarin?!“, fragte Rosemary nervös.
„Ja, wieso Rosmarin?“ Nina warf Os einen seltsamen Blick zu.
„Rosmarin hat genau wie Ingwer so seine Kräfte: Aphrodisisch, anregend, belebend“, antwortete Os, wie meist seelenruhig.
„Und was ist mit Thymian?“, wollte Raven wissen.
„Thymian?“ Os bedachte ihn mit einem fragenden Blick.
„Ja, *rosemary and thyme*“, sang es Raven fast und sah auf seinen und dann weiter auf den Teller von Os. Beide hatten sie eine Lende bestellt, welche mit ausreichend Thymian, Rosmarin und Pfeffer gewürzt war, dazu einen Berg Zwiebeln, der allerdings in einer deftigen Sahnesoße unterging.

☆

„Ich bin dann mal weg“, sagte Raven nach dem Essen. „Ich komme heute nicht zum Feiern, mir ist überhaupt nicht danach.“
„Ich komme mit, Schatz“, erklärte Nina.
„Ich… Nina...“ Raven blickte auf seine Füße und schüttelte den Kopf.
Sie wirkte verletzt. „Du möchtest nicht?! Ich bin doch...“

„Meine Frau? Bist du sicher?“ Raven sah sie nun an.
„Ähm… Ja, eigentlich schon. Ich brauche nicht immer ein Feuerwerk.“
„Wirklich? Nina, wer ist es, den du liebst, von ganzem Herzen?“, fragte er leise.
„Na du. Nur du!“ Nina klang fast ein wenig schüchtern.
Raven setzte sein Weinglas mit viel zu viel Wucht auf den Tisch. „Nina, wie oft noch. Das stimmt nicht. Wieso sagst du das, obwohl es doch gar nicht so ist?“
„Raven, ich habe mich immer wieder verliebt. In dich.“
Os räusperte sich und schob seinen nur halb leer gegessenen Teller von sich. Die Lende hatte er nicht wirklich angerührt.
„Verliebt?“, fragte Raven nach. „Das muss keine Liebe sein. Und wann hast du dich verliebt? Jetzt sage nicht, wenn wir mal wieder…?“ Er wollte es wohl wissen.
„Nein, wenn du mir zugehört hast“, murmelte Nina und schaute kurz zu Os. Sie sah ein wenig so aus, als würde sie sich schämen.
„Raven...“ Os klopfte ihm auf den Rücken. „Deine Lady hat sich aber doch verliebt.“
„Hä?“ Raven fuhr zu ihm herum.
„Sage ich doch“, nickte Nina.
„Deine Lady...“ Os erhob sich nun und sah zu Raven „…Sie kann gar nicht anders, als dich zu lieben. Nur du, du bist irgendwie blind. Total blind.“
„Was?!“ Raven schaute ihn verdattert an.

Waldtraut sah mit einem Lächeln auf den Lippen zu Os: „Junger Mann, jetzt verrate uns mal, wer du wirklich bist?“
Das interessierte auch Rosemary, sogar schon fast brennend. Woher kannte er sie und Tyler? Sie hatte zwar so ihre Vermutung - ein alter Freund ihres Mannes, vielleicht auch wieder irgendwelche unguten Verflechtungen von Tylers Familie – doch etwas verwirrte sie an diesem Os.

„Das verrate ich nicht. Ich bin Os. Ihr könnt es meinetwegen auch in Oisin verwandeln, aber sonst…“ Er wandte sich zu Rosemary. „Und wer bist du?“, wollte er dann wissen.
Os schaute ihr nun tief in die Augen. Fast wie ein Tier, dachte etwas in ihr. Wollte er sie jagen und gleich verschlingen oder wollte er…?
„Ich kenne dich“, antwortete sie leise, mit einer plötzlich Ahnung im Bauch, die ihr den Schweiß aus den Poren trieb.
„Ja, wir kennen uns!“, flüsterte er ihr ins Ohr. „Und wir haben nicht das erste Mal miteinander geschlafen, das weißt du. Du warst auch da nicht zu bremsen.“
Rosemary erstarrte. „Du bist…?! Oh mein Gott, sag das bitte nicht Tyler!“ Nie wieder hatte sie alte Geschichten ihres vergangenen Liebeslebens und -leidens aufwärmen wollen. Doch etwas verwirrte sie ziemlich. Os sollte das gewesen, als sie sich vielleicht mehr von einer nahezu magischen Musik zu ihrem ersten Mal hatte verführen lassen? Rosemary wollte sich jetzt auf keinen Fall weiter erinnern, war dies alles – abgesehen von dieser sinnlichen Musik – genauso wenig romantisch wie Os` Versuch, sie ins Bett zu kriegen.
Er lachte nun seltsam bitter. „Ty hat mich geschickt. Er sucht dich, seine Rosy, und ich habe dich gefunden.“
Sie sprang nun erschrocken von ihrem Stuhl auf. „Wieso machst du das?! Und wieso hast du mit mir geschlafen?!“, zischte sie möglichst leise in sein Ohr.
„Ihr habt also wirklich miteinander…?“ Raven schaute Rosemary abwartend an.
„Das wusstest du doch!“, brummte sie und ließ sich wieder auf ihren Stuhl fallen.
Nein, es war nur eine Vermutung. Ich wollte herausfinden, wer hier mit wem...“, murmelte Raven.
„Wie?“ Nina sah nun erstarrt aus.
„Na, ich wollte wissen, ob Os dich nicht schon längst in die Kiste be-

kommen hat. Das will er doch, dieser Draufgänger! Mensch Nina, du bist es doch auch - total blind! Dieser Kerl macht scheinbar vor keiner Frau halt!“ Raven feuerte sein Messer auf die Tischdecke.
„Okay, es stimmt“, gab Os zu. „Ich habe mich verguckt. In Nina. Schon vor längerer Zeit, aber sie hat ja ihren Ehemann, an dem sie irgendwie hängt, obwohl er sie nicht wirklich sieht und… Er liebt ja noch nicht mal sich selbst.“
„Kann sein!“ Raven verschränkte nun die Arme vor der Brust.

☆

„Also gut“, kam es jetzt von Rosemary. „Ich gehe jetzt schlafen, Silvester kann mich mal!“ Sie nahm ihren Pullover von der Stuhllehne und ging schnellen Schrittes die Treppe hoch und in das Zimmer, das sie mit Nina und Waldtraut teilen sollte. Man hatte ihnen noch ein Klappbett in den Raum gestellt. Das ausladende Doppelbett, das zu anderem als nur einem ruhigen, nächtlichen Schlaf hätte einladen können, war für Nina und Waldtraut bestimmt. Rosemary sank auf das kleine Klappbett und wollte mal wieder nur weg, sich irgendwo da draußen im Nebel verlieren. Wie hatte sie nur so blind sein können? Als sei sie ihr Leben lang im Nebel getappt.
Plötzlich hörte sie Schritte auf dem Gang näher kommen. Derjenige machte vor ihrer Tür halt und sie hielt den Atem an.
„Rosemary“, hörte sie leise Os` Stimme. „Bitte, es tut mir leid. Mach mal auf.“

Sie stand auf und öffnete ihm wortlos die Tür. Er sah wie sie ein wenig mitgenommen aus, in seinen Händen zwei Gläser mit einem Cocktail.
„Was ist das?“ Sie starrte darauf.
Bevor Os sie vor dem Kamin ausgezogen hatte, war er ihr auch, angeblich nur für einen kleinen Smalltalk, mit einem Drink in das Kaminzim-

mer gefolgt.
„Wir könnten…“, begann er nun.
„Noch mal feiern? So hast du es ausgedrückt, als wir… Was war in diesem Drink gewesen?“
„Äh… War er nicht gut?“
„Keine Ahnung, der stand ja mehr oder weniger unberührt…“ Rosemary räusperte sich und sah auf die beiden Gläser in seinen Händen.
„Das ist Orangensaft mit…“ Os roch an einem Glas. „Kardamom?“
„Zeig mal!“ Sie hielt nun auch ihre Nase darüber. „Zimt, Sternanis und sicher… Da ist Ingwer drin.“ Sie hob den Kopf und blickte ihm etwas eindringlich mit verschränkten Armen ins Gesicht.
„Rosemary, ich bin… Du hast mir damals gefallen. Nur Tyler war halt auserwählt.“ Os schüttelte den Kopf. „Ich bin nichts für dich, das weiß ich. Ich kann dir nicht geben, was du möchtest. Ich bin viel zu… Ich bin irgendwie gerne allein.“
„Vielleicht auch nur, weil du nicht die Frau hast, die dich so sein lässt, wie du bist - ein bisschen eigen.“ Sie lächelte ein wenig vage.
„Das kann sein“, sagte er leise. „Ich habe schon Sehnsucht, immer mehr… Rosemary, komm, wir könnten doch… Sex verbindet.“
„Und Tyler? Was sagst du ihm?“
„Das, was er braucht - Dass es einen anderen gibt, sodass er dich loslässt. Er hat sich doch auch in eine andere Frau verliebt, wenn du mich fragst.“
„Was?!“ Rosemary war mit einem Mal etwas schwindelig.
„Ja, ich vermute es. In eine einfache Frau, also nicht aus dem Adel. Tyler wäre als Sohn ja auch nur ein Bürgerlicher, selbst wenn sein Vater diesen Titel trägt. Aber dieser hat ihn ja schnell adeln lassen. Und du… Tylers Neue ist, wie gesagt, eine einfache Frau, kein Adel, aber scheinbar ist sie auch sonst einfach. Sie hat eine Praxis für Psychotherapie. Du und Ty, ihr könntet euch doch vielleicht wieder vertragen, wenn er hört, dass du ihm verzeihst.“

Rosemary war sich nicht ganz sicher, wovon Os wirklich sprach.
„Meinst du, das tut er? Wenn ich mit einem seiner früheren guten Freunde - das warst du doch - was habe? Nein!“ Energisch schüttelte sie den Kopf.
Sie fragte sich, was dieser Os wirklich von ihr wollte. Sie hatte jedenfalls keinen Durchblick.

„Wir könnten ja auch…“, begann er unsicher, „...nicht nur was miteinander haben, wir könnten ja auch…“ Er schien sich auch nur in etwas zu verwirren.
„Os, du bist aber noch immer scharf auf Nina“, stellte sie klar.
„Äh… Scharf wie Ingwer? Ich… Seit ich hier bin und dich gesehen habe… Lass es uns doch mal versuchen.“
Sie glaubte ihren Ohren nicht ganz zu trauen. „Wie?! Also... Du meinst jetzt Sex oder gleich das ganze Programm?“ Sie wagte nicht, ihm dabei in die Augen zu sehen.
„Also heiraten müssen wir nicht, aber sonst...“ Os lachte leise.
Dabei sah er schon irgendwie verführerisch aus, musste sie leider feststellen. Rosemary wusste nicht, wie sie reagieren sollte. „Du möchtest mit mir leben, Kinder haben…?! Wir kennen uns doch gar nicht?!“
„Nein, tun wir nicht, aber irgendwie brauche ich das überhaupt nicht. Mein Herz sagt mir…“ Er schaute ihr in die Augen und ihr wurde schlecht.
„Dein Herz?!“ Sie schnappte nach Luft. Was sagte denn ihres, fragte sie sich.
„Du betrügst mich“, kam es dann prompt aus Rosemary heraus. Ihre Vergangenheit mit sämtlichen Verwirrungen holte sie für einen Moment ein.
„Dich betrügen? Wie sollte ich das, wenn wir doch noch gar nicht…?“ Os zog die Brauen zusammen.
Sie winkte gestresst ab: „Lass das mal.“
„Ich oder du? Also, wie sieht es aus? Wir könnten ja einfach noch mal

miteinander… Und Weiteres ergibt sich. Ich bin nicht so der Mann großer Worte."

„Nein, kommt nicht in Frage! Du hintergehst mich. Irgendwie. Das sagt mir mein Herz!" Und schon knallte sie ihm die Tür vor der Nase zu.

☆

Es war keine berauschende Silvesternacht, in einem zu kleinen Klappbett in einem Hotelzimmer, das sie sich mit einer schnarchenden Waldtraut und einer sich die halbe Nacht hin und her wälzenden Nina teilte. Wahrscheinlich konnte keiner wirklich gut schlafen.

Waldtraut war kurz nachdem Rosemary Os abserviert hatte, auch auf das Zimmer gekommen. Sie hatte ein kleines Säckchen aus einer ihrer scheinbar unzähligen Taschen ihres weiten Rockes geholt und den Inhalt auf ihrer Bettdecke ausgebreitet. Es waren kleine Scheiben aus einem Ast eines Baumes gefertigt und mit wild erscheinenden, blutroten Symbolen darauf. Der Anblick der Runen hatten Rosemary innerlich aufgewühlt, beinahe so sehr, wie anderes an diesem Tag auch.

„Kein gutes Omen", hatte Waldtraut einige Zeit später gemurmelt, nachdem sie mit geschlossenen Augen eine gewählt hatte. „Eihwaz, die Rune der Eibe."

Rosemary, plötzlich neugierig, war näher getreten. „Die Eibe?"

Ihr Vater hatte diesen Namen getragen - "von Eiben" - wie auch Ravens Eltern, wie sie mittlerweile ja wusste.

Waldtraut hatte die Rune in ihre Hand gelegt. „Ein starker Schutz vor fremdem Zauber, auch für einen Liebeszauber verwendbar. Dem Gott Wotan zugeordnet. Der Weltenbaum… In der Verbindung zwischen Erde und Himmel kann die Liebe erwachen. Leben und Tod, die mystische Vereinigung beider..."

Rosemary hatte sich ein wenig gegruselt, als Waldtraut so vor sich hingemurmelt hatte. Wotan. Und eine Eibe. Waren ihre Beeren nicht giftig?

Als sie Waldtraut danach gefragt hatte, hatte diese gelächelt und ihr geantwortet: „Nur das rote Fruchtfleisch ist ohne Gift. Aber mein Kind, diese Pflanze, schau sie dir an, sie kann dir etwas über deine Ahnen berichten. Manche dieser immergrünen Bäume werden uralt, hunderte von Jahren. Das Leben und der Tod gehören zusammen und auch in dir gibt es das - das Dunkle und das Lichte. Verbinde es in dir, wie ein Baum. Der Weltenbaum, der sich mit der Erde und dem Himmel verbindet und so auch eins wird. Verstehst du?“
„Und wo ist da jetzt ein dunkles Omen?“, hatte Rosemary etwas ratlos gefragt.
Waldtraut hatte sie daraufhin lange und sehr aufmerksam angeschaut. „Vielleicht ist es nur meine Sicht auf die Dinge in dieser Zeit. Ich bin vielleicht…“ Sie hatte nicht weitergesprochen und eine weitere Rune in ihre Handfläche gelegt. Diese hatte Rosemary in ihrer Form an einen Krähenfuß erinnert. Der Runenkraft von Algiz würde man nicht nur den Holunder, sondern ebenfalls die Eibe wie auch den Rosmarin mit seinem Duft zuordnen, hatte Waldtraut in Gedanken versunken vor sich hin gemurmelt. Daraufhin war sie schweigsam geblieben und hatte sich schon bald schlafen gelegt.
Rosemary hatte noch eine Weile am Fenster gegessen und in die dunkle Nacht hinaus geschaut. Da war niemand gewesen, noch nicht einmal eine Krähe. Einsam und klirrend kalt war es.

☆

Heilimpuls

Es ist der letzte Tag im Jahr. Wir durchwandern in dieser Zeit ein Tor. Der Jahreswechsel in diesen nicht immer nur ganz leichten Zeiten mag vielleicht einen anderen Beigeschmack haben als noch vor ein paar Jahren. Wie wird das neue Jahr werden? Wie geht es weiter? Was bringt die Zukunft? Fühlst du Angst, Unbehagen oder spürst du Freude, Mut und Zuversicht? Und wofür entscheidest du dich?

Es geht darum, das Alte wirklich in dir abzuschließen. Du kannst dich bewusst aus mehr lösen, als nur aus deiner eigenen Vergangenheit oder die deiner Vorfahren, aus altem Schmerz, Leid oder überholten, nicht mehr gewollten Denk- oder Verhaltensmustern. Es geht darum, dir zu erlauben, dich für eine neue Zeit auf Mutter Erde aufzumachen.

☆

Nimm dir etwas Zeit hierfür, werde ruhig und gehe in dein Herz, in die Stille. Verzeihe dir und all jenen, die im vergangenen Jahr ungute Gefühle in dir haben hochkommen lassen, die dich vielleicht verletzt oder deine Grenzen überschritten haben. Weite dies aus, von Familie, Bekannten, Arbeitskollegen bis hin zu deinen Ahnen, der Geschichte deines Landes, Politikern oder auch Situationen aus deinem Leben oder dem Weltgeschehen. Vergib. Fühle es in dir, so gut es dir möglich ist. Fühle, wie du all jenen vergibst, die dich wütend, ängstlich oder hilflos haben sein lassen. Fühle Vergebung für Situationen, in denen du dich vielleicht überfordert, erschöpft, mutlos oder sogar ohnmächtig gefühlt hast.

Wenn du magst, lege dir hierbei einen Bergkristall in die Hand und lade ihn anschließend in der Sonne mit neuen lichtvollen Energien auf. Danke ihm, hilft er dir bei der Klärungs- und Heilarbeit.

Du kannst dir auch vorstellen, wie heilsame, bereinigende Energien durch das vergangene Jahr fließen. Segne noch einmal das Vergangene und lasse es dann in Frieden und Liebe los.

Zum Räuchern:
Wacholder, Salbei, Weihrauch, Beifuß, Holunder

☆

Achte Rauhnacht

31. Dezember / 1. Januar – 1. Januar

Rosemary zog sich gerade im Bad des Hotelzimmers an, als es an die Tür klopfte. Es war Nina. „Marie, beeile dich mal!“, rief sie gestresst. „Wir fahren weiter, meine Mutter hat…“ Nina ließ einen leisen Aufschrei hören.

„Bin fast fertig.“ In diesem Augenblick wurde Rosemary auch schon die Tür vor der Nase aufgerissen und Raven kam ins Bad gestürmt.

„Waldtraut hat eine Art Anfall!“ Er klang mehr als nervös und blieb geschockt vor ihr stehen. „Ich dachte du bist angezogen!“ Er warf ihr einen flüchtigen und unsicheren Blick zu, stand sie mit nichts weiter als ihrer Unterwäsche im Bad. Diese hatte sie einst ein Vermögen gekostet.

„Hast du dich heute Nacht mal wieder amüsiert?“, brummte er.

„Nein, nicht das ich wüsste. Meine Träume waren eher düster und das Klappbett nicht das Gelbe vom Ei“, nuschelte sie.

„Du und Os... Er ist dir ja eilig hinterher.“

„Os? Den habe ich weggeschickt.“

„Aha! Warum?“, wollte Raven scheinbar neugierig wissen.

Rosemary sah ihm eine Spur zu lange in die Augen.

„Das musst du nicht wissen“, sagte sie leise und drehte sich um.

„Dein Mann, Tyler, nehme ich an. Er würde dich wohl… Os und er kennen sich, ich habe es ja geahnt.“ Raven bückte sich, hob ihr Shirt vom Boden auf und hielt es ihr hin.

„Danke“, murmelte Rosemary und zog sich schnell ihr Oberteil über den Kopf. „Wie, du hast es geahnt?“, fragte sie dann.

„Na ja, als ich dich zu suchen begonnen habe, hat Os dies irgendwann mitbekommen. Das war wohl nicht so gut, tut mir leid. Aber ich konnte

ja nicht ahnen..."
„Wie, du hast mich suchen lassen?!" Etwas daran erschreckte sie.
Raven lachte kurz auf. „Na wegen des Hauses, es gehört zur Hälfte dir."
„Und es ist auch Ninas, ihr seid verheiratet", ergänzte Rosemary.
„Ja, das ist so. Ist das schwierig für dich?"
„Äh... Wieso sollte es das sein? Ich habe keinen Bezug zu diesem Haus. Den hast du, also ist es doch absolut in Ordnung, wenn du dich dort mit Nina einnistest und vielleicht kommen ja noch mehr."
Er lachte ein wenig verbittert. „Marie, wie kann ich denn jetzt noch normal mit Nina...? Das kannst du vergessen."
„Ich? Und du? Es geht doch um dich, um euch. Und nicht um mich."
„Ah... Stimmt." Er schaute sie nachdenklich an.
„Raven!", brüllte da Nina. „Was macht ihr eigentlich?! Meine Mutter, hast du das vergessen?!"
„Oh Mist, ich habe..." Er fuhr sich nervös über die Stirn. „Ich bräuchte mal ihre Medikamente."
Rosemary reichte ihm das kleine Täschchen von Waldtraut.
„Danke", und schon war er damit verschwunden.

Rosemary kleidete sich hastig an und betrat, ihren Pullover verkehrt herum, aufgeregt das Zimmer. Dort saß Waldtraut auf dem Bett und schien kaum noch Luft zu bekommen.
„Marie, kannst du bitte was machen?", hörte sie plötzlich Nina mit einer schon fast flehenden Stimme.
„Wieso ich? Sollten wir nicht einen Arzt rufen?"
„Das hat noch nie geholfen", sagte da Waldtraut.
„Aber warum soll ich etwas tun?", wollte sie irritiert wissen.
Nina wandte sich an Rosemary. „Es tut mir leid, wenn ich dir bisher nicht so freundlich begegnet bin. Du stresst mich, aus mehreren Gründen. Und einer davon ist, dass du dich mit etwas auskennst. Du weißt, was du tun könntest. Schau dir meine Mutter an, fühle und ich bin mir sicher, du

tust genau das Richtige.“ Nina sah ihr in die Augen und in ihren großen blauen Augen tanzte etwas, das Rosemary verunsicherte.
„Äh… Also… Du meinst?“ Sie blickte Nina noch immer etwas entgeistert in die Augen.
Diese nickte: „Wie deine Granny. Bitte, ich weiß, dass du es kannst!“
Rosemary schüttelte leicht den Kopf. „Aber Nina, du bist doch hier diejenige, die scheinbar gerade mehr spürt als andere. Gestern im Haus - ein Fremder. Damit hast du ja voll ins Schwarze getroffen. Es war nicht Raven, der dir Angst gemacht hat, sondern tatsächlich ein Eindringling.“
Nina sagte nichts.
„Also gut, wenn du meinst. Seltsam, aber ich vertraue dir.“ Rosemary sah noch einmal zu Nina.
„Danke“, nickte diese. „Ich vertraue dir auch. In dieser Sache.“

Rosemary zog nervös an ihrem Pullover herum und schloss dann die Augen.
„Dein Pulli ist verkehrt herum“, hörte sie da Nina sagen.
„Das ist jetzt egal, ich muss ja im Moment nicht gut aussehen“, nuschelte Rosemary und öffnete noch einmal die Augen.
Nina grinste ein wenig schief. „Tust du aber, auch so. Wie eine wilde Frau. Es gibt sicher Männer, die davor nicht gleich zurückschrecken.“
Raven räusperte sich und Rosemary schloss besser schnell wieder die Augen.

☆

Als sich Rosemary soweit beruhigt hatte, dass sie überhaupt ein klein wenig fühlen konnte, abgesehen von dieser Unruhe und ihrem Herzklopfen, überkam sie mit einem Mal ein seltsames Gefühl. Und dieses Mal gelang es ihr sehr viel leichter, diesem auch zu folgen.
„Waldtraut, steh mal bitte auf“, forderte Rosemary sie mit leiser und sanfter Stimme auf. „Stell dich mal hin, ganz gerade. Aufrecht!“ Sie half

ihr ein wenig dabei und drückte ihre Schultern leicht nach hinten. „Und jetzt sprich mir mal nach: Ich bin die, die ich bin. Ich bin kraftvoll!“
Waldtraut sagte es mit einer Stimme, die es Rosemary noch nicht so wirklich glauben ließ. Sie stellte sich nun selbst aufrecht vor Waldtraut und schaute ihr in die Augen. „Noch einmal. Ich bin die, die ich bin! Ich bin. Ich bin. Ich bin!“
„Ich bin“, sagte Waldtraut und schloss dabei die Augen.
„Besser, viel besser“, nickte Rosemary. „Ich bin kraftvoll!“, fuhr sie selbst fort. Sie hob ihren Kopf, strafte ihre Schultern und begann dann leise zu tönen. „Komm, mach mit“, raunte sie Waldtraut zu. „Sing mit mir!“
„Singen? Nein, ich singe nicht.“ Waldtraut schüttelte ihre Locken.
„Ich bin“, sang Rosemary leise und neigte für einen Moment den Kopf, ihre Augen weiterhin geschlossen. „Ich bin...“
„Okay... Ich bin“, kam es von Waldtraut und dann ließ sie sich doch darauf ein.

Die beiden Frauen begannen nun gemeinsam zu singen. Zuerst leise, nur ein paar Silben, dann wurde es lauter und lauter, bis sie regelrecht zu vibrieren schienen. Rosemary hatte sich noch nie so gefühlt, stellte sie fest, als es langsam wieder leiser wurde und ausklang. Keiner sagte ein Wort. Sie standen zu viert da und es schien noch immer dieser Gesang um sie herum zu schwingen. Es war, als hätten sie ein Kraftfeld aufgebaut, so war Rosemarys Empfinden, als sie sich wieder mehr in dieser Realität des Hotelzimmers befand.
Waldtraut atmete ein paar Mal tief ein und wieder aus. „Marie, tue du das auch mal“, sagte sie leise.
Rosemary folgte ihrem Rat und atmete ebenfalls einige Male etwas tiefer. Sie fühlte sich daraufhin noch kraftvoller als bereits zuvor.
„Ausatmen, einatmen, das Leben leben“, sang sie anschließend leise und musste lächeln.

„Ihr habt sie nicht alle“, kam es plötzlich von Raven.
Rosemary riss die Augen auf und sah ihn erschrocken an. „Wie bitte?!“
„Marie, du bist…“ Er warf ihr einen sonderbaren Blick zu.
„Eine Heilerin“, sagte Waldtraut laut und deutlich. „Und darum… Marie, du musst das machen!“
„Nein! Das kommt nicht in Frage! Und überhaupt, wer will das denn? So etwas hören? Ein wildes Gekrächze.“
„Hm, das könnten gar nicht so wenige sein“, lächelte sie Waldtraut an. „Mein Kind, du musst es nur tun, die Leute werden diese Energie schon spüren. Und Raven hat nur Angst, weil er genau weiß… Marie, sing! Und singe mal in Begleitung eines Klaviers.“
Nina fuhr nun dazwischen: „Nein, das lassen wir mal! Mir ist das auch nicht geheuer. Raven hat recht.“
Rosemary musste kichern. „Na ja, ist mir auch egal, wer recht hat, ich möchte im Moment ohnehin nicht.“
„Was? Singen oder dich am Klavier begleiten lassen?“, fragte Waldtraut.
„Ich möchte nicht. Weder…“ Rosemary hörte auf zu sprechen, denn sie wusste, etwas daran stimmte nicht. Und all ihre schöne Stimmung und diese zauberhafte Energie von eben, war schon fast wieder nach unten in den Keller gefallen.

„Marie, wir können schon mal… mit dem Klavier“, sagte da Raven. „Vielleicht heute, zum Neujahr. Wir haben ein neues Jahr und keiner von uns hat wirklich daran gedacht.“
„Ein gutes neues Jahr“, lachte Waldtraut auf, als sei sie schon den ganzen Morgen über putzmunter gewesen, und umarmte ihre Tochter.
Rosemary stand da und sah den beiden dabei zu. Dann tat Raven einen Schritt auf sie zu und nahm sie in den Arm, völlig unerwartet. Er hielt sie viel zu nah an sich gedrückt, dachte sie, und hörte auf zu atmen.
„Ein gutes neues Jahr, mit mehr Glück und...“, sagte er leise.
„Wünsche ich dir auch, Segen und mehr… mehr...“

„Liebe!“, hörte sie da Waldtraut. „Kinder, das brauchen wir: mehr Liebe! Ich wünsche uns allen mehr Liebe.“
„Danke“, murmelte Rosemary und plötzlich liefen ihr ein paar Tränen über das Gesicht.
„Kind, du bist nicht verloren“, nahm sie nun Waldtraut in den Arm und wünschte ihr auch noch einmal alles Gute für das neue Jahr.

Nina stand nun irgendwie unbeholfen vor ihrem Ehemann und die beiden sahen sich für einen Moment verunsichert an.
„Nina, ich liebe dich“, sagte Raven dann leise und nahm sie in seine Arme. „Nur dass du das weißt, aber wir… Ich brauche mal eine Pause, um zu wissen, wie das mit uns weitergeht. Meine Cousine…“
„Kinder, macht kein Theater. Ihr seid nach meinem Gefühl nicht blutsverwandt. Barbara hatte, vermute ich, einen anderen Vater. Sie hatte sehr wahrscheinlich nur die gleiche Mutter wie Ravens nichtleibliche, die Frau, die ihn groß gezogen hat. Ich wäre somit also mit Barbara überhaupt nicht verwandt.“ Waldtraut sah ihre Tochter mitfühlend an.
„Das denkst du dir jetzt aus, du bist so was von…!“, brauste Nina auf. „Mama, weißt du eigentlich, wie es mir geht?! Gestern klang es noch ganz anders! Das ist doch alles einfach…! Inzest wohin man schaut. Oder was ist das?“ Nina bekam nun rote Flecken auf ihren Wangen.
„Na ja, Missbrauch auf jeden Fall. Wer da wen…? Liebe war da wohl oft nicht im Spiel“, antwortete Waldtraut.
„Aber Mama, woher willst du das wissen?“
„Weil Barbara niemandem ähnlich sieht“, erwiderte Waldtraut. „Ich vermute… Damals, als sie geboren wurde, gab es ein paar Ungereimtheiten. Ich war ja schon fast ein Teenager, ich habe ein paar Erinnerungen.“
„Das ist mir echt zu kompliziert“, brummte Raven. „Ich blicke überhaupt nicht mehr durch, wer mit wem und überhaupt!“
Waldtraut legte ihm eine ihrer beringten Hände auf die Brust. „Das ist gut, je mehr man sich verwirrt fühlt, je näher ist man an einem Erwachen.

Raven, folge deinem Herz. Welche Frau ist die deine, egal ob sie deine Cousine sein könnte? Es wäre doch egal."
„Überhaupt nicht. Für mich nicht!" Schon beinahe wütend stampfte er auf.
„Und wieso nicht? Wenn ich dir jetzt noch einen Beweis bringen würde, aus dem Keller, dass weder Nina deine Cousine ist, noch Marie, dann wäre es für dich wieder in Ordnung und du mit Nina wieder glücklich vereint? Vielleicht sogar glücklicher als zuvor? Oder bist du nur froh, gibt es etwas, dass du…?"
Raven kniff die Augen zusammen: „Was möchtest du mir sagen?"

„Das, mein Junge, was ich dir schon seit längeren versuche zu sagen: Trau dich, trau dich! Du bist talentiert. Spiele wieder Klavier!"
„Also, ich weiß jetzt nicht, was das damit zu tun hat? Das hat doch gar keinen Einfluss darauf, ob ich mit Nina oder…", entgegnete er irritiert.
Waldtraut zog ihre Brauen hoch. „Hm, da bin ich mir nicht so sicher. Marie, wie siehst du das? Könntest du mit Tyler so singen? Also ich meine, nicht unbedingt mit ihm gemeinsam, aber könntest du es, wenn er noch immer mit dir wäre, in deiner Nähe, als dein Ehemann? Könntest du dich da entfalten?"
Rosemary lachte auf, wurde dann aber augenblicklich still. Sie schüttelte den Kopf: „Nie im Leben, er wäre auf und davon."
„Also so schlimm klingst du jetzt nicht", kam es von Raven. „Du hast eine gute Stimme, das sagt ja auch…"
Rosemary unterbrach ihn: „Kann sein, aber… Nein, das würde nicht gehen! Was ich dabei in mir fühle… Nein!" Da war sie sich auch absolut sicher.
„Und ein anderer Mann? Wir könnten ja mal Os zu uns holen. Er liebt Musik und hat doch Ahnung", schlug Waldtraut vor.
„Das machen wir", sagte Nina ein wenig zu schnell.
„Ihr wollt mich mit ihm verkuppeln?!" Rosemary starrte, ein wenig ge-

schockt, zuerst Waldtraut und dann Nina an.
„Also… Ihr habt ja scheinbar sowieso schon... Und früher… Er hat dich entjungfert, stimmt`s? Oder wer war das gewesen?“ Nina wirkte nun irgendwie eifersüchtig.
„Kann sein“, brummte Rosemary. „Das ist doch egal, daran kann ich mich nicht gut erinnern. Und das muss ja auch nicht die große Liebe gewesen sein, der das tut, oder? Wie war das denn bei dir?“
„Äh, ich war… Mir war das nicht so wichtig“, murmelte Nina.
Raven lachte, wurde aber sogleich wieder ernst. „Es war dir egal, wer es ist? Und dir, Marie?“
„Mir war wichtig, dass da Gefühle wie Liebe mit im Spiel sind. Ich wäre dabei gerne mit einem Mann in etwas Neues, aber… Na ja, er war dafür zu… Wahrscheinlich zu jung.“
„Zu jung? Und du?“, fragte Raven, scheinbar neugierig.
„Ich auch, wie gesagt. Gerade mal fünfzehn, viel zu jung“, murmelte Rosemary.
„Das ist jung“, kam es von Nina. „Also wenn es tatsächlich Os gewesen ist, dann war auch er sehr jung, er ist kaum älter als du.“
Rosemary wollte das alles gar nicht wissen. Dieses Kapitel ihres Lebens war auch nicht gerade rosig gewesen.
„Also Kinder, wir holen ihn mal.“ Waldtraut rannte schon fast zur Tür.
„Sie ist ja wieder ganz gut auf den Beinen.“ Nina blickte ihr verwundert hinterher.

☆

Als Waldtraut wieder zur Tür herein kam, hatte sie tatsächlich Os im Schlepptau. Er wirkte unausgeschlafen und sah nicht gerade gut gelaunt aus.
„Ladys, Raven, ein gutes Neues“, wünschte er wenig enthusiastisch. „Ich hoffe, ihr konntet es gut anfangen.“ Angespannt lachte er in die Runde.
„Ich nicht“, sagte Raven. „Mein Herz wollte...“

„Dein Herz?“ Os zog mit einem Grinsen die Brauen hoch.
„Ach… Vergiss es. Du kapierst das nicht.“
„Nein, wahrscheinlich nicht, ich war noch nie verheiratet.“ Os schaute Rosemary an. „Und du, Marie, wie hast du geschlafen?“
„Nicht gut, ich habe geträumt“, nuschelte sie.
„Wie immer also“, murmelte er.
„Wie?“
„Rosemary, ich kenne dich, besser als du es gerne hättest. Dein Tyler...“
„Mein Tyler?! Vergiss es!“, zischte sie.
„Also gut, ich wollte dich auch nur mal wieder… Er war gar nicht so wenig in dich verliebt, wie du es meinst.“ Os hatte einen starren Gesichtsausdruck.
„Was?!“ Rosemary hätte sich beinahe verschluckt.
„Ich habe ihm ja immer mal wieder zugehört“, begann er müde zu erklären. „Wenn du mich fragst, konnte er dich schon lieben, auf seine Art. Nur dass du keine Kinder wolltest, das hat ihn mitgenommen.“
„Mitgenommen?! Spinnst du?“

Os schob seine Hände in seine Hosentaschen. „Er hat mir von deinen Träumen erzählt, die du seit deiner Jugend immer wieder haben würdest.“
Rosemary zog die Brauen zusammen. „Von meinem Träumen?! Die kannte er doch gar nicht.“
Er lachte und fuhr sich über seinen kahl rasierten Kopf. „Rosemary...“
Sie sah ihm in die Augen und hatte plötzlich kein gutes Gefühl. „Er hat mich… Tyler hat mich belauscht?“ Ihre Stimme war mehr nur noch ein Hauch.
„Kann sein. Du hast ihm aber einmal in einer Nacht etwas erzählt - vielleicht bist du schlafgewandelt - etwas von einem Raben. Dieser würde dich noch immer suchen.“
„Hä?“, war alles, was sie dazu sagen konnte.

Diese Raben verfolgten sie eher. Meist war es mehr eine wilde Jagd, als würde es schon fast um Leben und Tod gehen. Und es war mal wieder unheimlich, als genau in diesem Augenblick aus dem Garten eine Krähe zu hören war. Rosemary versuchte einen Blick auf sie zu erhaschen und sah, wie eine aschgraue Nebelkrähe mit einer Rabenschwarzen eine Art Kampf auszutragen schien. Irgendwo am Rand hockte, scheinbar wartend, eine dritte Krähe.

„Wer ist der Rabe? Schwarz und…?“ Os zog nun eine Grimasse und Rosemary hatte für einen Moment Mühe zu atmen.
„Du“, sagte Rosemary sehr leise. Es war nur eine Ahnung, auch mehr aufgrund seltsamer Träume in den letzten Nächten, meist um Mitternacht. Sie war darin nicht nur von einem dunklen Raben erbarmungslos gejagt worden, da war auch ein Rabe gewesen, der sie über die Schwelle in ihr Frausein begleitet hatte. Sonderbar, hatte sie gedacht, wieso ausgerechnet ein Rabe? Sie erinnerte sich plötzlich vage an einen alten, gezähmten Rabenvogel, kurz vor ihrem ersten Mal. Er hatte auf einem schwarzen Konzertflügel gesessen, von dem eine nahezu magische Musik zu ihr gefunden hatte. Diese Erinnerung musste von einer Reise mit ihrem Vater nach Deutschland stammen, soweit reichte ihre neblige Erinnerung. Sollte sie Os etwa, als ein Freund Tylers, auf einer damaligen Feier bereits begegnet sein? Sie schüttelte den Kopf, im Versuch darin Ordnung zu schaffen. Oder war Os der Rabe, weil sie beide irgendein dunkles Geheimnis auf nicht sehr gute Weise miteinander verband, vielleicht wie in der Nacht vor dem Kamin, und das sie schon beinahe wie gefangen hielt? Noch immer fühlte Rosemary beim Gedanke daran, dass sie ihn an sich herangelassen hatte, Scham in sich aufsteigen.
Os hatte bisher geschwiegen.
„Shit“, murmelte sie und fuhr sich nervös durch die Haare.
„Wenn du meinst, dass es das ist“, flüsterte er und wollte sich wieder in Richtung Tür bewegen.

„Jetzt hör mal, Os… Das ist doch alles… Wir waren noch jung. Du willst mir doch jetzt nicht verklickern, dass du…? Du hast mich doch überhaupt nicht gut gefunden, du fandest mich weder attraktiv, noch sonst irgendwie interessant. Dir haben immer blonde Frauen gefallen, das weiß ich von Tyler, und auch sonst…“ Sie sah in seine dunklen, blaugrauen Augen und wusste sowieso nicht, ob er es damals wirklich gewesen war. Das war irgendwie ein Alptraum!
Os kam wieder etwas näher. „Nein, das stimmt nicht. Diese Nacht damals mit dir hat etwas verändert.“
„Du hast sie gar nicht entjungfert“, mischte sich nun Nina ein.
„Nein, das war ein anderer“, entgegnete Os barsch.
„Ich habe keine Ahnung, wer es gewesen ist. Es war nur dieses eine Mal, sehr lange her und bereits rabenschwarze Nacht“, sagte Rosemary mit einer Stimme, als sei sie mehr ein Geist als noch ganz hier.
„Wir haben uns doch in dieser Nacht geliebt, oder nicht?“, flüsterte Os. „Wie kann man nur solch eine Nacht erleben? So etwas wie Magie. Mit dir, deine Stimme…“ Er sprach nicht weiter.
„Magie?!“ Ihr wurde irgendwie übel. Ihr erstes Mal, war da eine Magie gewesen? Sie wusste, sie hatte darin scheinbar eine Art Talent, sich von manchem wie abzuspalten. Als hätte sie jegliche Erinnerung in eine Schatulle gepackt, den Schlüssel dafür weit fort geworfen und sie dazu tief vergraben.

„Ich habe nichts gemacht“, wimmerte Rosemary plötzlich. „Gar nichts! Os, wer bist du? Du bist nicht der, der mich… Hatte ich nicht mit dir mein erstes Mal? Ich bin doch verloren! Das warst doch du, oder nicht?“
„Nein, das wüsste ich“, gab Os mit fast tonloser Stimme zur Antwort. Dann fuhr er fort: „Dann meinst du wohl einen anderen, an den dich dieser Rabe aus deinen Träumen erinnert. Als wir… Ich war gerade zweiundzwanzig geworden, also nicht mehr ganz so jung. Nur du warst scheinbar in einen anderen verliebt. Du dachtest vielleicht, ich sei er. Ich

habe mich dir damals nicht vorgestellt, nicht wirklich. Wir waren auf einem Musikfestival, beide ganz vorne vor der Bühne..."
Rosemary verzog das Gesicht. „Du warst nicht…?! Du warst nicht der, der mich das erste Mal…? Dann warst du auch nicht der, der an diesem Abend auf dem Festival diese magische Musik gespielt hat? Oh, so ein Mist!"
Mist - auf englisch bedeutete dies "Nebel" und dieser schien sich noch immer in ihr ausgebreitet zu haben.
„Also Mist war es nicht, es war… magisch." Os kam nun näher auf sie zu.
Raven schien plötzlich genug zu haben. „Ihr seid auf einem Konzert gewesen? Was für eines? Wo war das denn?"
„In London", nuschelte Rosemary und sah Os noch immer in die Augen.

Das konnte gar nicht sein! Wie konnte man sich nur so täuschen? Jetzt, als Rosemary vor ein paar Tagen Os` Stimme gehört hatte, hatte sie irgendwo geahnt, dass sie ihn kannte. Aber woher, darauf war sie nicht gekommen. Oder sie hatte es verdrängt, wie anderes auch, hatte sie es lieber nicht mehr wissen wollen. Denn damals war nachher etwas gar nicht mehr gut gewesen. Ein Unglücksrabe, der damals ihr Leben in kohlrabenschwarze Farbe getaucht hatte. Nur dieses Lied, von einem Mann auf einem Klavier gespielt, war ihr noch nahe gewesen. Wie ein Traum voller Zauber, in dem es doch auch so etwas wie eine heile Welt voller Liebe gab. Nicht nur schwarz-weiß wie die Tasten eines Klaviers.
Rosemary hatte nach dieser Nacht eine Fehlgeburt gehabt, nicht nur eine. Und sie wusste, das erste Mal war nicht Tylers Kind gewesen. Sie hatte alles schön vergraben, war es ja auch ungefähr fünfzehn Jahre her.

Rosemary war mit einem Mal kreidebleich. „Es tut mir leid, ich habe dich damals verwechselt", sagte sie zu Os. „Das tut mir so leid."
„Du hast mich verwechselt? Mit wem?" Er sah nun aus, als sei er in sei-

nem männlichen Stolz ziemlich angegriffen.
„Mit einem Mann, mehr nur aus meinem Träumen. Ein Lied und... Ich hatte nach dieser Nacht...“ Sie begann zu weinen. „Mir hat alles weh getan, ich wollte kein Kind mehr.“
„Was?! Wie, du wolltest kein Kind mehr?!“ Os trat nun wieder einen Schritt zurück und Waldtraut seufzte auf.
„Kinder, Kinder“, schüttelte sie den Kopf. „Marie, sprich es aus, hier wird keiner im Feuer verbrannt.“
„Ich hatte eine Fehlgeburt“, schluchzte Rosemary und fuhr sich mit dem Ärmel ihres Pullovers, noch immer links herum, über die Augen.
Raven wirkte entsetzt. „Os, du hast sie geschwängert?!“
„Das… das wusste ich doch nicht, wir hatten aber doch...“, stammelte Os, einen Hauch blasser, und sah Rosemary irgendwie hilflos an.
„Wir hatten nicht verhütet“, wisperte sie und senkte den Kopf. „Ich war irgendwie… Besessen, könnte man sagen.“
Os war nun noch bleicher. „Oh je! Und Tyler? Du warst ja bereits verheiratet. Das hatte ich allerdings nicht gewusst.“
Daran wollte Rosemary jetzt auch nicht denken. Sie hatte damals ihren Mann betrogen, noch kein Jahr verheiratet, nur wegen eines Liedes.
„Ty hat es mitbekommen und gedacht, das Kind sei von ihm. Ich hatte danach noch drei weitere Fehlgeburten. Ich kann keine Kinder bekommen, zumindest nicht…“ Sie begann wieder zu weinen. „All seine Versuche, auch die letzte Weihnacht, mit einer Härte… Das war doch alles vergebene Liebesmüh oder halt… Kein Wunder wollte da kein Kind bleiben. Sie hätten es mir ja sowieso weg genommen.“ Sie schluchzte laut auf, versuchte sich dann aber mit aller Mühe zu beherrschen.

„Das kann nicht sein. Wie könnten sie…?“ Os war inzwischen weiß wie die Wand. „Meinst du, das hätten sie getan?“ Er schaute Rosemary an und sie fühlte nichts als diesen Schmerz, der sie zu zerreißen drohte, beinahe wie früher.

Sie schniefte: „Doch, das weiß ich! Seltsam - das weiß ich, aber scheinbar nicht, mit wem ich..."
Os stand nun neben ihr, beugte sich zu ihr und raunte ihr ins Ohr. „Mit wem du Liebe gemacht hast?"
„Liebe?! Das war doch nur…!" Rosemary schüttelte den Kopf.
„Du hast mich also verwechselt. Das ist… das ist auch Missbrauch, wenn du mich fragst. Du hast mich…" Sein Kiefer war angespannt und er sah ihr nicht mehr ins Gesicht.
„Aber völlig unwissentlich", heulte sie.
„Wie konntest du mich denn verwechseln?"
„Ich weiß doch auch nicht. Ich habe ihn ja nur einmal gesehen, als ich wirklich zu jung war. Viel zu jung." Sie ließ ihren Tränen nun freien Lauf.
„Jetzt mal langsam, wer hat dich entjungfert?", fragte Os mit rauer Stimme.
„Das ist doch völlig unwichtig", entgegnete Rosemary jetzt ziemlich laut.
„Finde ich nicht", mischte sich Waldtraut ein.

Da erst fiel es Rosemary auf, dass ihnen viel zu viele zugehört hatten. Aber das war jetzt auch egal, wie anderes auch. In ihr herrschte absolut trübe Winterstimmung, wie erfroren fühlte sie sich.
Sie holte tief Luft und begann: „Also gut... Ich war bereits einmal hier in dieser Gegend in Deutschland gewesen. Mein Vater hat mich mitgenommen, um ein paar Verwandte zu besuchen. Wir waren irgendwo in einem Haus bei Freunden für ein paar Tage. Ich war gerade fünfzehn. Oh Mann! Der Mann war…" Sie hielt für einen Moment inne. „… Er hat mich nur einmal nachts getroffen. Er hat mir gefallen, war allerdings viel schüchterner als ich. Ich hatte früher sehr viel mehr… Na ja, ich war nicht so zurückhaltend. Er hatte schöne dunkle, gelockte Haare… Ich habe mich unter einen alten Baum gestellt, kurz vor Mitternacht, er stand in der Nähe, und dann habe ich gesungen. Nicht so wie vorhin. Soviel

weiß ich noch. Er wollte aber nicht, er wollte nicht mit mir spielen."
„Spielen?! Also du meinst ins Bett?" Os sah sie fragend an.
Rosemary schüttelte den Kopf. „Nein, ich wollte Musik machen. Mein Vater hat mich dann aber gerufen. Erst ein paar Tage später habe ich ihn auf einer Gartenparty wiedergesehen. Ich habe mich in den Pavillon geschlichen, in dem es vorher ein Konzert gegeben hatte. Darin standen noch ein paar Instrumente, darunter auch ein großer schwarzer Flügel. Vor diesem stand er irgendwann. Es war schon dunkel und durch die großen Fenster fiel der Mondschein. Ich weiß nicht genau, wie es dann dazu kam. Er war wohl schon erfahrener als ich und hat sich vielleicht auch nicht gefragt, ob ich schon… Ich wirkte vielleicht älter." Rosemary strich sich ein wenig beschämt eine Strähne aus dem Gesicht.

Raven sah sie an, als sei sie ein Geist. „Wie hast du ausgesehen?"
„Äh, ich hatte sicher ein schickes Kleid an. Meine Mutter hatte mir damals für diese Reise und irgendwelche Feiern extra ein Neues nähen lassen. Oben war es mir etwas zu eng gewesen, hatte ich scheinbar fast über Nacht oben herum zugelegt. Na ja..." Rosemary musste lachen, auch wenn ihr nicht danach war. „Ich trug glitzernde Ohrringe und meine Haare waren ganz kurz, ein Lockenkopf. Allerdings nicht so natürlich wie Waldtrauts Lockenschopf, waren sie aufgedreht."
„Du warst…? Ach herrje!" Raven schüttelte den Kopf und ihm entfuhr kurz ein Lachen.

☆

Waldtraut kicherte, nahm Ninas Hand und wollte mit ihr in Richtung Tür. „Lass die beiden Mal, Liebes", wisperte sie ihrer Tochter zu.
„Wie?! Mama!" Nina entzog ihr mit einem Ruck wieder ihre Hand.
„Raven und Rosemary, ihr beiden habt euch doch noch was zu sagen", bemerkte Waldtraut. „Bevor hier irgendjemand wieder mit irgendjemand wahrhaftig glücklich sein kann, muss das mal geordnet werden, wenn ihr

mich fragt. Dann wisst ihr vielleicht auch, an wessen Seite ihr wirklich gehört.“ Sie warf Os einen Blick zu, der sich hinter einer steinernen Miene verschanzt hatte.
„Aber Mama, dann hat mich Raven betrogen!“, wimmerte Nina. „Da muss er ja zwanzig gewesen sein und da war er mit mir zusammen!“
„Das stimmt nicht“, schüttelte Raven den Kopf. „Damals waren wir nicht zusammen.“
„Dann warst du aber älter!“ Es klang motzig.
„Wann jetzt?“
„Als du mit ihr...“
„Äh… Okay, damals gab es bei uns beiden dieses ständige Auf und Ab“, erklärte er. „Oh je, das war ja auch nur ein Spiel.“ Dann schaute er zu Rosemary. „Du hast mich verführt!“
„Mag sein, das kann ich scheinbar“, murmelte sie achselzuckend. „Wie gesagt, verdorben und besessen.“
„Na ja, so verdorben kamst du mir aber nicht vor“, murmelte Raven.
Os starrte ihn nun grimmig an, als würde er gleich wie ein Wolf die Zähne fletschen. „Du warst das also, Raven! Der Rabe, den sie nie losgelassen hat. War die Nacht denn auch so…?“ Er schaute jetzt Rosemary an und sie versuchte ihm auszuweichen.
„Wie war es?“, wollte Os noch einmal wissen und sie fragte sich, welches Spiel er wohl spielte.
„Os… Ich war da ja noch völlig unerfahren“, antwortete sie erschöpft. „Ich hatte einfach das Gefühl, dass er mich… Ich wollte mein erstes Mal nicht mit einem Mann erleben, der mit mir zu hart umgeht. Ich kannte Tyler bereits und wusste, dass ich ihn in wenigen Jahren heiraten sollte.“
Os starrte sie an. „Sollte?! Das wusstest du? Ach Gott!“
„Ich wollte mich aber nicht von Tyler… Ich wollte jemand, bei dem ich etwas spüren konnte, etwas wie... Aber zu deiner Frage, auch wenn das alles irgendwie krank ist: Nein, es war eher… Na ja, wie so ein erstes Mal wohl meistens ist. Ich war wie gesagt total unerfahren.“

Raven räusperte sich: „Das warst du nicht.“
„Wie?!“ Rosemary zuckte zusammen und Nina verzog sich ins Badezimmer.
„Auf mich wirktest du nicht unerfahren, da habe ich anderes erlebt. So, wie du dich… Das möchte ich hier jetzt nicht laut aussprechen.“
„Ich gehe mal, da könnt ihr vielleicht leichter reden.“ Waldtraut wandte sich der Tür zu. „Nina, kommst du mal mit?“, rief sie in Richtung Bad.
„Nein, ich bleibe!“, hörte man sie, ein wenig trotzig.
„Tue dir doch selbst nicht immer so weh“, erwiderte ihr Waldtraut.
„Genau deshalb muss ich das hören, um dies nicht länger zu tun. Dann kann ich das Ganze vielleicht mal anders sehen. Immer wieder wollte ich ihn… Und Raven war…“ Nina ließ einen Seufzer hören. „Ach Mann, Raven, das ist sowieso…! Ich habe das scheinbar nicht so drauf, um dich auch...“, kam es nun eindeutig trotzig von hinter der Badezimmertür.
„Du wolltest mich verführen?!“ Raven öffnete die Tür und sah Nina verwundert an.
„Ja, so wie du dich scheinbar nur einmal hast verführen lassen. Nicht von mir!“, antwortete sie in beleidigtem Ton.
„Nina, ich war… Das war… Ich hatte an diesem Abend zu viel von etwas intus.“
„Aha, und was? Warst du betrunken?“
„Nur ein wenig, ich hatte allerdings etwas gegessen. Und Marie auch.“ Raven schaute seine Frau an, als sei er wieder ein kleiner Junge.
Ninas Blick verriet Skepsis. „Wie bitte?“
„Wir hatten damals ja Besuch, nicht nur aus England, und es gab ein etwas außergewöhnliches Dinner. Ein Geheimnisvolles. Weil sich mein Vater verliebt hatte. Meine Eltern waren zu diesem Zeitpunkt noch nicht lange getrennt. In wen er sich verliebt hatte, das war auch ein Geheimnis. Und irgendjemand wollte uns vielleicht gleich allesamt verführen. Na ja, es ging sicher nur um diese Dame, die unter der Feiergesellschaft gewesen muss. Es war alles höchst aphrodisisch, das habe ich aufgeschnappt.

Keiner wusste ja… Das Dinner war ein wahres Zauber- oder Hexenwerk.“ Raven hatte scheinbar eine ausgezeichnete Erinnerung.
„Äh, das ist doch jetzt totaler Blödsinn“, murmelte Rosemary.
„Ich glaube nicht“, sagte da Waldtraut. „Ich war es, die das gekocht hat. Und Raven hat recht. Ich habe mich völlig verausgabt, bin in die Apotheke, um wer weiß was alles zu kaufen… Das Essen war aber nichts.“
„Na ja, für mich schon“, lachte Raven.
„Das Essen oder etwas anderes?“, fragte Waldtraut ihn, wie so häufig in einem Tonfall, als wüsste sie sowieso schon die Antwort. Dann wandte sie sich an Rosemary: „Marie, wie war es für dich?“

„Also, das Essen…“ Rosemary war es irgendwie heiß geworden. „Keine Ahnung, ich hatte davon kaum etwas probiert. Ich war irgendwie aufgeregt. Ich habe fast nur von dem Nachtisch gegessen.“
„Klar, Nachtisch!“, murmelte Nina. „Und den hattest du dann auch. Ach je! Wie gestern Abend! Und heute Nacht warst du auch nicht nur in düsteren Gefilden unterwegs.“
„Was?“ Rosemary starrte sie ungläubig an.
„Mensch Marie, wir haben dich doch beide… Mama, jetzt sag du doch mal…!“, stupste Nina ihre Mutter an.
„Sie hat sicher einfach nur geliebt, das hat sie halt in sich“, lächelte Waldtraut.
„Aha, ich bin also so was wie eine Prostituierte, eine Hure oder was?“ Rosemary war entsetzt.
„Nein, du weißt immerhin, dass mehr zu wirklich gutem Sex gehört. Und nebenbei: ‘Hure’ kommt von einem alten Wort, das soviel bedeutet wie eine Frau in ihrer Kraft, Weisheit und Magie. Und wenn du immer ganz bei der Sache wärst, würdest du dich vielleicht auch mehr oder weniger mit dem Mann vereinen, der…“ Waldtraut sah sie nachdenklich an, bevor sie weitersprach. „Eben in Liebe. Mit einem Mann, der dich liebt.“
„Ah...“ Rosemary blickte zu Raven und dann zu Os. Sie hatte keine Ah-

nung mehr, was sie wirklich fühlte. Raven war irgendwie fern, als sei er nie ganz da. Dies lag vielleicht auch einfach daran, dass er verheiratet war und ihr meist aus dem Weg ging, von ein paar Ausnahmen abgesehen. Und Os? Er hatte sie zwar bemerkt, aber ihm fehlte es an etwas. Außerdem fühlte sie sich in seiner Nähe oft seltsam verfolgt.

☆

„Wollen wir fahren?“, fragte Rosemary in die etwas betretene Stille hinein.

„Wohin?“, kam es von Waldtraut.

„Wohin wollt ihr denn?“ Rosemary sah nun zu Waldtraut und vermied es, jemand anderem in die Augen zu schauen.

„Also ich muss morgen wieder los“, erklärte Os mit kühler Stimme. „Und ehrlich gesagt, ich hatte mir das ja alles anders vorgestellt. Tyler wird mich fragen, wo du bist. Was soll ich denn sagen? Und überhaupt?“

„Das ist eine gute Frage. Sag ihm doch, der Rabe hat mich noch nicht gefunden.“ Rosemarys Augenlider flatterten nervös.

Er sah sie mit einem irgendwie genervten Zug um den Mund herum an: „Der Rabe? Du meinst mich?!“

„Nein!“, antworte Rosemary klar und deutlich. Dann sagte sie, eine Spur leiser: „Ich möchte zurück und mich am liebsten in meinem Zimmer verkriechen - Ich möchte einfach mal keinen Sex haben. Mit niemandem!“

Nina musste kichern, hörte aber schnell wieder auf.

„Wie oft hast du den Sex?“, wollte Nina dann wissen. „Und vor allem mit wem?“

„Mit niemand, also… abgesehen von einer Ausnahme“, murmelte Rosemary. „Ich habe schon lange nicht mehr...“

„Na ja, mehr als ein Jahr kann es nicht her gewesen sein“, bemerkte Os. „Oder wie war das letzte Weihnacht?“, fragte er, die Arme vor der Brust verschränkt, sein Gesicht hinter einer beinahe eisigen Fassade.

Sie erstarrte. „Ich habe mich verweigert, darum wurde es ja so… Das ist

schon länger her, dass ich... Mein Sexleben war überhaupt nicht so, wie ihr vielleicht denkt. Nur eine Qual, mehr oder weniger und das seit Jahren."
„Ah. Und jetzt?", flüsterte Os, nun wieder weicher wirkend.
„Auch da. Also... Liegt an mir, sorry!" Rosemary schaute auf ihre Hände.
„Es war also nicht gut?", wisperte er ihr ins Ohr.
„Nein, also… Doch, irgendwo schon, aber ich bin… Ich bin einfach müde, ich brauche mal was ganz anderes. Können wir fahren?"

Waldtraut sah sie an. „Marie... Das gilt für alle hier: Sex ist etwas, das heilen kann, wenn man es endlich mal wieder auf eine heilige Weise tut. Aus dem Herzen. In wirklicher Liebe. Ihr habt alle noch etwas zu heilen. Lasst mal los, was euch zermürbt, aufreibt oder gar verletzt." Dann nahm sie ihr kleines Täschchen an sich und ihren Mantel von der Garderobe. „Gut, wir gehen. Wir fahren zurück! Wenn dort noch jemand sein sollte, müssen wir uns ihm stellen, wie anderen wohl auch - auch in unserem Inneren. Kommt ihr, Kinder?"

☆

Bevor sie aufbrachen, gab es noch ein schweigsames und angespanntes Frühstück, das jeder hastig verdrückte. Waldtraut, die es zuerst eilig gehabt hatte, wollte ihre Rückkehr zur Villa dann scheinbar doch lieber hinauszuzögern. Nach kurzer Fahrt parkte sie das Auto an einem Waldrand und die Fünf liefen eine ausgedehnte Runde, in einem Tempo als würden sie alle verfolgt werden. Kaum waren sie ein Stück weiter gefahren, nahm Waldtraut schon wieder die nächste Ausfahrt und hielt vor einer Gaststätte, um zu Mittag zu essen. Rosemary bestellte sich trotz fehlendem Hunger eine große Lasagne. Diese schaukelte auf ihren Knien, als sie endlich den Rückweg antraten.

Der Rest der Fahrt verging für Rosemary wie im Flug, seltsamerweise

war sie eingenickt. Ihr waren die Geschehnisse in diesen Tagen absolut nicht geheuer und es war ihr dann geradezu unheimlich zumute, als sie in der kleinen Villa ankamen. Rosemary hatte gerade ihre Jacke ausgezogen und sie unten im Flur aufgehängt, als von oben ein merkwürdiges Geräusch zu hören war.
„Ein Geist!“, rief Nina. „Da ist jemand! Ein Poltergeist!“
Es hatte tatsächlich gepoltert und sich angehört, als sei im oberen Stock jemand die Treppe hinunter gefallen.
„Alle zusammen“, flüsterte Raven. Mutig lief er mit Os voraus.
Als sie vor der Treppe zum Dachboden ankamen, lag dort ein größeres Vogelnest auf den hölzernen Dielen. Raven hob es auf, sah hinein und zog ein paar Federn heraus. Sie waren schwarz. Für Rosemary war das ganz klar ein Rabennest oder das einer Krähe.
„Wo kommt das denn her?!“ Sie schaute sich nun, wie die anderen, aufgeregt im Flur um. Niemand konnte eine logische Erklärung finden.
„Genistet hat hier ja keiner“, murmelte Raven. „Oben im Dachboden ist nur eine kleine Luke, sie sollte bei diesem Wetter ja geschlossen sein und auch die Tür zum Dachboden ist zu.“ Er blickte zu dieser hinauf.
„Wir sollten nach oben gehen und nachsehen“, schlug Os vor.
„Okay!“ Raven wirkte allerdings ein wenig ängstlich.
„Ich mache das“, kam es von Os. Langsam stieg er die schmale Treppe hoch.

Oben angekommen ließ er sich Zeit, die schmale Holztüre zu öffnen. Als er es dann tat, kam ihnen ein heftiger Windzug entgegen, der Os die Tür wieder vor der Nase zuschlug.
„Da möchte jemand nicht, dass wir hinein gehen“, sagte Nina mit Angst in der Stimme. „Wir bleiben hier. Es ist keiner mehr da, glaube ich.“
„Hm, ich kann das nicht“, murmelte Os und drückte die Tür wieder auf.
„Hey!“, rief er, „wer immer hier hockt, rauskommen!“
Er bekam keine Antwort, was niemanden verwunderte. Doch dann hörten

sie ein eigenartiges Geräusch, als würde eine riesige Schwinge durch die Luft peitschen, wie ein riesiger Vogel.
„Die Percht und ihr Gefolge, oder Wotan, der Göttervater höchstpersönlich“, hörte man Waldtraut mit sonderbarer Stimme murmeln.
„Oh mein Gott!“, entfuhr es fast zur gleichen Sekunde Os. Er inzwischen von der Tür zurück gewichen, mit einem Mal leichenblass, und wäre beinahe die schmale Treppe hinuntergefallen.
„Os!“, rief Nina ein wenig hysterisch.
„Alles gut“, murmelte er und hielt sich am Treppengeländer fest.
„Wer ist da?“, fragte Raven.
„Nur ein Geist“, wisperte Os mit bleichem Gesicht. „Mein… mein...“ Er selbst sah tatsächlich so aus, als hätte er einen Geist gesehen.
Plötzlich waren Schritte zu hören. Langsam kam jemand über die knarrenden Holzdielen des Dachbodens in Richtung Tür gelaufen.
„Mein Junge, nicht weglaufen“, erklang eine raue Stimme.
„Was machst du hier?!“ Os machte den Eindruck, als würde er gleich zusammenbrechen.
„Dich beschützen.“
„What?“
„Geh mal nach unten, ihr alle“, hörten sie es auf englisch sagen.

Ein älterer, zerzauster Mann tauchte in der Tür auf und blickte nach unten, von wo ihm mehr als ein entgeistertes Gesicht entgegen sah.
Er verbeugte sich leicht. „Darf ich mich vorstellen - Lord Donovan.“
Os schien kurz davor, gleich umzukippen.
„Os?!“, schrie Nina es beinahe.
„Das ist mein Dad, keine Sorge.“ Den Blick, den Os diesem Mann zuwarf, sah allerdings aus, als würde er sich welche machen.
„Aber dieser Mann…! Das ist doch…!? Oh je!“ Nina wirkte nun ebenfalls so, als sei sie einem Geist begegnet.
Auch Rosemary war erschrocken und regelrecht zu seiner Salzsäule er-

starrt. Dieser Mann hatte Ähnlichkeit mit ihrem eigenen Vater.
Waldtraut hatte sich in der Zwischenzeit gegen die Wand gelehnt und war weiß wie diese.
„Mama?!“, hörte man Nina ängstlich.
„Sag ihm, er muss gehen, er ist nicht mehr am Leben“, wisperte Waldtraut mit flacher Stimme. „Das ist ein Geist, ein Toter! Ich habe es ja gesagt, der Tod geht um. Raven, das ist dein Vater!“
Raven war ebenfalls bleich wie der Tod und sagte gar nichts mehr.
Der Mann sah von oben zu ihnen hinunter und lächelte milde. „Raven, ich bin dein Onkel, ich bin Os` Vater. Ich bin kein Geist, aber...“
„Diese Familie!“ Waldtraut rutschte an der Wand herunter und sank auf den Boden.
Os schaute seinen Vater an, als habe dieser den Verstand verloren. Scheinbar völlig sprachlos schnappte er ein paar Mal nach Luft.
„Wer sind Sie?“, fragte Rosemary nun laut und sehr deutlich.

Der Mann war etwas untersetzt und trug ein altmodisches, kariertes Sakko auf einer braunen Cordhose. Sein Gesicht, so fand Rosemary, wirkte eigentlich sehr freundlich. Seine etwas schütteren, grauen Haare lagen ihm leicht gewellt um ein glatt rasiertes Gesicht, aus dem ihr blaue Augen entgegen blitzten.
„Du musst Rosemary sein. Ich bin dein Onkel, der Bruder deines Vaters, my dear“, antwortete er ihr mit merkwürdig sanfter Stimme.
„My dear?! Das können Sie gleich mal vergessen“, kam es unfreundlich über ihre Lippen, war sie mehr als nur im Stress.
„Rosemary, ich habe dich schon einmal gesehen. Du erinnerst dich nicht. Aber gut, wir können das nachholen. Und mein Sohn…“ Er wandte sich nun Os zu.
„Dein Sohn?! Oh! Also noch einer, noch ein Cousin...“ Rosemary verkrampfte sich und krümmte sich zusammen. Sie fühlte sich, als würden ihr demnächst sämtliche Sinne schwinden. „Und ich habe mit ihm…“

„Rosemary, dein wirklicher Vater...“, murmelte Os, der wie angewurzelt noch immer oben auf dem Treppenabsatz stand.
„Mein Vater ist ein Mann, mit dem meine Mutter unter diesem verhexten Rosmarinbusch eine Nacht verbracht haben soll? Das ist doch vielleicht auch nur ein Märchen! Ich kann nicht mehr!“ Sie musste sich an der Wand festhalten, wurde ihr seltsam schwarz vor Augen. Das Leben wich mal wieder mehr, als dass sie sich noch lebendig fühlte, wie solch ein Rosmarinbusch. Nur ein paar Tropfen Rosmarinöl vermochten allerdings die Lebensgeister wieder zu wecken. In ihrem Fall war sie sich da jedoch nicht sicher, ob das noch fruchten würde.

☆

Rosemary wurde mit einem Mal schrecklich übel. Ihre ganze Kindheit, eigentlich ihr ganzes Leben schien nichts als eine Lüge zu sein und aus ständigen Verwechslungen, Verwirrungen und Irrungen zu bestehen. Eine heftige Welle der Übelkeit erfasste sie nun und sie musste sich übergeben. Wimmernd kauerte sie auf dem kalten Fußboden.
Raven kniete sich neben sie und legte ihr eine Hand auf die Schulter. „Marie, ich bring dich mal nach draußen, an die frische Luft, okay?“
„Wieso sie und nicht mich?“, kam es jammernd von Nina.
„Liebes, weil du noch gerade stehst. Und deine Mutter...“
„Du siehst, sie hast du da sitzen lassen, wie heute Morgen!“ Nina blickte ihren Mann vorwurfsvoll an.
Raven sagte daraufhin nichts und sie fuhr ihn weiter an: „Na klar, Marie und du, die große Liebe! Ich wusste es ja.“
Raven hatte jetzt scheinbar genug. „Sie war nie meine große Liebe! Nur eine einzige Nacht, noch nicht mal eine Nacht. Wahrscheinlich nicht mehr als eine halbe Stunde. Nina, wir beide haben uns doch immer geliebt, was willst du denn? Du bist es doch, die nicht wirklich da ist. Du merkst es gar nicht! Du bist total in diesen Os verschossen, seit du dort

arbeitest.“ Er sah Nina an, noch immer eine Hand auf Rosemarys Schulter.
„Das stimmt nicht. Er macht mich an, aber ich will nur dich.“
„Nina, ich kann jetzt nicht. Und du, Os, du hast meine Frau also doch angemacht“, wandte Raven sich verbissen an ihn.
Os war mittlerweile die Treppe vom Dachboden ein Stück weit herunter gekommen. „Habe ich nie, das habe ich nur… nur jetzt mit Rosemary.“ Er strich sich unruhig über seinen kahl rasierten Kopf und schaute nervös zu seinem Vater hoch.
„Mann, alle wollen sie nur Marie! Dabei ist sie noch nicht mal wirklich hübsch“, schrie Nina nun am Rande eines Nervenzusammenbruchs.
„Das ist deine Meinung“, sagte da Os. „Mir gefällt sie. Aber du, Nina, wenn du es unbedingt hören musst, du wärst das Bild einer Frau, wenn du endlich mal...“
„Das Bild?! Na danke! Marie ist das Vollweib schlechthin und ich nur ein Bild!? Und überhaupt! Da oben wartet ein Geist und wir… Wir sind doch alle hoffnungslose Fälle. Ich muss auch mal weg hier!“ Hastig drehte sich Nina um ihre eigene Achse. „Raven - oder soll ich doch besser Rambert sagen? - bringe du ruhig mal deine Liebste an die frische Luft!“, keifte sie dann und warf ihm einen schon fast strafenden Blick zu.
„Das mache ich“, sagte dieser, stand auf und nahm Ninas Hand. „Gehen wir?“
„Wir?!“ Sie sah ihren Mann nun unsicher an.
„Wer denn sonst?“
„Mensch Raven...“ Nina schüttelte den Kopf.

Rosemary hob den Kopf und sah den beiden hinterher. Plötzlich brach eine Flut an Tränen aus ihr heraus.
„Keiner hat mich wirklich geliebt. Keiner!“, heulte sie. „Ich bin scheinbar nur für das eine zu gebrauchen - Sex. Alle wollen sie nur mit mir ins Bett.“

☆

Waldtraut seufzte und schaute dann nach oben zu dem älteren Mann, der dort scheinbar wie festgewachsen stand. Leise fragte sie: „Wer bist du?"
„Ich bin Eddy."
„Eddy?"
„Na ja, eigentlich heiße ich Eduard", gab er leise zur Antwort.
„Eduard? Du bist es also." Waldtraut sah ihn seltsam entrückt an. „Wie konnte ich dich nur nicht erkennen?"
„Verzeihe mir, dass ich mich einfach aus dem Staub gemacht habe. Dein Essen damals, das war..." Eduard hob entschuldigend die Schultern und die beiden warfen sich einen seltsamen Blick zu.

„Essen?!" Rosemary beäugte Waldtraut und diesen Eduard entgeistert und schaute dann zu Os. Langsam hatte sie genug. Verführung, wohin man blickte, doch wie es den Anschein hatte, so gut wie immer ohne sinnliche Genüsse und Liebe. Diese Villa war scheinbar wie früher, nur ein Ort für Chaos und Verletzungen.
„Os, woher kennt mich dein Vater?", wandte sich Rosemary nun fragend an ihn, in der Hoffnung weniger von diesem Chaos spüren zu müssen.
Er wankte eher schwerfällig die letzten Treppenstufen herunter und ließ sich auf der untersten erschöpft nieder. Dann lachte er unsicher, zuckte mit den Schultern und murmelte: „Ich vermute, wir haben uns schon mal gesehen. Du und ich. Ich war damals noch ein halbes Kind, ich erinnere mich nur vage. Also… Mein Vater hat sich vor vielen Jahren mit seiner gesamten Familie zerstritten. Vielleicht ähnlich wie du, weil er etwas ahnte oder auch wusste. Das weiß ich nicht, ist nur eine Ahnung." Os schloss für einen Moment die Augen. „Mein Vater, ein Lord!" Er schüttelte mehr als ungläubig den Kopf und blickte kurz zu ihm hoch.
Eduard schien noch immer mit Waldtraut in einer Vergangenheit versunken zu sein.
Leise fuhr Os fort: „Für mich war mein Vater immer Eddy Donovan, auf-

gewachsen in Irland. Seinen Titel, den 'Lord' und das 'von' muss er schon lange abgelegt haben. Seine Geheimnisse hat er nie ausgeplaudert. Allerdings bin ich auch weitestgehend ohne meinen Dad groß geworden. Das weißt du vielleicht von Tyler." Er fuhr sich über sein dunkles Kinnbärtchen.
„Ach ja..." Rosemary sah überfordert zu Eduard empor.

Etwas lauter fragte sie dann, als gäbe es nichts anderes, das sie beschäftigte: „Und was hatte es jetzt mit diesem scheinbar magischen Essen auf sich?"
„Das habe ich gekocht, weil ich mich verliebt hatte", gestand Waldtraut, scheinbar wieder mehr unter den Lebenden. „Ich dachte ja, in Ravens Vater, aber… Das war anscheinend auch eine Verwechslung, oder Eduard?"
Dieser lachte und nickte. „Ja, das war es. Damals wollte ich eigentlich mit meinem Bruder in Deutschland Frieden schließen. Ich dachte, das würde uns allen helfen. Aber als ich dich gesehen habe, da war es vorbei mit dem Frieden schließen, hatte sich auch mein Bruder, Ravens Vater, in dich verliebt."
„Er ist tot", murmelte Waldtraut. „Wir waren nie… Es gab nur ein paar Briefe. Ich konnte die Berge in Bayern nicht hinter mir lassen. Oder es war noch etwas anderes. Und hier, das alles… Er hatte sich ja schon einmal für eine andere entschieden. Und als ich dann noch begonnen habe zu ahnen, dass er etwas getan hatte, dass… Wie kann man solch einen Mann lieben?"
„Waldtraut, vielleicht trauen wir uns aber jetzt, das Alte mal Vergangenheit sein zu lassen." Eduard schaute sie an und kam langsam einen Schritt nach dem anderen die Treppe hinunter.
Os stand auf, um seinem Vater Platz zu machen.
„Und du, mein Sohn..." Eduard legte Os eine Hand auf die Schulter, als er neben ihm stand und sah ihn etwas sorgenvoll an. „Ich bin gekommen,

weil dich jemand verfolgt. Ein Engländer. Da ist etwas im Busch, wenn du mich fragst."
„Tyler", murmelte Os und senkte den Kopf. „Er hat etwas herausgefunden."
„Was denn?" Sein Vater wirkte nun sichtlich besorgt.
„Seine Frau…" Os fuhr sich über das Gesicht.
„Wie?! Was ist mit mir?", fragte Rosemary bestürzt.
„Er… Er hat herausgefunden, dass wir beide mal..." Os` Stimme war kaum zu hören.
„Aber Os, was ist denn mit dir und Nina?" Rosemary war völlig durch den Wind. Das eine schien das andere in einer wilden Jagd zu verfolgen.
„Du siehst es doch, sie kann Raven nicht loslassen und ich vielleicht dich nicht." Er rutschte nun, wie Waldtraut, an der Wand hinunter und hockte sich müde auf den Boden.
„Aber es ist doch keine Liebe", heulte Rosemary auf.
Waldtraut sah mitfühlend zu ihr. „Immerhin eine, die anfängt zu verstehen."

„Ich muss hier weg", murmelte Rosemary. „Und Tyler, er war also hier?!" Ihr Herz überschlug sich.
„Ich glaube nicht", schüttelte Os den Kopf. „Er hat keine Ahnung, ich habe ihm bisher nichts verraten. Er weiß nicht, dass wir…" Er vergrub sein Gesicht in seinen Händen.
„What? Ich dachte, er weiß es? Er weiß, dass wir…?" Rosemary blickte ihn mehr als verwirrt an.
„Ja, dass wir mal miteinander was hatten, das schon. Aber er ahnt nicht, dass ich weiß, wo du bist. Das habe ich ihm nicht gesagt. Ich habe Tyler eine falsche Fährte gelegt. Also… Ich vermute, dass er sowieso in eine andere verliebt ist, auch wenn er es abstreiten würde. Allerdings seine Ehre, sein Stolz, eure Familien..." Os nahm die Hände von seinem Gesicht und betrachtete den Fußboden.

„Ah, ich verstehe, und wer ist die andere?“, wisperte Rosemary.
„Viel weiß ich nicht. Sie kommt aus Irland, und dorthin habe ich Tyler geschickt. Ich habe ihm gesagt, du seist dort, wegen eines Mannes, den du bei einem Konzert… Wer war eigentlich dieser Mann wirklich, auf den du damals bei diesem Festival gehofft hast?“ Os hob den Kopf und sah Rosemary an.
„Äh… Keine Ahnung, ein Traum. Ich habe jemand im Traum… Egal“, nuschelte sie, seinem Blick ausweichend.
„Na ja, egal ist es wohl nicht. Für mich war diese Nacht damals so etwas wie ein Traum, traumhaft und...“
„Os, es ging dir aber auch nicht um mich. Du warst damals ja auch ganz woanders gewesen, genau wie auch jetzt. Nur war es früher vielleicht eine andere Frau als heute.“ Rosemary schaute ihm nun in die Augen.
„Hm! Sorry, das tut mir leid. Aber dennoch…“ Er zuckte mit den Achseln, als sei er völlig erschöpft. „Wir hatten halt doch alle einfach nur Sex, nichts weiter. Raven, ich...“

Os sah nun zu seinem Vater hoch. „Dad, ich kann hier nicht länger... Wir können doch nicht so weitermachen? Ich werde noch immer verfolgt.“
Eduard räusperte sich. „Ja, aber soweit ich es durchschaue, hat Tyler Kontakt zu einer anderen Frau. Wenn meine Informationsquelle richtig liegt, ist er sogar mit ihr fest zusammen. Mir wurde mitgeteilt, dass sie es nicht mehr aushalten würde, dass er sich noch nicht voll und ganz von seiner Ehefrau getrennt habe und dazu hin und wieder irgendwelche Dramen inszenieren würde. Sie würde sich auch von seinen Eltern nicht länger tyrannisieren lassen wollen. Ich weiß nicht genau, warum Tyler bisher zu einer offiziellen Trennung nicht einwilligt hat, aber ich vermute, dass man ihn erpresst hat. Für die britischen Medien seid ihr noch immer ein Paar, genauso wie in gewissen Kreisen. Da stecken nicht allein finanzielle Interessen dahinter. Ihr müsst da alle gemeinsam raus. Wenn keiner mehr diese dunklen Machenschaften mitmacht, wie könnten sie euch da

noch etwas anhaben? Und noch etwas, Rosemary, wenn du unterschreibst und wenn wir auch Tyler soweit bekommen, wäre eure Ehe schon heute geschieden. Ich habe...“
„Was?!“ Rosemary hatte es fast geschrien.
„Ja, dafür habe ich mich eingesetzt - auch als Anwalt, habe ich es wie Ravens Vater mit der Juristerei. Eure Ehe hat keine Berechtigung mehr. Man könnte sie als eine Art Zwangsheirat sehen. Und dann noch eine Vergewaltigung, Nötigung… Darum ist Tyler ja auch auf und davon. Er müsste sich verantworten. Ihm könnte eine Strafe drohen, es sei denn, du…“ Eduard sah Rosemary in die Augen.

Ihr war es schwindlig geworden. „Du hast was?! Ohne mich…? Ohne mich zu kennen oder mich zu fragen?!“
„Rosemary, deine Mutter…“, begann er etwas verlegen zu erklären. „Sie wollte das. Wir können alle nicht mehr, keiner kann das ja noch aushalten. Nur dein Vater konnte es.“
„Ah… Und er ist nicht mehr am Leben. Ich werde dafür sorgen, dass Tyler nicht ins Gefängnis muss. Das möchte ich nicht. Er war nicht sehr liebevoll, aber das… Nein, das würde ihn ja nur noch härter machen. Das hat er nicht verdient.“
Eduard nickte: „Da wirst du recht haben.“
Dann wandte er sich Waldtraut zu und ging langsam auf sie zu. „Wollen wir in den Garten gehen? Nur eine kleine Runde? Wie früher?“
Sie schaute ihm in die Augen, begann zu lächeln und hielt ihm ihre Hand entgegen. Nachdem er ihr aufgeholfen hatte, liefen die beiden die Treppe hinunter und verschwanden aus der Haustür.

☆

Zurück blieb Rosemary mit Os. Er sah sie mehr als verlegen an, als plage ihn nicht nur ein schlechtes Gewissen oder anderes. Er schien zuerst nicht wirklich zu wissen, was sagen. „Rosemary, es tut mir leid. Alles.“

„Mir auch, wir könnten vielleicht doch… Wir beide könnten noch mal ganz von vorne beginnen“, antwortete sie leise.
„Meinst du?“
„Ich könnte jetzt Sex vertragen, auf all den Stress und Schock hin.“
Er wirkte nicht sehr entspannt. „Du willst…?! Nach all dem?! Und nach all dem, was du mir bereits gesagt hast? Du willst mit mir…?!“
Sie schloss für einen Moment die Augen. „Okay, dann lassen wir es.“
Wahrscheinlich war es sowieso nur wieder eine Flucht und ähnlich wie der Rotwein an Weihnacht, ein Versuch sich irgendwie betäuben zu wollen.
„Du wolltest dich also nur beruhigen, mal Dampf ablassen, so wie du es mir vorgeworfen hast?“ Seine Augen wirkten noch dunkler als sonst.
„Kann sein, aber ich sehne mich auch einfach nach… nach…“ Ihr war nicht mehr danach, noch zu reden. Rosemary sah in Os` nun beinahe nachtblaue Augen. Kurz darauf zog er sie nach oben und in seine Arme. Nur flüchtig glaubte sie, ein schwarzer Rabe würde sie von weit her rufen, bevor sie sich in Os` Arme sinken ließ.

☆

Heilimpuls

Deine lichten Ahnen können dir heute dabei helfen, Neues in dein Leben einzuladen, an diesem ersten Tag des Jahres. Lade sie und alle geistigen Wesen, die dich begleiten, ein, dir heute an diesem Tag und bei dieser Übung zur Seite zu sein.

Lege ein Blatt Papier vor dich und beginne aus deiner Seele heraus zu schreiben. Bevor du damit anfängst, werde ruhig und verbinde dich mit dem Göttlichen und Mutter Erde. Gehe in Kontakt mit deiner Seele, deine Absicht genügt. Fühle deine Seele und atme ihre Essenz tief ein, dann beginne einfach zu schreiben, ohne nachzudenken. Lasse dich von deiner Hand und dem Stift führen. Der Verstand, dein Kopf darf mal pausieren. Wenn es dir leichter fällt, beginne mit dem Anfang eines Satzes, wie z.B.: „Das Neue Jahr bringt…“
Lies dir im Anschluss durch, was es durch dich geschrieben hat.
Was ist neu? Was möchtest du in deinem Alltag und deinem Leben nun vielleicht verändern, anders angehen? Wo und wie möchtest du dich innerlich neu ausrichten?
Schreibe dir auf, was dir eventuell auch während oder nach dem Lesen des Kapitels noch gekommen ist. Lege diesen Zettel für ein paar Nächte unter dein Kopfkissen.

Zum Räuchern:
Eisenkraut, Fichtennadeln oder -harz, Weihrauch, Engelwurz, Mariengras

☆

Neunte Rauhnacht

1./2. Januar – 2. Januar

Das tat einfach gut, fand Rosemary, und schmiegte sich noch einmal an Os` nackten Körper. Er lag auf dem Rücken, die Arme unter dem Kopf verschränkt und sah zur Decke.
Es war mittlerweile nach Mitternacht. Abgesehen von einem kleinen Abstecher an den Kühlschrank, um die Lasagne zu holen, hatten die beiden sich nicht mehr aus dem Zimmer gewagt.

„Rosemary..." Os drehte sich ein Stück, so dass er sie anschauen konnte. „Ich kann das nicht", ließ er sie dann wissen.
„Was?", wisperte sie.
„Na das. Wir haben es schon wieder getan, obwohl wir vielleicht beide jemand anderen lieben. Das stimmt doch, oder? Was ist mit dir und…?"
„Wen meinst du?" Sie wurde mit einem Mal unruhig.
„Äh… Tyler", brummte er.
Tyler?!", lachte sie.
„Natürlich. Er war es doch, in den du dich damals verliebt hast. Das weiß ich. Nur der eine, hast du mal gesagt."
„Tyler?! Wann soll das gewesen sein?" Sie schaute Os irritiert an, doch er hatte seinen Blick nun starr an die Decke gerichtet.
„Das muss in der Nähe von diesem Ort hier gewesen, bei einem Besuch. Da warst du aber schon etwas älter, vielleicht achtzehn."
Sie schluckte. „Da wusste ich ja schon seit längerem, dass ich ihn bald heiraten werde, noch nicht mal ein Jahr später. Aber war ich in ihn verliebt?" Irgendetwas stimmte nicht, fühlte Rosemary. Und wieso schon wieder in der Nähe, hier in Deutschland?

„Du hast mir damals das Herz gebrochen“, sagte Os leise.
„Wie?!“
„Ja, ich wollte dich so gerne… Und dann kam dieser Adlige daher. Genau wie Raven, der ist doch auch... Damals hatte ich ja keine Ahnung, dass mein Vater auch ein Adeliger, ein Lord, ist. Ich kam mir vor wie der letzte Dreck.“ Langsam drehte er ihr sein Gesicht zu.
„Das wäre mir so was von egal gewesen, ob mit oder ohne irgendeinen Titel“, entgegnete Rosemary leise und sah Os in die Augen.
„Wäre es nicht, weil man dich nicht gelassen hätte. Aber du hast dich in diesen Schnösel verliebt. Oder in beide, wer weiß. In Tyler hast du dich damals auf jeden Fall verliebt.“
„Nein, nie. Keine Sekunde!“ Sie war sich eigentlich ziemlich sicher, dass es zumindest nicht Tyler gewesen war. In einen anderen hatte sie sich allerdings schon verliebt oder auch nur verguckt.
„Doch, tue doch nicht so“, brummte Os. „Als wir damals hier gewesen sind, hier in der Nähe irgendwo, da warst du total verliebt. Und heute...“
„Verliebt, das mag sein. Aber das ist keine Liebe. Weißt du, ich...“ Rosemary legte ihm eine Hand auf die Brust.
Er schob sie zurück. „Lass das! Ich gehe in mein Bett.“ Und schon stand er auf und ließ sie alleine zurück.

Rosemary hielt ihn nicht auf und sah auf die nun geschlossene Tür.
Wer war es gewesen? Wer war es, der ihr damals viel zu nahe gekommen war? In ihr ratterte es. Sie musste es wissen. Aber wie? Wie konnte sie herausfinden, ob es nicht doch ein ganz anderer gewesen war? Nämlich der, der sie auch heutzutage verunsicherte, vom ersten Moment an, mit seinen Blicken, als wüsste er um etwas: ein Geheimnis, das ihr selbst noch verborgen war, hinter einem Nebel.

☆

Rosemary zog sich ihr Nachthemd über, nahm sich noch eine Decke und schlich sich leise nach unten in das große Wohnzimmer. Dort war es kalt, der Kamin grau und das Zimmer völlig in Dunkelheit eingetaucht.
Sie ging zu dem schwarz schimmernden Flügel, der in einer Ecke des Raumes stand. Mal wieder musste sie an einen schwarzen Raben denken – an einen sehr weisen, so hatte sie jetzt das Gefühl. Vorsichtig hob Rosemary den Deckel des Flügels und drückte sachte eine der Tasten. Sie erinnerte sich wieder an eine magische, ganz sanfte Klaviermusik. Wie hatte sie dieses Lied nur vergessen können?

Schon fast andächtig setzte sie sich auf den Schemel, zog ihn etwas näher und begann leise mit einer Hand aus ihrer Erinnerung heraus zu spielen. Eine Weile musste sie nach den richtigen Tönen suchen, doch irgendwann klang es dieser Melodie von damals sehr ähnlich.

Geraume Zeit später bemerkte Rosemary, dass unter der Tür Licht herein fiel. Jemand musste im Flur sein. Ihr Herz begann zu pochen. Schnell hörte sie auf, klappte hastig den Deckel des Flügels zu und verschwand hinter den bodenlangen Gardinen.
Beinahe lautlos wurde die Türklinke nach unten gedrückt und jemand knipste das Licht an.
„Hallo?", hörte sie Ravens Stimme. „Ist da wer?"
Rosemary erhaschte einen Blick: Nur in Boxershorts stand er nun vor dem Flügel und legte etwas zögerlich eine Hand darauf. Dann hob er den Deckel, setzte sich und begann leise mit einer Hand zu spielen, wie sie zuvor. Und er spielte auch dieselbe Melodie. Nach einiger Zeit nahm er die andere Hand hinzu und schien für einen Moment fast in der Musik zu versinken. Schon beinahe gebannt hörte sie ihm zu.
Es war ein wenig wie damals. Dreimal hatte sie dieses für sie magische Lied in ihrem Leben gehört: Zweimal davon - wie sie jetzt ahnte - direkt

hier in der Nähe, da war sie fünfzehn Jahre alt gewesen. Das erste Mal auf einer dieser damaligen Gartenfeiern, verwunschen im Mondschein, als es ein junger Mann auf einem schwarzen Flügel gespielt hatte. Das zweite Mal im Pavillon, bevor ihr Raven sozusagen ihre Unschuld genommen hatte. Da waren es allerdings nur ein paar flüchtige Akkorde der Melodie gewesen. Seither hatte sie dieses Lied in ihrem Herzen getragen, als sei es ihr Liebesbeweis. Und mehr hätte sie gar nicht gebraucht, keinen Ehering und auch sonst nicht viel. Das dritte Mal hatte sie es gehört, als es ein Mann mit dunklen, halblangen Locken auf einem Festival in London gespielt hatte. Es hatte sie dazu verleiten, sich später in der Nacht mit einem Mann ins Bett zu legen, den sie für den Pianisten dieser magischen Melodie gehalten hatte.
Rosemary liefen nun die Tränen, denn plötzlich wusste sie, dass sie sich nur einmal wirklich in Liebe mit jemand verbunden gefühlt hatte. Nicht wie vorhin, auch wenn es ihr etwas gegeben hatte. Os hatte sie weder damals in dieser Nacht, noch jetzt wirklich geliebt. Das war doch nichts weiter als ein Begehren, so etwas wie heiße Leidenschaft, die ihr mal wieder mehr Leiden als Zufriedenheit verschaffte. Wie hätte es auch mehr sein können? Damals, das eine Mal mit ihm, wie auch jetzt, war es doch nicht mehr als ein bisschen Sex gewesen. Zwei Körper, die sich vielleicht nach Berührung sehnten oder sich einfach einsam fühlten. Doch was war mit ihren Herzen? In ihrem Herz rumorte es jetzt ziemlich. Mal wieder schien ein Rabe zu rufen – schwarz wie die Nacht und doch ganz licht, wie ein anbrechender neuer Morgen.

Diesen jungen Mann hingegen, der dieses Lied komponiert und es vor so vielen Jahren im Mondschein gespielt hatte, den hatte sie einfach nur geliebt, ganz ohne ihn gleich zu berühren. Und er hatte sie mit dieser Melodie tief berührt. Egal wie mürrisch Raven sie oft behandelt hatte, wie er jetzt in diesem Augenblick vor dem Flügel saß und diese Melodie spielte, das ließ sie alles andere als kalt. Er war jedoch noch immer weit weg, auch in diesem Moment. Und so stand Rosemary still hinter dem Vorhang und gab keinen Ton von sich. Der Rabe in ihr rief - nein, er sang! Irgendwann verklang das Klavier, Raven schloss leise den Deckel und stand auf, um wieder zu gehen. In diesem Augenblick entfuhr Rosemary ein Seufzer. Schnell hielt sie sich die Hand vor den Mund.

☆

„Marie? Du bist das, ich wusste es doch“, hörte sie Raven leise sagen und auf den Vorhang zukommen.
Langsam zog er ihn zur Seite und sie standen sich gegenüber. Viel zu nahe. Rosemary konnte ihn schon fast spüren.
„Marie...“
„Sag nichts. Bitte!“ Sie sah lieber auf ihre kalten Füße.
„Es tut mir leid. Wirklich, ich wollte dir damals nicht weh tun.“
„Wie?“ Sie blickte nun doch auf.
„Na ja, ich habe mich nur verguckt“, kam es über seine Lippen. „Du warst goldig und ich... Ich hatte eine Freundin. Nina. Sie gehört zu mir.“
Sie schluckte und sagte nichts.
„Außerdem bist du… Ihr seid vorhin nicht zu überhören gewesen, du und Os.“
„Das kann nicht sein, ich war leise wie ein Lamm“, nuschelte sie.
„Du meinst brav wie ein Lamm? Nein, das warst du nicht. Weder das eine, noch das andere. Aber gut, ich war es ja auch nicht.“ Er fuhr sich durch seine Haare.
„Hm, du hast mit…?“
„Mit meiner Frau.“
„Oh! Natürlich. Ich gehe mal...“ Rosemary verhedderte sich in dem schweren Vorhang und stolperte über die Borte.
Raven hielt sie und seine Haut berührte dabei ihre. Nur einmal, dachte Rosemary, nur noch einmal, um vielleicht endlich Klarheit zu haben. Sie schaute ihm in die Augen, ihr Atem ging nun etwas unruhig. Er sah sie

wortlos an, den Blick nicht von ihren Augen nehmend. So standen sie einfach da, bis irgendjemand aus dem Flur seinen Namen rief. Es war Nina. Schnell ließ Raven sie los und lief zur Tür. Er knipste das Licht aus und ließ Rosemary im Dunkeln zurück.

„Was machst du denn?“, hörte sie Nina.
„Ich habe… Ich musste mal ans Klavier“, antwortete er mit etwas rauer Stimme.
„Ans Klavier? Mitten in der Nacht?! Ich dachte, wir wollten endlich mal…?“
„Nina, jetzt nicht. Mir ist gerade nicht danach. Können wir das...“
„Mann, ich habe es echt langsam satt! Andere könne ja auch immer. Aber du!“
„Aha! Andere?! Wer denn?!“ Er wurde nun etwas lauter.
„Das sage ich nicht!“, kam es trotzig.
„Nina, du hast mich also betrogen.“
Sie antwortete nicht.
„Aha! Keine Antwort ist auch eine. Na gut, und wer? Etwa dieser Kerl, der vorhin Marie durch gevögelt hat?“
„Wie?“
„Du bist scheinbar schwerhörig.“ Raven klang leicht genervt.
„Was? Ich habe nichts gehört. Aber kein Wunder, konntest du das! Du bist ja auch da oben herum geschlichen. Wieso? Nur um angeblich deiner Vergangenheit auf die Spur zu kommen, wie du meintest? Welcher Vergangenheit denn genau? Ach!“ Sie schien nun mit der Faust gegen die Tür zu schlagen.
„Nina hör auf.“
„Ich kann das jetzt auch nicht mehr! Ich möchte mich trennen. Sofort! Und dieser Mistkerl… Der war mit Marie…?!“
„Na endlich. Jetzt hast du endlich mal die Wahrheit gesprochen. Wie lange geht das schon?“, brummte Raven.

„Gar nicht! Wir haben nur… nur mal ein bisschen… Ach! Nur mal geknutscht. Er hat sich in den Kopf gesetzt, dass er diese Lady wieder zurückerobert.“ Nina hörte sich jetzt müde an.
„Diese Lady?“
„Na Marie! Lady Rosemary von Eiben oder wie auch immer sie genau heißt. Schon vergessen?“
„So ein Blödsinn. Wieso zurückerobern?“ Ravens Stimme klang nun eher neugierig.
„Das hast du doch gehört. Die hat er gefressen, wohl eher sie ihn, wenn du mich fragst“, hörte man Nina nur zu gut.
„Wie meinst du das?“
Nina stöhnte genervt auf. „Also… Marie hat ihn doch immer wieder ins Bett gezerrt. Nicht umgekehrt.“
„Das... Meinst du?“
„Hm! Os hat mir nur erzählt, dass eine Frau ihn mal echt… Sie hätte gewusst, wie man das macht. Nur ein paar Mal und schon wäre es um ihn geschehen“, berichtete Nina.
„Ein paar Mal?! Ich dachte, die beiden hätten nur einmal miteinander…? Na ja, in einer Nacht kann ja viel passieren“, nuschelte Raven.
„Er sprach nicht von Sex. Er meinte nur ein paar Blicke und… Und schon hätte er sich verliebt.“
„Das erzählt er dir? Und um wen ging es da?“ Er hörte sich nun an, als würde er seine Frau verdächtigen.
„Keine Ahnung“, kam es unsicher von Nina. „Ich vermute die Lady, die er vorhin flach gelegt hat. Das kann er, wenn du mich fragst. Also nicht, dass ich… Er hat mich nur geküsst. Mehr nicht. Versprochen!“
„Nina, ich habe auch genug. Wir haben das jetzt mal soweit geklärt, dass wir beide zumindest… Wir...“ Raven hielt inne.
„Wir sind fertig. Ich verstehe. Fix und fertig!“ So hörte sich Nina auch an.

Rosemary versuchte, gegen die kalte Fensterscheibe lehnend, wieder ruhiger zu werden. Ihr Puls hatte sich zu einem regelrechten Stakkato beschleunigt, während sie den beiden gelauscht hatte.
Als sie - irgendwo auch gezwungenermaßen - noch eine Weile länger zuhören musste und mitbekam, dass sich Raven seine Bettdecke mit in das hintere Kaminzimmer nahm, verschwand sie hastig nach oben in ihrem Zimmer und verkroch sich unter ihrer Bettdecke.

☆

Am nächsten Tag verschlief Rosemary. Nicht dass sie wirklich so lange geschlafen hätte, aber sie wollte einfach nicht aufstehen. Alles tat ihr weh, als hätte sie gestern den schlimmsten Tag ihres Lebens gehabt. Wie hatte sie nur so etwas tun können, noch einmal mit Os im Bett landen? Waren da doch Gefühle? Wieso war es mittlerweile das dritte Mal, wenn sie nicht noch ein weiteres Mal verdrängt hatte?

Als es Mittag war, erhob sich Rosemary völlig gerädert, schlich in die kleine Küche und suchte nach irgendetwas Essbarem. Es war ihr völlig egal, was es war. Sie sah in den Kühlschrank und fand dort noch etwas vom Heiligabend, das ihr Nina und Raven vor die Tür gestellt haben mussten. Ravens Vorliebe für einen deftigen Braten war am Weihnachtsabend scheinbar ausnahmsweise durch einen Nachtisch erweitert worden. In der Schale, die sie vorgefunden hatte, war jedenfalls eine köstliche Süßspeise: In Zimt, Sternanis und Kardamom gekochte Pflaumen mit einer Vanillesoße. Zaghaft tauchte sie einen Finger in die jetzt kalte Soße und probierte. Gewöhnungsbedürftig, aber gut. Sie war gewürzt mit Rosmarin, einem Hauch Thymian und Ingwer. Dazu ein Schuss Orangensaft, wenn sie ihrer Nase und ihrem Geschmackssinn trauen konnte. Bisher hatte sie diesen Nachtisch nicht angerührt. Sie schnupperte erneut daran und zog ihn sich dann näher.

Kauend hing Rosemary auf einem Küchenstuhl, als jemand an die Tür klopfte. Ohne eine Antwort abzuwarten, trat Waldtraut herein.
„Guten Morgen, Marie."
„Morgen", murmelte sie.
„Du hast lange geschlafen."
„Kann man so sagen." Sie leckte sich einen Rest Soße von den Lippen.
„Wie war deine Nacht?" Waldtraut schaute auf den Teller vor Rosemary und daraufhin ihr ins Gesicht.
„Nicht so gut, ich bin mehr als nur durcheinander. Und dieser Rosmarin mit Ingwer hilft dabei auch nicht." Sie schob den Teller ein Stück von sich.
„Durcheinander? Wieso?"
„Weil… Wer ist es, der mich liebt? Und wen liebe ich?", flüsterte Rosemary und ließ ihren Kopf auf die Tischplatte sinken.
„Das Leben kann schon verwirrend sein", begann Waldtraut. „Vielleicht liebst du ja beide. Aber den einen… Du hast dich schon einmal hier verliebt..."
„Kann sein, das war aber… Tyler. Ich glaube, Os hat recht. Er hat mir gefallen. Wild und ausgelassen. Aber heute gefällt mir vielleicht ein anderer. Eher ruhig und..."
„Os?", fragte Waldtraut.
„Der ist nicht ruhig. Also vielleicht schon, redet er nicht so viel, aber..."
„Du redest von Raven?"
„Raven… Ach nein! Nicht nur, weil er verheiratet ist, er sucht ja auch nur. Damals war er doch auch nur irgendwo bedürftig, wie ich gestern. Mehr nicht. Wahrscheinlich zu viel Ingwer oder so was in der Art." Rosemary sollte diesen Nachtisch am besten auch einfach entsorgen, gemeinsam mit anderem. Wer weiß, was da dann noch so in ihr hochkochen würde?
„Raven hat sich damals vielleicht auch nur einsam gefühlt", überlegte Waldtraut. „Na ja, er war ja nicht allein, er hatte Nina. Sie hatten nur mal

wieder eine Pause. Sie waren vielleicht noch zu jung, und ein wenig Abenteuer..."

„Wann haben sie denn geheiratet?", fragte Rosemary, ihr Kopf ruhte noch immer auf dem Küchentisch.

„Erst später, da waren sie Anfang dreißig. Sie waren mal länger auseinander und haben sich dann bei einem Schultreffen wieder gesehen", antwortete ihr Waldtraut.

„Aha! Na ja, vielleicht doch die große Liebe."

„Hm, ich weiß nicht. Vielleicht auch nur eine romantische Vorstellung. Raven hat eine sehr romantische Ader in sich, die er aber nicht lebt. Und vielleicht vertut er sich manchmal."

„Aha, wie ich?", brummte Rosemary.

„Könnte sein. Wie ist das mit Os?", wollte Waldtraut wissen.

„Keine Ahnung, ich… Wir… Oh Mann! Ich mache mir echt Sorgen um mich. Erst der Alkohol an Weihnacht und jetzt wieder Sex. Ich habe wie eine Sucht." Rosemarys Kopf lag schwer auf dem Tisch.

„Wieso glaubst du das?"

„Ich… Es ist eine Flucht. Ich kann mich dann besser spüren oder so gut wie gar nicht mehr. Das kommt darauf an. Sex… Na ja, da kann ich irgendwie loslassen. Und beim Alkohol - da weniger, aber da vergesse ich. Bis zum nächsten Morgen." Wie an Weihnacht, dachte Rosemary noch.

„Das kommt vor. Man sucht und sucht, regelrecht verbissen. Oder man lenkt sich von etwas ab. Wie war der Sex?" Waldtraut hatte sich nun zu ihr an den Tisch gesetzt und sich einen Löffel des Nachtischs genommen.

„Wie er war? Nicht so gut, wie meistens." Das war nicht die ganze Wahrheit, wusste Rosemary, aber es war auch da ein mehr als fahler Nachgeschmack geblieben. Diesem hatte sie bisher nicht wirklich auf den Grund gehen wollen. Ihren wilden Gefühlscocktail hatte sie nicht zum ersten Mal einfach unter den Tisch gekehrt.

„Hm!“ Waldtraut legte ihr eine Hand auf den Kopf. „Marie, du hast dich mal wieder selbst betrogen, stimmt`s?“
„Wie meinst du? Weil es mir gefallen hat? Ich hätte wahrscheinlich noch ein weiteres Mal mit ihm geschlafen, wäre er nicht abgehauen“, murmelte Rosemary.
„Os ist weg?“
„Ja, er wollte nicht mehr.“
„Ah, und warum?“, hakte Waldtraut nach.
„Keine Ahnung, weil er glaubt, dass ich mich sowieso nur in Tyler verliebt hätte. Damals. Das war auch hier, da war ich achtzehn. Dieses Haus… Es war aber nicht hier, irgendwo in der Nähe. Ein altes Jagdschloss, wenn ich mich recht erinnere. Aber meine Erinnerung liegt irgendwie im Nebel.“ Rosemary sah nun auf und Waldtraut in die Augen. Diese gab sich Mühe, ihr dabei zu helfen, etwas zu entwirren, das ahnte Rosemary.
„Und damals ist dir hier dein späterer Mann begegnet? Was hat er denn hier gemacht?“, wollte Waldtraut nun von ihr wissen.
„Diese Familien sind doch alle verbandelt, das weißt du doch mittlerweile“, murmelte Rosemary.
„Ah. Aber Tyler...? Wie sieht er denn aus?“
„Heute? Nicht so gut. Er ist eher klein, wie Os. Schon mehr grau, früher mal dunkelhaarig. Immer gut rasiert, meist einen Anzug, beste Ware, kurze Haare, Geheimratsecken, aber sein Gesicht ist schön. Weich und… Nur wenn er seine Anfälle hat, zeigt sich seine Härte auch in seinem Gesicht. Mittlerweile hat das auch seine Spuren hinterlassen, Falten um die Mundwinkel...“
„Und sonst, seine Augenfarbe?“, wollte Waldtraut wohl alles wissen.
„Blau.“
„Blau, wie Os` Augen?“
„Blauer.“ Rosemary hatte plötzlich Bauchschmerzen.

„Und wenn es damals Os gewesen ist?“ Waldtraut sah sie abwartend an.
„Wie kommst du denn jetzt darauf?“ Rosemary setzte sich auf.
„Nur so. Os sieht Tyler etwas ähnlich, glaube ich.“
„Du meinst, sie sind auch verwandt?!“ Ihr war das ohnehin alles viel zu viel. Am besten sollte sie sich von allem lösen. Komplett.
„Vielleicht nicht, aber es könnte eventuell sein. War es diese große Veranstaltung, bei der…?“ Waldtraut verzog für einen Moment das Gesicht. Ihre eigenen Erinnerungen waren scheinbar ja auch nicht nur rosig.
„Es war nicht dieses Essen, da war ich ja noch total jung.“ Rosemarys Blick blieb für einen Moment bei dem Nachtisch vor ihr auf dem Tisch hängen. Etwas an ihm schien sie an diese sonderbare Feier von damals zu erinnern, als sie sich viel zu schnell mit gerade mal Fünfzehn hatte vernaschen lassen, beinahe wie einen Nachtisch. „Nein, es war ein Ball mit einer Gala für irgendeinen guten Zweck, welcher vielleicht nicht ganz so gut war, wie man das meint“, erläuterte sie Waldtraut.
„Aha. Und dort war Tyler? Vielleicht irrst du dich?“
„Waldtraut, selbst wenn ich mich irre, ich habe mich nicht in Tyler verliebt. Nie. Und auch nicht in andere. Nur in… Nur in ein Lied, um ehrlich zu sein.“ Rosemary wollte besser nicht daran denken, hatte es sie ja weiterhin verfolgt. Auch noch anderweitig, hatte sie die Musik von diesem mysteriösen Wotan von Rabenau – schon fast magische Klänge - ab und zu ein wenig daran erinnert.
„Ein Lied?“ Waldtraut hob eine Braue.
Rosemary nickte: „Ich bin einfach verloren, das ist klar.“
„Bist du nicht. Wir gehen mal in den Wald, nur wir beide“, schlug Waldtraut vor.

„Wo ist Eduard?“, fiel es Rosemary plötzlich ein.
„Bei Os. Die beiden… Lass sie mal.“
„Natürlich! Wieso sollte ich…?“
„Na ja, eventuell...“ Waldtraut schaute ihr ins Gesicht.

„Aber deine Tochter und Os...“ Rosemary war sich sicher, dass die beiden sich demnächst finden würden, jetzt wo Raven scheinbar genug hatte.
„Keine Ahnung, Nina konnte das noch nie.“
„Was?“, fragte Rosemary.
„Sich mal etwas Neues trauen“, brummte Waldtraut. „Sie hängt immer lieber an dem fest, was ihr scheinbar Sicherheit verspricht - ein toller Job und so weiter. Mich wundert es, hat sie keinen Ehevertrag.“
„Und wieso könnte Os ihr diese Sicherheit nicht geben? Er verdient doch gut, nehme ich an - eine eigene Firma...“
„Er ist nicht wie Raven. Raven wollte immer ein Zuhause und es heimelig haben. Darin versteht er Nina. Dieser Os hat einen anderen Geist. Er wagt auch mal das volle Risiko, wenn du mich fragst. Er gibt auch morgen sein Geschäft auf, ohne groß darüber nachzudenken, wenn er lieber wieder in England bei seinem Vater leben möchte. Und du, du bist ihm da ähnlich. Nina und Raven sind mehr verwurzelt, auch an diesem Ort. Os und du habt beide noch kein Zuhause. Ihr sehnt euch vielleicht und dafür müsste man vielleicht auch mal etwas Neues wagen, sich von der Vergangenheit lösen und...“
Rosemary sah aus dem Fenster. „Mein Zuhause war bisher irgendwie nie in England.“
„Und hier?“
„Keine Ahnung. Als Kind war ich gerne hier.“
„Kommst du mit in den Wald?“, fragte Waldtraut und Rosemary nickte.

Waldtraut genehmigte sich noch einen Happen des Desserts. „Der ist gut, er ist voller… Woher kommt er?“
„Er stand Weihnacht vor meiner Tür, von Nina und Raven“, antwortete ihr Rosemary.
Waldtraut lachte. „Er erinnert mich an dieses Essen damals, da gab es einen Nachtisch von mir gemacht. Du hast scheinbar nur von diesem ge-

nascht. Mousse au chocolat mit einer Orangensoße. Sehr lecker. Nur ein Hauch Zimt und Kardamom in der Schokolade. Die Orangensoße, die ich mit Vanille verfeinert hatte, hat mir ein junger Mann aber ordentlich verbockt. Ich habe ihn leider nicht erwischt. Da hat sich wohl einer ausprobiert. Ich vermute, das war Raven. Ich hatte noch einen Blick erhascht: Ein junger Mann mit längeren dunklen Haaren hatte sich schnell aus der Küche geschlichen. Und Raven kann so etwas - wenn ich an seine Weihnachtsgans mit Beifuß gewürzt denke. Derjenige damals hatte nur etwas übertrieben, Rosmarin sowie auch etwas Thymian in die gute Orangensoße! Das könnte ja gut sein, wenn man es nicht übertreiben würde.“
Rosemary lachte. „Ich habe sie seltsamerweise gerade wieder auf der Zunge. Sie war eigentlich ganz gut, zusammen mit der Schokolade.“
Waldtraut kicherte: „Rosmarin...“
„Und Ingwer“, erinnerte sich Rosemary und wollte sich doch nicht erinnern. Raven hatte scheinbar schon ein Händchen für so manch Sinnliches oder auch Verführerisches, auch wenn ein fettiger Braten einer toten Gans nicht nach ihrem Geschmack war.

☆

Die beiden liefen nur eine kleine Runde im Wald, wollte Rosemary schnell wieder zurück. Sie hatte dann doch ziemlichen Hunger, mit nichts im Magen als einem Löffel des Desserts. In der kleinen Küche im ersten Stock stehend, hörte sie von unten plötzlich einen gellenden Schrei. Es klang entsetzlich. Sie ließ alles liegen und fallen und raste nach unten. Beinahe wäre sie auf ihren Socken noch ausgerutscht und schlitterte direkt in Raven hinein.

„Schon gut“, murmelte er, als sich Rosemary das dritte Mal entschuldigte.
Ihr war es aber auch peinlich. Bei ihrem Aufprall war sie gestolpert und

an ihm herunter gerutscht - nicht gerade in der besten Position, dachte sie schweißgebadet.
„Es ist alles gut“, murmelte Raven, „und bei dir?“
„Nein, bei mir nicht“, antwortete sie. „Und hier? Wer hat hier so geschrien?“
„Ich!“, sagte Waldtraut und trat aus der Küche. „Tut mir leid, ich musste mich mal abreagieren. Du machst das auf deine Weise.“ Sie warf Rosemary einen vielsagenden Blick zu.
„Ja, das brauche ich bald wieder, wenn das hier so weitergeht. Meine Nerven...“, entfuhr es Rosemary augenblicklich.
„Du hast Sex, um dich abzureagieren?“ Raven hielt sie noch immer am Ellbogen, hatte er ihr wieder aufgeholfen.
„Äh… Nein, auch. Aber… Meist singe ich.“
„Ah…“ Er bedachte sie mit einen merkwürdigen Blick.

„Waldtraut, geht es dir gut?“, fragte Rosemary und stand selbst da, wie eingefroren.
„Nein, tut es nicht. Dieser Eduard ist doch auch nur ein Halunke! Jetzt ist er einfach abgehauen, ohne…! Mit Os. Und Nina will nicht mit mir reden.“
„Wie?!“ Rosemary starrte von Waldtraut zur Raven. „Ich habe genug, ich muss mal…!“, sagte sie dann, mit einem seltsamen Gefühl im Bauch.
Sie entzog nun Raven energisch ihrem Arm und wäre dabei beinahe wieder gegen ihn gekippt.
„Du musst dich abreagieren? Dir brennt aber gerade was an“, bemerkte er und zog die Nase hoch.
Jetzt konnte Rosemary es auch riechen, auch wenn sie eine Weile gebraucht hatte, um zu verstehen, was er gemeint hatte. Etwas in ihr fühlte sich nämlich auch so an, als sei es angebrannt.
„So ein Mist, der Stew!“ Sie flitzte wieder die Treppe hoch, zog den Topf von der Platte und drehte den Herd ab. Dann sank sie irgendwie

verzweifelt auf einen Stuhl. Der Stew war sowieso nichts, hatte er eine Überdosis Rosmarin und Thymian.

☆

Rosemary hatte sich schon lange nicht mehr so gefühlt. Alleine dieser Sturz war ihr zu viel - Raven ihr viel zu nahe. Und anderes war ihr sowieso mehr als zu viel. Wieso hatte sie das eigentlich vorher nie gespürt, dass Raven sie dermaßen irritierte? Und genau er stand schon bald neben ihr in der Küche, in der es total verbrannt roch, und fragte, wie es ihr ginge.
„Gar nicht gut“, murmelte sie. „Mir ist nicht gut, schlecht und schwindlig und...“
„Marie, du bist schwanger“, sagte er nüchtern.
„Kann nicht sein.“ Sie begann dennoch innerlich die Tage zu zählen.
„Wieso nicht? Os hat dich schon mal geschwängert.“
„Nein, das war… das war… Nein!“
„Ah, ich dachte das war Os?“ Raven zog die Nase hoch.
„Kann sein, aber in Wahrheit…“, murmelte sie. „Ich bin nicht schwanger. Das geht gar nicht. Zum einen habe ich verhütet und zum anderen würde es ohnehin nicht klappen.“
„Was würde nicht klappen?“ Er lehnte sich gegen den Türrahmen.
„Das mit uns“, brummelte sie.
„Mit wem genau?“
„Na, mit wem schon? Os. Oder an wen hast du so gedacht? Etwa an dich?“ Sie hatte jetzt noch schlechtere Laune.
„Marie, vielleicht wäre es besser, wir suchen dir woanders etwas. Nina und Os sind jetzt auch noch zerstritten. Wegen dir, wenn du mich fragst. Er hat sie eben entlassen. Fristlos. Das darf er zwar gar nicht, aber gut“, berichtete Raven trocken.
„Wie?! Und daran bin jetzt ich schuld? Klar, die Frau, die immer alles versaut!“ Rosemary stand auf und kippte den Stew in den Abfalleimer,

war ihr sowieso mehr als nur ein bisschen zu viel Rosmarin und Thymian hineingeraten. Dann schnappte sie sich ihr Handy, das auf dem Küchentisch lag, und rannte in ihr Zimmer.

☆

Hastig warf Rosemary ihre wenigen Kleider in ihren Koffer, schnappte sich alles Nötige im Bad und zog den Reißverschluss zu. Sie warf einen letzten Blick auf die paar Musikalben, die sie sich heimlich von ihrer Freundin hatte schicken lassen, bevor sie fast fluchtartig das Zimmer verließ. Nur eine CD lag entgegen ihrem Vorhaben zwischen ihren Kleidern. Diese magische Musik von einem Wotan von Rabenau. Mit ihrem Koffer in der Hand machte sie sich eilig auf den Weg nach draußen.

„Marie!“, kam Waldtraut hinter ihr her gelaufen. „Wo willst du denn jetzt noch hin? Wieso haut ihr denn alle ab?“
„Na ja, Os hat sich wohl mit Nina gezofft und dein Eduard… Keine Ahnung. Sie sind vielleicht doch alle nicht so ehrlich. Ich jedenfalls bin jetzt weg. Und ich komme auch nicht wieder. Du kannst mich ja mal anrufen. Ich werde mich irgendwo verziehen. An die Nordsee.“ Ihre Stimme klang fast wütend.
„Ich kann dich nicht anrufen, ich habe keine Nummer von dir.“ Waldtraut hörte sich eigensinnig an.
„Brauchst du auch nicht, ich werde mir ohnehin ein neues Handy zulegen. Und dann… Ich suche dich“, gab Rosemary zur Antwort.
„Du suchst mich?! Wie willst du das machen? Meinen Namen gibt es häufig. Marie, lauf nicht weg!“
„Ich suche dich und ich finde dich“, brüllte Rosemary und zog ihren Koffer durch den mittlerweile knöcheltiefen Schnee, hatte es heute Nacht geschneit, hinter sich her.
„Ich werde dich suchen, versprochen“, rief sie noch einmal.
Doch Waldtraut war schon wieder ins Haus gelaufen.

Kurz darauf hörte Rosemary jedoch wieder Schritte hinter sich im Schnee, die eilig näher kamen.
„Marie!“ Es war Raven. „Wen suchst du? Hast du das schon einmal gesagt, ich werde dich suchen? Mehr gesungen.“
„Äh… Nein, ich glaube nicht. Das hat aber ein Mann zu mir gesagt.“ Sie blieb stehen, drehte sich um und sah ihn an.
„Das war mit mir“, sagte er leise. „An diesem Abend hast du es gesungen, bevor wir... Aber ich… Es war doch nur eine Art Spiel.“
„Klar, das weiß ich. Du hast mich aber gesucht, wegen des Hauses. Und jetzt… Jetzt haben wir uns zwar gefunden, aber das war mal wieder nichts. Wie damals.“ Sie zog die Nase hoch, die ihr wegen der Kälte lief.
„Wie?“ Er sah sie leicht irritiert an.
„Na ja, es war ja nicht so der Hit.“ Sie warf nervös ihre Haare nach hinten.
„Marie, du… Wir waren doch beide noch...“
„Zu jung oder…?“
„Es war mein erstes Mal“, sagte Raven und schien rot zu werden.
„Was?! Wie alt bist du denn gewesen?“, fragte Rosemary etwas fassungslos.
„Neunzehn. Vielleicht auch…“ Er wand sich ein wenig.
„Und Nina?“ Rosemary hatte es immer wieder versucht zu verdrängen, was damals in ihr vorgegangen war. Zu einem Art Tabu war es für sie in ihrem Leben geworden. Der Grund dafür war wohl ein weiteres Tabu.
„Da war noch nicht so viel gelaufen, nur ein paar Küsse. Dann wollte ich nicht mehr und sie auch nicht. Sie hatte einen anderen. Einen ganz Coolen, mehr einer wie Os.“ Er lachte ein wenig unsicher.
„Ah… Oh je!“, war alles, was ihr dazu einfiel.

„Das kannst du laut sagen. Marie, du und ich… Ich kann nicht mehr. Wir beide - das tut uns doch nicht gut.“ Raven blickte in den Garten.
„Das stimmt. Du hast immer schlechte Laune, wenn du mir über den

Weg läufst und auch sonst...“ Rosemary war seinem Blick gefolgt und schaute einer Krähe nach, die auf und davon flog.
„Ein kaltes Bier“, murmelte er, „wenn ich eigentlich...“
Sie erstarrte. „Und an Weihnacht? Da kamst du, kurz vor zwölf. Mein Kumpel hing auf der Couch mit der Fernbedienung...“
„Ja, das… Du warst betrunken und er sah aus… Wo war da übrigens seine Freundin? Da war überhaupt keine. Du hast dich dann wohl auch abreagiert. Dein Tönen - oder war es ein Film? - das klang wie...?“
„Das war… Mensch! Ich hatte halt… Zu viel von dieser Musik und dem Nachtisch, oder was es auch genau gewesen war.“ Sie schüttelte den Kopf. „Er hat keine Freundin. Ich bin halt...“

Der Schnee knirschte unter Ravens Hausschuhen. „Also Marie, für mich ist das nichts. Du hast echt ein Problem.“
Sie nickte. „Ja, das habe ich. Ich will eigentlich nur einen, aber der...“
„Und dann nimmst du dir andere Kerle ins Bett? Und besäufst dich?“ Raven schaute sie schon fast ein wenig genervt an.
Rosemary fühlte mal wieder so etwas wie Scham aufsteigen. „Was wolltest du denn am Heiligabend da oben? Deine Frau saß unter im Glitzerkleid...“
„Sie war nach draußen gegangen um zu telefonieren, höchstwahrscheinlich mit Os. Ich habe genug mitbekommen. Sie kam natürlich wieder zurück, wie immer. Aber ich bin dann hoch, ich wollte dich... Ich hatte sonderbare Geräusche gehört, andere als... Aber so etwas, was ich dann zu Gesicht bekam, hatte ich nicht entdecken wollen.“
„Was?“ Sie hatte das Gefühl zu erfrieren.
„Na ja, du warst betrunken, wirktest tief unglücklich und ein Kerl neben dir, der dir nicht das Wasser reichen konnte“, erklärte er.
Rosemary schüttelte den Kopf. „Du wolltest mich...? Besuchen, oder was? Und dann?“
Raven trat einen kleinen Schritt näher. „Nichts, mir nur ein Bier holen.“

„An Weihnacht? Ein Bier, eiskalt? Raven...“
„Ich wollte wahrscheinlich genau wie du, was runter spülen“, murmelte er. „Wir haben uns doch als Teenager auch nur was vorgemacht.“
„Wer, wir? Du und ich? Kann sein, ich war nicht verliebt. Wie denn auch?“, sagte sie etwas brüsk.
„Hm!“ Er zog die Nase hoch, war es auch bitterkalt.

„Doch, ich war es schon“, kam es dann leise über ihre Lippen. „Auch später noch, auch wegen des Liedes, das du mir in diesem Pavillon vorgespielt hast.“
Raven sah ein wenig betreten auf seine Hände. „Du kennst es noch, du hast es heute Nacht gespielt. Da wusste ich...“
„Da wusstest du...?“ Rosemary war es plötzlich eisig.
„Wer du wirklich bist, für mich… Marie, mit uns, das wäre aber nichts. Nicht nur, weil ich dich ständig festhalten müsste, wenn ich das überhaupt könnte.“
„Festhalten, dass ich nicht mit anderen Männern…?“ Sie wischte sich mit dem Handrücken ihre laufende Nase ab.
Raven sagte nichts.
„Ich danke dir, für alles. Auch für…“, murmelte Rosemary leise. „Sage Nina mal einen Gruß, Os kommt sicher noch“, brummte sie dann noch.
„Wie?!“ Raven wirkte mit einem Mal blass.
„Du willst sie also nicht verlieren? Dann macht es mal gut, ihr beiden. Das Haus gehört euch, ich brauche das alles nicht. Und mein restliches Zeug... Ich brauche nur eines: Einen… einen Raben, der mich wirklich sucht, der mich ruft und den ich endlich finden möchte. Wo auch immer. Vielleicht ist es ja doch Tyler. Ich gehe zurück, morgen fliege ich.“ Sie sah in die grau-weiße Landschaft.
„Gut, mache das. Wir haben ja vielleicht doch beide die Richtigen geheiratet. *Rosemary and thyme.*“ Er lächelte ein wenig.
„Wahrscheinlich“, murmelte sie und zog die Schultern ein, als eine hefti-

ge Windböe über sie hinwegfegte und ihr die Haare ins Gesicht blies.

Raven sah Rosemary plötzlich an, als sei ihm noch etwas Wichtiges eingefallen. „Sag mal, Marie, deine Haare, waren sie früher nicht viel heller, fast blond?“
„Doch, sie sind erst später so geworden. Und deine?“
„Die hatte ich damals gefärbt, rabenschwarz“, lachte er leise. „Ich habe schon immer diese braunen, leicht lockigen Haare. Ich wollte wohl draufgängerischer und cooler sein, mehr wie so ein *black wolf*. Na ja.“
„Ah… Aha…“ Sie zog den Kopf ein und drehte sich um. „Alles Gute dir und danke.“
Raven hielt sie für einen Moment am Ärmel ihrer Jacke fest, dann blickte er in die Augen und drückte ihr einen Kuss mitten auf den Mund. Kurz und scheinbar schmerzlos. Ihre Lippen waren kalt und seltsam gefühllos.
„Danke dir“, sagte er dann leise und lachte. Er hob die Hand und wandte sich der Villa zu.
Rosemary zog den Koffer bis zur Straße vor und rief sich ein Taxi. Den Rest des Tages verbrachte sie wieder im selben Hotel, in dem sie Silvester gewesen waren, war es das Einzige weit und breit.

☆

Heilimpuls

Erlaubst du dir, wirklich tief in dich einzutauchen? Dort hinein, wo du noch mehr Wahrheit finden kannst? Fühle, ob du dazu bereit bist.
Wovor läufst du vielleicht noch lieber davon oder machst dir etwas vor?

Im Schoß einer Frau ruht eine große Wahrheit, die wir oft schon selbst unterdrückt haben oder sie haben unterdrücken lassen. Es geht darum, dich dort aufzumachen, für deine innere Weisheit und deine ganz eigene Wahrheit. Dort wohnt auch eine Kraft, die wir noch wenig kennen. Sie kann uns jetzt in eine neue Zeit auf dieser Erde führen. Bist du bereit?

Diese Geschichte verwendet gewissermaßen Bilder. Selbst wenn du derzeit alleine bist oder dich auch nicht danach sehnst, dich mit einem Mann auf neue Weise zu vereinen, kann man dies so in sich selbst erfahren. Das Weibliche und Männliche möchte in dir wieder in eine gesunde und kraftvolle Balance kommen, um daraus Neues schöpfen und kreieren zu können. Es geht auch darum, dein Herz weiter für die Liebe zu öffnen – eine Liebe, frei von alten Machtstrukturen, allein dem Verstand entspringenden Vorstellungen, gesellschaftlichen Prägungen oder engmachenden Bedingungen.

Lege dich für diese Übung am besten hin, sodass du dich warm und geborgen fühlst. Wenn du einen Bergkristall oder einen Amethyst hast, lege ihn dir auf deinen Unterleib. Schließe deine Augen und atme ein paar Mal tief ein und aus. Verbinde dich mit der Erde unter dir und dem Himmel über dir, verbinde dich mit dem Göttlichen, auch in dir selbst. Dann visualisiere ein violettes Pentagramm in deinem Schoß, in deiner Gebär-

mutter. Bist du ein Mann, tue dies in deinem Kraftzentrum unter dem Nabel, das sogenannte Hara-Zentrum. Lasse das heilige Symbol dort eine Weile wirken.
Wenn du möchtest, kannst du im Anschluss räuchern und den Rauch einiger Kräuter oder Harze in dein Energiefeld geben. Bedanke dich und wisse, es geschieht.

Zum Räuchern:
Rose, Zimt, Eisenkraut

☆

Zehnte Rauhnacht

2./3. Januar – 3. Januar

Am nächsten Morgen zog Rosemary leise die Tür des Hotelzimmers hinter sich zu und ließ sich erneut ein Taxi kommen, das sie zum Flughafen bringen sollte.
Sie landete mittags in London Heathrow und blickte sich verloren in der Ankunftshalle um. Wo war sie nur? Sie war noch nie wirklich hier gewesen, dachte etwas in ihr. Seltsam. Es fühlte sich an, als sei sie sehr viel länger fort gewesen.

„Rosemary!“, hörte sie es da hinter sich und fuhr erschrocken herum.
Vor ihr stand Tyler und strahlte sie an. „Danke, hast du mir Bescheid gesagt, dass du kommst. Ich habe mir Sorgen gemacht.“
Er schaute sie aus seinen blauen Augen an und sie wusste mal wieder nicht, wer er wirklich war. Ihr Herz klopfte unruhig.
„Tyler... Danke, holst du mich ab. Woher kommst du? Du siehst… Gut siehst du aus.“ Sie warf ihm einen musternden wie unruhigen Blick zu.
„Danke“, lächelte er.

Sie hatten sich ein Jahr lang nicht gesehen. Er sah irgendwie besser aus, fand Rosemary. Ohne Anzug, in einem sportlichen Anorak, die Haare inzwischen fast ganz abrasiert, ähnlich wie Os, und einen Bart um das Kinn. Es stand ihm.
„Was ist denn mit dir passiert?“, fragte sie ihn noch immer musternd.
„Und mit dir? Du wirkst sehr durch den Wind.“
Sie strich sich unruhig eine Haarsträhne aus dem Gesicht: „Ja, das bin ich auch. Irgendwie. Unsere Familie und… Wusstest du…?“

„Pst!“ Er hielt ihr seinen Zeigefinger vor die Lippen. „Rosy, es ist gut. Es ist vorbei. Wirklich. Das verspreche ich dir. Ich habe mich verändert, im Inneren noch mehr als äußerlich. Aber… Es tut mir leid. Ich hoffe, du bist nicht deshalb hier, weil...“
„Weil?“ Sie schaute ihn erwartungsvoll an.

„Ach, komm erst mal. Wollen wir einen Tee trinken gehen?“ Tyler hakte Rosemary ein, fast wie früher.
„Wie früher, irgendwo in der Stadt?“
„Nein, wegen mir lieber weit weg von dieser. Ich würde dich ja gerne mal an einen ganz andren Ort bringen.“
„Nach Irland?“, fragte sie neugierig.
Er sah sie nun etwas kritisch an. „Du hast es gehört? Woher?“
„Ähm, Os… Oisin, du solltest ihn kennen.“ Sie hatte es schnell ausgesprochen.
„Er hat dich also gefunden. Und? Habt ihr euch mal vertragen, also ich meine… Er hat dich ja schon früher…“ Er grinste etwas verkrampft.
„Er hat mich was?!“ Sie fühlte sich verwirrt.
„Hm. Geliebt? Halt verknallt.“
„Das meinst du?“ Rosemary lächelte unsicher.
Tyler schüttelte den Kopf: „Nein, das meint er.“
„Ich glaube nicht. Da gibt es eine andere. Eine Nina.“
„Eine Nina? Ah, ist sie seine Assistentin oder so was in der Art?“
„Kann sein, sie wurde befördert und gestern entlassen.“ Rosemary wollte plötzlich wieder weg, nur wusste sie nicht wohin.
„Also wenn sie das ist, die will er nicht. Sie hat ihn immer nur genervt und ihr Partner noch mehr“, teilte Tyler ihr mit.
„Na klar, weil Os sie möchte und sie einen Ehemann hat. Verheiratet mit Raven.“
Tyler verzog für einen Moment sein Gesicht. „Wie?! Raven?! Du meinst diesen Von Eiben? Sag, dass das nicht wahr ist?!“

„Doch, wieso?“ Rosemary wollte jedoch nicht schon wieder seltsame und viel zu verworrene Geschichten aus der Vergangenheit hören. Davon hatte sie genug.
„Rosy, dieser Raven, wie heißt er wirklich? Er heißt doch nicht wirklich so, oder?“
„Äh, soweit ich weiß, heißt er eigentlich Rambert.“
Tyler lachte. „Rambert - ach je, was ein Name!“
Englisch ausgesprochen klang er auch nicht besser.

„Ist doch egal“, winkte Rosemary ab. „Wohin gehen wir?“
„Egal? So siehst du nicht aus. Wieso bist du zurück?“
„Tyler, ich habe etwas erkannt. Wir beide... Ich habe dich schon geliebt, halt anders. Jeden auf meine Weise“, murmelte sie.
„Wie, jeden?!“ Er versteifte sich etwas.
„Na ja, ich habe mich auch...“
„Du hast dieses Jahr also nicht ohne Mann verbracht?“ Er war mal wieder stinkig.
„Nein, es gab… Um genau zu sein gab es zwei. Und zweimal war ich mit einem… Also erst… und dann… Puh!“ In wen war sie eigentlich überhaupt verliebt, fragte sie sich mal wieder.
„Aha, so genau wollte ich es nicht wissen. Ich kenne dich ja, du brauchtest wohl mal wieder Berührung. Keinen Sex, aber dich mal anfassen lassen, einfach streicheln...“ Tyler grinste fast ein wenig unverschämt.
„Das wäre besser gewesen, ich habe aber gleich alles genommen“, nuschelte Rosemary.
„Ah! Oh… Also, glücklich siehst du nicht aus.“ Er sah ihr noch einmal ins Gesicht.
„Nein!“ Sie schniefte, war es auch in England nicht gerade warm.
„Rosy, aber sag mal... War es Oisin mit dem du…?“
„Os?“ Rosemary schaute sich nervös in der nun fast leeren Ankunftshalle um, als fühle sie sich noch immer von etwas verfolgt.

„Alles klar! Er war also mal wieder der, der dich...“ Tyler schob scheinbar gekränkt seine Hände in die Taschen seines Anoraks.
Sie sah ihn fragend an: „Er war wer?“
„Oisin kann das, er kann dich irgendwie anders berühren. Bei ihm kannst du dich wohl fühlen, glaube ich. Wie in deinen Träumen. Mit mir war das nie so. Zumindest nicht so.“ Tyler sah fast ein wenig traurig aus.
„Es tut mir leid, wir beide waren halt auch nie wirklich verliebt“, gab sie leise zur Antwort.
„Das mag stimmen, aber die Liebe war trotzdem da, je mehr ich dich kannte. Sie kann schon kommen, auch wenn man vorher nicht dieses Kribbeln hat“, sagte er mit sanfter Stimme.
Rosemary betrachtete ihn eine Weile lang etwas nachdenklich. „Und jetzt, mit deiner Freundin in Irland?“, wollte sie dann wissen.
„Gut, es ist ganz anders. Aber ich habe dich anfangs vermisst, ehrlich. Ich kannte sie bereits, aber… Ich war dir treu.“
„Treu, was heißt das? Ich war mir selbst nie treu und in Gedanken da kann man ja auch…“ Sie sah ihn noch immer an.
„Ah, hast du das? Na klar, diese Träume. Ich verstehe. Es ist in Ordnung, Rosy. Ich kann dir vergeben. Und du?“ Er kam einen Schritt näher.
„Ob ich dir vergeben kann? Ja, schon geschehen, nur das mit Weihnacht nicht. Da tue ich mich echt schwer. Das war…“ Sie schluckte.

Tyler sagte nichts, schaute auf den Boden und kickte eine ausgetretene Zigarettenkippe zur Seite.
„Du hast mich...“, wollte Rosemary anfangen.
„Ich war sauer, weil du schon wieder damit angefangen hast. Deine Träume waren wild und irgendwie frei, da hattest du scheinbar alles, was du brauchtest, Sex und… Und vielleicht auch ein Kind. Aber mit mir…“ Er presste die Lippen aufeinander.
„Ty...“
„Jetzt hör mal auf mit Ty! Ich weiß, dass du mich nie so geliebt hast, wie

vielleicht Oisin. Und das kann ich vielleicht auch nur schwer verdauen, tut das nämlich weh! Noch immer!“

„Ah! Du redest Blödsinn, ganz ehrlich. Oisin und ich kennen uns überhaupt nicht, wie können wir da…? Das war nur...“, stammelte sie.

„Dann ist es ein anderer, der in deinem Herzen herumgeistert. Mir auch egal! Aber eigentlich ist es das nicht. Also wer ist es? Dieser Raven? Raven - ein Rabe. Na klar! Also einer der beiden ist es auf jeden Fall.“

„Sag mal… Ich dachte, du hast dich neu verliebt und du bist darüber hinweg, dass wir getrennt sind? Wie ist das mit Vergeben?“ Ihr war mit einem Mal gar nicht mehr wohl.

„Habe ich schon, aber…“ Er kniff die Lippen wieder fest zusammen.

„Rosy, wer hat dich eigentlich so derart zerrüttet?“

„Wir, du und ich“, sagte sie fast schon etwas kalt. „Vielleicht aber auch ein anderer, der mich nie… nie wirklich bemerkt hat“, murmelte sie noch.

„Natürlich, deine erste Liebe. Das war aber doch Oisin“, bemerkte Tyler.

„Nein, wie denn? Ihm bin ich ja erst später begegnet.“ Rosemary hatte das Gefühl, sich im Kreis zu drehen.

„Rosy, die erste Liebe ist immer nur eine Illusion.“

„So wie bei uns, das weiß ich“, antwortete sie steif. „Schon gut, wir gehen mal. Außer du möchtest dich doch nicht mit mir versöhnen.“

„Doch, das möchte ich. Auch deshalb, um nicht eingebuchtet zu werden. Dieser Anwalt...“ Tyler kramte sich eine Zigarette aus einem Etui.

„Du kommst nicht ins Gefängnis, das verspreche ich dir, auch wenn ich eigentlich nicht mehr so viel versprechen möchte. Lieber möchte ich mich dem Leben mehr hingeben.“

„Aha. Hingeben. Das machst du ja - da und dort ein Kerl und gleich noch einer. Und Oisin, der hat langsam genug. Der weiß doch auch nicht mehr, wen er jetzt wirklich liebt.“

„Wie?! Du hast mit ihm gesprochen?!“ Rosemary klang entsetzt.

„Also… Ja, sorry. Er war hier.“ Tyler steckte sich die Zigarette zwischen

die Lippen und zündete sie an.
Sie sah ihm dabei zu. „Hier?!“
„Na ja, in London, mit...“
„Mit?“
„Mit einem Mann“, nuschelte er und inhalierte dann viel zu tief den Rauch seiner Zigarette ein.
„Mit meinem Onkel, ich weiß“, nickte Rosemary.
„Nein, er war nicht dein Onkel, dafür war er zu jung.“ Eine steile Falte bildete sich auf Tylers Stirn.
„Doch, Os ist mit seinem Vater gekommen, Eduard von Eiben oder Eddy Donovan. Sie sind ja alle verrückt. Dass sie selbst noch wissen, wer sie sind?“ Diese Frage hatte sich Rosemary allerdings auch schon oft genug selbst gestellt.
„Das weißt du doch auch nicht, von wegen Marie!“, blökte da auch Tyler.

„Okay, Rosemary war aber nie mein Name.“ Sie hatte plötzlich Magenschmerzen.
„Nein, da ist was dran. Für mich bist du Rosy.“
„Rosy.“ Sie schaute ihn ein wenig beleidigt an.
„Ja, nicht direkt wie eine Rose, aber irgendwie schon.“ Er nahm einen weiteren Zug.
„Ah, wegen der Stacheln?“
„Nein, weil du etwas hast, wie eine Mary.“ Tyler grinste.
„Jetzt sag du das nicht auch noch!“, wurde sie mit einem Mal laut.
„Wer sagt das denn noch? Oisin?“
„Hör mir auf! Nein. Wir gehen!“ Rosemary griff nach ihrer Handtasche auf dem Boden.
„Und wohin?“, wollte Tyler wissen.
„Ich will nach Hause.“
Er drückte seine Zigarette wieder aus. „Das gibt es nicht mehr. Nicht un-

seres, habe ich alles...“
„Hm! Ich weiß.“ Sie blickte auf ihren Koffer.
„Deine Kleider findest du bei deiner Mutter und anderes auch“, ließ Tyler sie wissen. „Ich hatte dir auch etwas schicken lassen. Zu Oisin, sollte er dich ja suchen.“
„Was?!“ Rosemary drehte sich erschrocken zu ihm um.
„Er wollte es dir geben, wenn er dich sieht. Eine kleine Schatulle. Das war eigentlich unsere, von unserer Hochzeit.“
„Was?! Und was war darin?“ Sie sah ihn nun entgeistert an.
Er zuckte mit den Schultern. „Nur eine Feder. Die hat man dir an unserem Hochzeitstag geschenkt. Sie kam per Post.“
„Was?!“ Sie schluckte. Diese Feder, wo war sie eigentlich abgeblieben? Die kleine, beinahe schwarze, die auf ihrem Kopfkissen in der Villa gelegen hatte.
„Ich vermute, sie war damals von Oisin gewesen. Er war der Einzige… Oder war sie etwa von...? Eine Rabenfeder?!“ Tyler betrachtete Rosemary nachdenklich.
Sie schaute ihn noch immer mehr als irritiert an. „Und jetzt hat Os sie mir vor die Tür gelegt.“
Tyler sah nun verwirrt aus. „Er hat sie dir nicht gegeben?“
„Nein, er hat vielleicht gehofft... Es war mehr ein Spiel, keine Ahnung. Ich verstehe es nicht.“
„Ich werde ihn fragen.“ Er kratzte sich, noch immer nachdenklich, am Kopf.

☆

Tyler, schon immer mehr ein Mann der Tat, griff nach seinem Handy und schon bald bekam er Antwort.
„Oisin, ich habe mal eine Frage. Diese Feder, die ich in dieses Döschen meiner Eltern gelegt habe, in dieses Hochzeitsdöschen, woher kam sie? Sie kam vor unserer Hochzeit per Post. Sie war von dir, oder?“

„Nein, nicht das ich mich erinnere“, hörte Rosemary Os sagen, konnte sie genug verstehen. „Der Brief kam aus Deutschland.“
Sie verkrampfte sich bei diesen Worten.
„Aha und wieso hast du sie Rosy jetzt…?, fragte ihn Tyler.
„Ich habe überhaupt nichts. Die Dose war weg. Spurlos verschwunden.“
„Weg? Aber sie hat sie doch bekommen?“
„Gib sie mir mal, sie ist doch mittlerweile sicher gelandet“, hörte Rosemary Os zu ihren Entsetzen sagen.

Tyler drückte ihr das Handy in die Hand.
„Hi“, murmelte Rosemary.
„Marie oder Rosemary… Es tut mir leid.“ Os räusperte sich. „Das Döschen war einfach weg, kaum war ich angekommen“, erklärte er dann, mit einem Mal unsicher klingend.
Plötzlich hatte sie einen Verdacht. „Das war Nina, sie wollte sehen...“
„Nein, das glaube ich nicht. Was sollte Nina denn sehen wollen?“ Os räusperte sich.
„Na ja, wer da wen…“ Vor Rosemarys innerem Auge schwammen Fetzen an Bildern umher: Nina, die sich heimlich in ihr Zimmer geschlichen hatte, um herauszufinden, ob sie etwas mit einem der beiden Männer hatte und wen ja, mit welchem.
„Rosemary, mir ist das jetzt auch echt nicht angenehm... Wir beide, immer wieder... Wir kommen doch irgendwie nicht voneinander los, oder was sagst du dazu?“
„Was soll das jetzt?“ Sie wollte eigentlich am liebsten einfach nur auflegen.

„Ich meine nur, bei uns beiden gibt es schon eine Art magische Anziehung, aber es ist nicht das, wonach wir uns sehnen, oder?“ Os klang, als wolle er von ihr eine Antwort auf etwas, das er sich selbst nicht beantworten konnte.

„Anziehung? Du meinst jetzt sexuell?“, fragte Rosemary. „Na ja… Wonach sehnst du dich denn?“
„Äh, nach…“ Er hielt inne.
„Nach Nina? Dann sage der Frau, die du liebst, was du für sie empfindest. Sei nicht so schüchtern.“ Sie musste lachen.
Am anderen Ende war nur ein Schweigen.
„Du hast es ihr gesagt?! Klar, eurer Streit“, sagte Rosemary dann leise.
„Rosemary, also Raven…“, setzte Os an.
„Du hast sie gefragt, also…?“
Er räusperte sich. „Nein! Aber wenn du es genauer wissen willst, also…“ Er schien sich für einen Moment zu verhaspeln. „Nina weiß, dass wir beide im Bett gelandet sind, das hat Raven ja mehr als einmal...“
Rosemary unterbrach ihn: „Das macht es auch echt nicht gerade einfacher. So ein Mist!“

„Äh, also…“ Os holte kurz Luft und räusperte sich. „Wir lassen das jetzt mal. Ich hätte aber noch eine Sache. Ich bräuchte dringend jemand, um etwas aufzunehmen, für eine Art Theaterstück. Ein poetisches Werk mit musikalischer Begleitung. Es geht um die Rauhnächte. Wir brauchen jemand, der noch etwas singt. Würdest du das machen?“ Rosemary hörte Os sich erneut räuspern, bevor er fortfuhr: „Es wäre nur eine Tonaufnahme. Für eine kleine Gruppe aus der Gegend um Glastonbury. Es ist vielleicht etwas speziell, ein altkeltisch oder auch germanisch angehauchtes Stück. Es würde davon handeln, uns wieder an unsere Wurzeln zu erinnern, haben sie mir erklärt. Auch an die lichtvolle Kraft und Weisheit unserer Ahnen, gibt es diese ja auch. Nicht nur Verstrickungen oder dunkle Nebel aus grauer Vorzeit. Da musste ich an dich denken. Wenn du singst, kann man sich auch erinnern.“ Os wurde still.
„An graue Nebelfetzen, oder was?“ In Rosemary waberte auf jeden Fall ein sonderbarer Nebel.
„Nein, man erinnert sich - an einiges“, hörte sie ihn antworten. „Ich habe

es gehört, als du mit Waldtraut gesungen hast. Du hast eine Gabe."
„Ich mache das nicht!", sagte Rosemary steif.

Tyler zog ihr das Handy nun aus der Hand. „Sie macht es! Ich verspreche es dir. Diese Tonaufnahmen, meine ich. Das andere, das… Macht was ihr wollt."
„Wir sind aber nicht bei Shakespeare", kam es ein wenig frech von Os und dann hörte man ihn noch etwas leiser: *„Twelfth Night, or what you will – Zwölfte Nacht oder was ihr wollt* - das passt irgendwie zu den zwölf Rauhnächten. Nur haben wir wohl nicht gemacht, was wir wollten."
„Also kein Shakespeare", bemerkte Tyler. „Zum Glück. So was wie *Romeo und Julia* oder *Hamlet* brauche ich echt nicht. Wir könnten doch mal ein Happyend vertragen, wir alle." Er zwinkerte Rosemary zu.
„Da stimme ich dir zu", hörte sie Os sagen. „Das Problem ist nur, wie soll es eines geben, wenn keiner weiß, was er wirklich möchte? Jeder hetzt einem Traum hinterher, der sich eventuell schon lange ausgeträumt hat. Vielleicht wollen wir alle endlich mal einen Neuanfang. Ganz neu. Ich jedenfalls möchte das. Jetzt erst recht. Ich habe mich von so einigem verabschiedet. Meine Firma werde ich übergeben. Die ist mir irgendwie… Nichts als Stress in letzter Zeit. Ich komme wieder nach England."
Rosemary hörte es und verstand irgendwie kein Wort. Das war doch auch nur eine Flucht, dachte etwas in ihr. Tyler blieb still und sah sie an.

„Tyler?!", hörte man Os.
„Ja, ich bin noch da. Aber wo bist du?", fragte er.
„Na ja, fast um die Ecke. Wollt ihr kommen? Ins Studio?"
„Kommen? Also ich nicht, aber Rosy kommt sicher", erklärte Tyler mit einem schiefen Lächeln.
„Äh, wie meinst du?", war es etwas stotternd aus dem Handy zu hören.
„Wie soll ich das jetzt meinen? Sie kommt zu dir ins Studio." Tyler warf

Rosemary einen seltsamen Blick zu.
„Natürlich, ich war kurz woanders."
„Sag mal, Rosy, was hast du denn mit dem gemacht?", raunte Tyler ihr zu.
„Was sollte ich denn gemacht haben?", flüsterte sie, war ihr etwas auch nicht geheuer.
„Also, wenn du mich fragst, hat er eben nicht an das Studio gedacht, sondern an Sex. Mit dir!"
„Nein, hat er sicher nicht", brummte sie.
„Bist du gekommen?" Tyler konnte noch immer irgendwie übergriffig sein, fand sie.
„Was soll denn jetzt das?! Wohin sollte ich gekommen sein?" Rosemary hatte genug.
„Nirgendwohin, sondern...", Tyler lachte. „Wahrscheinlich bist du nicht gekommen, wie meistens."
„Das kannst du mal schön bleiben lassen, das liegt nicht allein an mir!", fuhr sie ihn an.
„Na danke!", maulte Tyler
„Hey!", hörten sie Os aus dem Handy. „Ich habe keinen Bock auf euren Ehekrach."
„Wir sind nicht mehr verheiratet. Frisch geschieden, also so gut wie", antwortete ihm Tyler.
„Ah, echt? Das… Weiß das…?"
„Wer sollte das noch wissen?" Tyler wurde hellhörig. „Du weißt es ja jetzt."
„Deine Frau, also bald Ex, ist heiß begehrt, falls du das noch nicht wusstest", teilte ihm Os mit. „Sie selbst weiß es vielleicht."
„Darling, stimmt das?" Tyler warf ihr nun einen Blick zu, der Rosemary ein wenig an früher erinnerte.
„Sind wir jetzt da wieder angelangt? Darling!?" Rosemary lachte bitter, „Gib mir noch mal das Handy", bat sie dann.

„Ich bin noch nie heiß begehrt gewesen, zumindest nicht wirklich. Vielleicht mein Körper, aber das reicht mir irgendwie nicht mehr“, ließ sie Os wissen.
„Das sind doch mal gute Neuigkeiten“, hörte sie ihn sagen.
„Und du?“, fragte sie ihn.
„Was, und ich?“
„Na ja, wie ist es bei dir mit der Liebe?“ Sie hatte im Moment keine Ahnung von dieser.
„Hm, die hält mich derzeit auf Trab. Also… Ist gerade nicht so wichtig.“ Er atmete hörbar ein. „Kommst du ins Studio?“, fragte er dann gelassen. „Du könntest es direkt einsingen, nur ein paar Minuten und ich begleite dich.“
„Begleiten? Inwiefern?“, fragte Rosemary und fühlte sich unruhig.
„Ich bin kein Barde oder so, aber ich könnte dir die passende Stimmung per Tonband liefern.“
„Also ich wollte mich ja mit Tyler… Eigentlich wollten wir uns versöhnen“, brummte sie.
„Wenn du ins Studio kommst und singst, könnte das übrigens auch eine Versöhnung sein. Und Tyler kann doch mitkommen, es dauert nur ein paar Minuten. Mit vorher und nachher vielleicht eine halbe Stunde, maximal eine.“ Os ließ noch ein Räuspern folgen.
„Mit vorher und nachher? Du meinst, nicht wie…?“ Sie verkniff sich den Rest.

Os war eine Weile still, bevor er ihr antwortete: „Rosemary, das… Wir waren halt beide nur auf eines aus, nehme mich an.“
Leise sagte sie: „Ich weiß gar nicht, worauf ich wirklich aus gewesen bin. Ich war einfach… Ich wollte jemanden spüren, wirklich spüren. Und dabei auch mich selbst spüren.“
„Und hast du das? Bei mir? Oder wer ist es, den du dafür brauchst?“
„Äh, keine Ahnung. Ich war ja bei dir auch nicht nur willkommen.“

„Ich bei dir auch nicht, wenn ich das mal so sagen darf“, nuschelte er.
„Äh, du meinst, du konntest nicht so gut…?“ Sie verkrampfte sich.
„Eindringen. Das kann vielleicht nur einer. Und ich kann es nur, wenn…“ Jetzt war Os nicht mehr gut drauf.
„Also das ist ja jetzt mal Schwachsinn, den du da redest. Du konntest sehr wohl…“ Rosemary fühlte sich hundsmiserabel.

„Schon, aber nur… Vergiss es! Du hast das doch selbst gesagt, vorgestern als... Du sagtest, der Schoß der Frau und das Herz des Mannes dürften sich wirklich öffnen. Und ich nehme an, das Herz der Frau darf das ebenfalls. Und bei ihm… Na ja, das eine klappt ja meist ganz gut, weitaus besser als das mit dem Herz. Manchmal sogar zu…“ Os sprach nicht weiter.
„Ganz genau! Zu gut. Zu schnell. Und sogar ganz ohne...“, schoss es ihr nun auch eher schnell über die Lippen.
Neben ihr räusperte sich nun Tyler. „Ich will euch ja nicht stören, aber über was redet ihr denn, Darling?“
Rosemary hielt ihm ohne ein weiteres Wort sein Handy hin und warf ihm keinen sehr erfreuten Blick zu.

☆

Entgegen ihrer Vorsätze stand Rosemary über eine Stunde später, samt ihrem Koffer und Tyler an ihrer Seite, in dem kleinen Tonstudio, in dem Os irgendwen kannte. Sie hatte sich soweit darauf eingestellt, mit dicken Kopfhörern auf den Ohren, ein paar Minuten etwas für eine altgermanisch-keltisch verwunschene Dichtung zu den Rauhnächten zu singen. Diese waren ja nun fast vorüber, dachte sie noch. Von wegen Rückzug, Ruhe und Stille! Bei ihr war es eher die wilde Jagd gewesen, hatte sie sich von Vergangenem und auch anderen jagen lassen, und die Geister schienen noch nicht vertrieben zu sein. Darunter vielleicht auch Geister, die sie einst selbst heraufbeschworen hatte.

Eine etwa fünfzigjährige Frau stand neben ihr und blickte neugierig zu ihr. Sie gehörte zu der Gruppe, welche dieses Stück mit Klängen, Trommeln und Gedichten vertonen wollte. Es handelte von einer wilden Jagd des Wotan oder Odin auf eine wilde Frau, die Percht oder Frau Holle. Es war nichts für sie, waren Rosemarys Gedanken gewesen, als sie die sich reimenden Zeilen überflogen hatte. Und die Frau, mit einer langen wallenden Lockenmähne, einem bunten Tuch darin, baumelnden Ohrringen und einem chaotisch geschnittenem Rock, sah auch eher etwas befremdlich aus. Dennoch wirkte sie auch seltsam vertraut. Rosemary war selbst auch mal wieder in einem Art Chaos. Wer war es, der sie wirklich jagte? Ein Wotan, Odin oder Wotans dunkle Raben? Oder ganz etwas anderes? Vielleicht war es ja nur etwas in ihr selbst. Sie schaute der Frau ins Gesicht, die ihr aufmunternd zulächelte, mit einer Bodhran, einer irischen Trommel, in der Hand.

Rosemary holte noch einmal tief Luft. Leise begann die Musik, die Os ihr noch zur Untermalung eingelegt hatte. „Eine Überraschung“, hatte er gesagt und ihr zugezwinkert. Von Überraschungen hatte sie eigentlich genug, und diese bekam ihr jetzt überhaupt nicht.
Sobald sie nur wenige Töne eines Klaviers oder Flügels gehört hatte, sprang sie von dem Hocker, auf den sie Os gesetzt hatte.
„Kommt nicht in Frage!“, sagte sie barsch. „Und ganz ehrlich, du bist doch der Musikexperte, Klavier und Bodhran, das passt nicht!“
„Auch gut, dann halt nur das Klavier“, erwiderte Os und nickte der Frau zu.
„Wie wäre es mit einer Harfe?“, kam es zaghaft von Rosemary.
„Die haben wir jetzt nicht. Wieso denn nicht das Klavier? Das Stück hat doch was. Du hast es doch noch gar nicht gehört, bis auf diese paar Takte?“
„Ja, aber die reichen mir. Das bringt mich nicht in die Stimmung.“ Dieses Lied wollte sie jetzt sicher nicht hören! Nicht hier.

„In welche Stimmung?“, wollte er wissen.
„Na, für diese Rauhnächte. Oder für was soll ich jetzt singen?“ Sie fuhr sich nervös durch ihre Haare.
Os war nun vor sie getreten: „Für dich, Marie - Rosemary. Singe einfach für dich. Für dich und die Liebe. Mehr nicht. Okay? Es ist für dich.“

„Und du?“ Rosemary sah ihn abwartend an.
„Soll ich etwa mit dir singen?!“ Er strich sich, vielleicht etwas ungeduldig, über sein Kinn.
„Wegen mir“, antwortete sie leise.
„Rosemary - oder soll ich Marie sagen? - wer ist es, den dein Herz ruft?“, raunte er ihr zu.
„Du meinst, wen es sucht?“
Os sah sie kurz ein wenig abwägend an, nickte und griff nach einer Fernbedienung, auf der er scheinbar nach dem richtigen Knopf suchte.
Nervös blickte Rosemary zu der großen Anlage, von der eben noch die Musik gespielt worden war. Ein Klavierstück. Eines, das sie kannte.
„Woher hast du dieses Lied?“, fragte sie leise und sichtlich angespannt.
„Das hat mir jemand… Vielleicht von einem Raben.“ Er drückte nun wiederholt einen Knopf auf der Fernbedienung, ohne das etwas geschah.
„Wen ruft dein Herz und wessen Herz ruft nach dir?“, wiederholte er seine Frage.
Rosemary schüttelte den Kopf. „Es war nicht er, der dieses Lied komponiert hat. Nur das Klavier, dieses Lied. Kennst du das nicht? Man kann sich in etwas verlieben, aber das hat nichts mit dem Mensch zu tun, der es macht.“
„Nicht?“ Os schaute sie an.
„Oder wie ist das für dich? Du stehst auf Nina, weil sie das zu Papier bringen kann, was du in deinem Kopf…?“
Er antwortete nicht gleich. „Ich stehe auf niemanden, aber du stehst auf der Leitung. Weißt du, von wem dieses Stück auf dem Klavier ist?“

„Hm, ich denke schon“, gab sie zögernd zur Antwort.
„Das hat jemand komponiert, speziell für...“ Os schaute kurz in den Regieraum des Tonstudios.
Rosemary hatte dort schon vor einer Weile einen Schatten huschen sehen.
„Und von wem, glaubst du, ist es?“, fragte er sie, als er sich ihr wieder zuwandte.
„Von Raven“, sagte sie leise und schluckte.
„Da muss ich dich enttäuschen.“
„Nicht?!“ Sie starrte ihn völlig verwirrt an.
„Das hat ein Mann für dich komponiert.“ Os hantierte ein wenig umständlich mit der Fernbedienung herum.
„Äh… Für mich?!“
„Ja, nur für dich“, nickte er.
„Und wer war das?“ Rosemary schluckte, war sie sich nicht sicher, ob sie es wissen wollte.
„Ich!“ Os schaute auf den Boden.

„Äh, das... das ist nicht wahr?!“, stammelte sie.
„Doch.“
„Du? Du kannst doch überhaupt nicht Klavier spielen? Du könntest kaum eine Note lesen, das hat Nina schon mehrmals gesagt. Und wann sollte das denn gewesen sein? Ich war gerade fünfzehn, als ich dieses Lied zumindest in einer sehr einfachen Fassung das erste Mal gehört habe. Und dort warst du nicht gewesen. Das stimmt nicht, dass du es…“ Sie sah ihn fassungslos an.
„Wieso nicht? Weil du glauben möchtest, dass es Raven ist? Er hat dir immer gefallen“, bemerkte er ein wenig starr.
„Nein, hat er nicht. Er war schwierig.“
Os verzog sein Gesicht. „Ja, weil er dich auch gerne mal vernascht hätte. Das muss er noch nicht mal verraten.“

„Wie?!“ Rosemary klammerte ihre Finger um den Hocker, auf dem sie noch immer saß.
„Marie oder Rosy, du bist doch auch in ihn verschossen. Das warst du schon früher. Wieso gehst du dann nicht zu ihm und sagst es ihm?“
„Wie?“ Entgeistert irrte ihr Blick von ihm in den halbdunklen Regieraum.
„Wie?!“ Os schien sie nachzuäffen. „Ganz einfach, nimm all deinen Mut zusammen und gehe zu ihm. Er… er hat dich gesucht, tut es noch immer. Vermute ich.“
„Ich soll bitte was?!“ Rosemary schaute ihn nun völlig geschockt an.
„Also ich weiß ja nicht, was wirklich so in dir vorgeht, aber du hast dich verliebt. Das kann man sehen!“ Er sah sie allerdings überhaupt nicht an.
„Sehen?!“
„Nein, aber man kann es ahnen. Du bist so was von durch den Wind.“
„Woher willst du denn das wissen, du kennst mich kaum?“, murmelte sie.
„Das mag sein. Nur dreimal. Schon seltsam, nicht wahr?“ Jetzt blickte er ihr für einen Moment in die Augen.
„Was?“ Ihr war nun irgendwie schwindlig.
„Wie man dann gleich so…“
„Na ja, konntest du ja nicht. Das hast du mir ja vorhin klar und deutlich… Ich sei ja gar nicht zugänglich gewesen, also dir nicht sehr nahe.“
Jetzt wäre Rosemary am liebsten abgehauen. Die Frage war nur wohin.
„Nein, warst du auch irgendwo nicht, aber dennoch… Wir kennen uns, schon lange“, brummte Os.
„Wie? Du meinst, als Kinder oder…?“ Sie fühlte sich verwirrt.
Er spielte am Kabel eines Mikrofons herum. „Nein, eher von… Das ist lange her. Wir kennen uns aus anderen Leben. Bei den Kelten, Germanen oder so was in der Art, da könnte es gewesen sein. Und Raven war kein anderer als dein…“

„Mein was?“ Ein Bild aus einem Traum schwirrte Rosemary plötzlich vor Augen.
„Na ja, dein Ehemann, nehme ich an. Und ich war sein bester Freund, der alles für ihn getan hat. So gut wie alles.“ Er fuhr sich über den Kopf.
„Raven war nie mein Ehemann!“, kam es mehr als deutlich aus ihrem Mund.
„Okay, dann halt nicht! Frag mal Ninas Mutter, was sie dazu meint.“ Er klang nun ungewohnt trotzig.

Worauf Waldtraut immer hinausgewollt hatte, war Rosemary im Moment schleierhaft und sie würde sie sicher nicht so schnell danach fragen. Sie wollte sich endlich finden lassen, von demjenigen, der sie wahrhaftig liebte. Sie hatte genug davon, weiter auf der Suche verzweifelt hinter etwas herzujagen und sich gleichzeitig auf einer ständigen Flucht zu befinden.

„Aber jetzt nochmal…“, begann Rosemary. „Mir ist irgendwie seltsam… Dieses Lied willst du komponiert haben? Das ist sicher nicht aus deiner Feder, du veräppelst mich. “
„Ja, das tue ich. Schon immer, weil du es nicht anders willst“, lächelte Os irgendwie müde. „Vielleicht verzieht sich ja so mal der Nebel. Bei euch allen.“
Rosemary erhob sich ohne ein weiteres Wort. Sie würde sicher keinen weiteren Versuch starten, irgendetwas zu singen.
„Halt!“, hielt Os sie jedoch zurück. „Wir machen das. Du singst! Nur einmal. Bitte, tue es für dich! Und auch… Wir brauchen das, ich habe es jemand versprochen. Und es muss morgen raus, zum Ende der Rauhnächte.“
„Übermorgen sind sie zu Ende“, sagte sie mit rauer Stimme.
„Stimmt“, nickte er.
„Also gut, weil du es bist“, nuschelte sie und setzte sich wieder.

☆

Tyler hatte sich in der Zwischenzeit irgendwo einen Kaffee geholt und tauchte nun im Regieraum des Aufnahmestudios auf. Er war es scheinbar nicht gewesen, dessen Schatten Rosemary dort im Dunkeln gesehen hatte. Er sah ihr dabei zu, wie sie sich wieder zurecht setzte und die Augen schloss. Dann startete Os die Musik. Erneut erklang diese sanfte Klaviermusik, an die sie sich nur zu gut erinnerte.

Dieses Mal unterließ sie es, irgendeinen Widerstand zu leisten. Leise begann das Klavier und irgendwann floss die Musik durch Rosemary hindurch, beinahe so, wie der Nebel es in dieser Jahreszeit manchmal zu tun schien. Sie ließ es einfach geschehen und gab sich völlig der Musik und diesem Moment hin. Leise begann sie zu singen. Es waren nur ein paar Töne, dann fiel sie plötzlich in eine Art Leere. Dort war niemand. Nur sie, stellte sie irgendwann fest. Es fühlte sich auf sonderbare Weise gut an. Und dann begann sie völlig neu. Rosemary sang, als würde sie es zum ersten Mal tun und doch war darin eine Art Sicherheit wie nie zuvor, so etwas wie Halt, der aus ihr selbst zu kommen schien.

Als sich das Klavierstück dem Ende neigte, neigte Rosemary ihren Kopf und sah auf den Boden, als sei sie gerade aus einem viel zu langen Schlaf erwacht. Langsam hob sie den Kopf und schaute sich im Raum um. Sie war alleine. Nur im Regieraum, von einer Scheibe getrennt, erblickte sie einen Schatten an der Wand und Os, der sich über die Technik beugte. Er wirkte abwesend.

Rosemary senkte wieder ihren Blick, um jedoch schon bald wieder nach oben zu schauen. Hinter der Scheibe konnte sie nun klar und deutlich Raven stehen sehen, und niemanden sonst. Schnell schloss sie wieder ihre Augen und holte tief Luft. Als sie sie wieder öffnete, stand dort, allerdings ein Stück weiter links, Os, etwas kleiner als Raven und mit blauen Augen, fast wie Tyler. Von Raven keine Spur. Sie fühlte sich beinahe wieder so verwirrt wie zuvor. Ein wenig ungelenk erhob sie sich, als hät-

te sie Stunden gesessen, und verließ den Aufnahmeraum.
Bei Os angekommen, blickte sich Rosemary verstohlen in dem kleinen mit Technik vollgestopften Raum um. Tyler lehnte gegen eine Wand, neben ihrem Koffer. Sie lief nun zielstrebig auf diesen zu und kramte eine Weile geschäftig darin herum.
Kurz darauf hielt sie Tyler ein Kuvert hin. „Für deine Eltern."
Dann wandte sie sich an Os, der ebenfalls sehr geschäftig irgendwelche Schalter betätigte.
„Und Os… Ich danke dir. Für alles. Es tut mir leid, verzeihe mir. Und das Lied… Es ist mir egal, wer es damals komponiert hat. Ich… Ich brauche ein Neues." Sie holte tief Luft und schwieg.
„Mir tut es auch leid." Er lachte leise und sah sie dann an.
„Bis bald", hörte Rosemary ihn noch, als sie ihren Koffer daraufhin auf den Flur rollte.

☆

Heilimpuls

Nimm dir etwas Zeit und werde ruhig. Du kannst etwas räuchern, um dich einzustimmen und um leichter loszulassen.
Fühlst du dich soweit, wähle dir eine der unten aufgeführten Fragen und gehe damit in dein Herz und in die Stille. Es geht bei dieser Übung nicht allein darum, eine Antwort zu erhalten, die dein Verstand gleich erfassen kann. Meditierst du mit einer dieser Fragen, kann bisher Ungefühltes hochkommen, um sich zu lösen und dich so leichter, freier und klarer werden zu lassen. Es geht hauptsächlich darum, zu fühlen. Dein Atem kann dich hierbei unterstützen.
Anschließend notiere dir, was dir gekommen ist. Ist es etwas, das du loslassen bzw. wandeln möchtest, kannst du es auch einem Feuer oder geistig der gold-violetten Flamme der Transformation übergeben. Vielleicht möchtest du es auch über intuitives Tönen aus dir herausfließen lassen und es so in die Wandlung bringen. Auch Neues kannst du über einen Seelen- und Herzensgesang einladen.
Räuchere noch einmal und bedanke dich.

☆ Wo singst du schon das Lied deiner Seele? Wo lebst du bereits deine Gaben?
☆ Wo möchte dein Seelenlied noch mehr gesungen werden? Wo möchte es noch kraftvoller werden?
☆ Wie möchtest du es singen, auf welche Weise und was braucht es dafür noch?

Zum Räuchern:
Rose, Weihrauch, Salbei, Lavendel, Rosmarin

☆

Elfte Rauhnacht

3./4. Januar – 4. Januar

Die Nacht hatte Rosemary in einem B & B einer früheren Bekannten verbracht. Sie saß gerade vor ihrem Frühstück aus Baked Beans und Toast, als ihr die Wirtin etwas zurief.
„Dein Mann ist am Telefon", teilte ihr diese mit und zuckte fragend mit den Schultern.
„Tyler?" Rosemary erhob sich und wischte sich noch ein paar Krümel des Toasts von der Hose.
„Nein, es war ein anderer Name."
„Mein Mann, hat er gesagt?" Rosemary wurde nervös.
„Ich glaube schon."

Rosemary griff mit zittrigen Fingern nach dem Telefon: „Hello?"
„Hi, ich bin`s. Ich wollte dich einladen, zu uns nach Hause."
Sie kannte die Stimme und doch war sie ihr völlig fremd.
„Wer spricht denn da?", fragte sie unsicher.
„Na ich, Os."
„Hä? Sag mal…! Was hast du der Frau eben gesagt, wer du seist?"
Hastig nuschelte er ins Telefon: „Ich habe gesagt, dass ich dich dringend sprechen muss und sie meinte, das sei gerade ganz schlecht - heiße Bohnen und du wolltest deine Ruhe. Es gibt aber etwas, deshalb habe ich..."
„Dringend?!", unterbrach sie ihn. „Um mich einzuladen? Zu deiner Familie?! Und wieso?", fragte sie völlig entgeistert.
„Wieso nicht? Du bist hier und… Also gut, es ist jemand da, der sich freut, wenn du..."
„Äh, das ist… Aha. Das ist aber keine Falle, oder?", wollte sie nervös

wissen. „Wo ist dein Vater? Kommt er auch? Ich meine Eduard oder Eddy, oder wie immer er in Wahrheit heißt."
„Und du, bist du nun eine Rosy, eine Marie oder…?" Os sprach nicht weiter.
„Und du, der *lonely wolf, black wolf* oder…?", wisperte sie. „Oder etwa Oz, der Zauber? Ein..." Plötzlich lief ihr ein Schauer über. Etwas fühlte sich nicht wirklich richtig an. Oder unheimlich.
„Vielleicht ein Rabe, wie du", lachte Os leise. „Ich habe ja das gleiche Familienwappen wie du, wie wir jetzt wissen."
„Du siehst, von wegen mein Mann! Du bist eher mein Verwandter, ein Cousin. Dein Vater und meiner…" Sie musste sich an der Garderobe festhalten und ihr wurde für einen Moment übel. „Os, das war ein Fehler, dass wir miteinander… Mein Vater ist doch..."
Os schwieg einen Moment. „Dein wirklicher Vater hat mit diesem nichts zu tun", sagte er dann leise. „Ich kenne deinen leiblichen Vater, der Mann, der deine Mutter..."
Rosemary begann zu zittern. „Du kennst ihn?!", wagte sie zu fragen, mit einer Stimme, die bald ihren Geist aufgeben würde.
„Nicht wirklich, nur ein Foto. Du siehst ihm ziemlich ähnlich. Er war ein Freund deiner Familie. Hübsch, sehr gut aussehend."
„Haha, du fandest mich doch gar nicht hübsch", brummte sie.
„Äh… Aber ein anderer schon. Sogar sehr…" Für einen Augenblick herrschte eine seltsame Stille. „Kommst du zum Essen?", fragte er dann noch einmal.
„Nein, danke. Das ist ja nett, aber… Ich fliege morgen nach Südfrankreich. Ich brauche mal was Neues. Eine Auszeit, oder so was." Rosemary hatte sich tatsächlich bei der Airline nach einem Flug nach Marseilles erkundigt.
„Ah… Und deine Mutter?", hörte sie Os fragen.
„Keine Ahnung, sie hat das doch überwunden."
Er klang mit einem Mal kühl: „Ich weiß nicht, wenn du meinst. Okay,

wie du willst. Wann fliegst du?“
„Morgen“, teilte sie ihm mit. „Aber bitte komme nicht auf die Idee und schicke mir noch meine Mutter auf den Hals. Wenn ich mich soweit fühle, komme ich von ganz allein.“
„Ich weiß, genau wie…“, sagte er sehr leise.
Ihr entfuhr ein Lachen.
„Ich finde das nicht witzig“, sagte er noch und legte einfach auf.

Rosemary stand ziemlich perplex mit dem Telefonhörer in der Hand da und sah diesen an: „Der ist verrückt.“
„Vielleicht ja verliebt“, entgegnete die Wirtin und lächelte ihr zu.
„Meinst du? Aber nicht in mich.“
„Wieso nicht, *my dear*?“
„*My dear*? Mann, ich muss zu lange weg gewesen sein“, murmelte Rosemary und ging wieder zu ihren Toast zurück.
Die kalten Bohnen schmeckten ihr allerdings überhaupt nicht mehr. Sie wollte nach Hause, nur wohin? Wo war das? Gab es das überhaupt?

☆

Vor dem Mittagessen rief Rosemary bei ihrer Mutter an.
„Mum, ich bin hier. Soll ich kommen?“
„Du bist hier? Wie geht es dir?“ Ihre Mutter begann zu weinen.
„Mum, bitte nicht. Mir geht es gut, du musst dir keine Sorgen machen. Bitte!“
„Und Tyler, ihr seid geschieden?“
„Ja, so gut wie.“
„Ich weiß, er war heute morgen hier“, hörte sie ihre Mutter sagen.
„Was?“ Rosemary hatte derzeit keinen Überblick über ihr Leben, so hatte sie den Eindruck.
„Ja, er wollte mit mir reden, auch wegen dir. Er sagte, er hätte dich vermisst, aber jetzt… Er hat eine neue Freundin.“

„Das weiß ich, in Irland."
„Na ja, da wollte er früher immer hin, der Junge", kam es irgendwie traurig von ihrer Mutter.
„Was?"
„Ja, mit dir oder du mit ihm. Erinnerst du dich nicht? Einer seiner guten Freunde, Oisin Donovan, kommt ja von dort. Mit ihm ist er früher durch die Pubs gezogen. Der Junge hat hat Musik im Blut."
„Wie?! Os? Oisin kommt aus Irland? Der Name…" In Rosemary herrschte Verwirrung.
„Ja, hast du das vergessen? Er war mal hier, als du noch klein warst, zusammen mit Tyler und Verwandten deines Vaters aus Deutschland. Diese hatten auch Oisin mitgebracht, wenn ich mich richtig erinnere. Vielleicht war er aber auch der Sohn von Bekannten von Tylers Eltern, das habe ich vergessen. Er hat mit einem anderen, einem etwas älteren Jungen, am Klavier gesessen und geklimpert. Du warst völlig versunken und hast dazu gesungen. Aber kein Kinderlied." Ihre Mutter hüstelte etwas verlegen.
„Wie bitte?!" Rosemary fühlte sich gar nicht mehr wohl.
„Rosemary, was ist denn los mit dir?"
„Mum, ich komme zu dir. Ich bin total verwirrt. Wer waren denn all diese Männer? In meiner Kindheit, in meiner Jugend…?"
Ihre Mutter lachte: „Die Männer waren schon immer verwirrend für dich, nur einer nicht."
„Und wer war das?"
„Na Tyler. Ich finde es ja traurig, habt ihr euch getrennt."
„Mum! Tyler und ich..."
„Ein Traumpaar, zumindest optisch", bemerkte ihre Mutter.
„Wieso? Ich wüsste nicht warum?", fragte sie schon fast bissig.
„Na komm schon, er hat dich immer… Na ja, er war nicht nur gut zu dir. Das stimmt. Also kommst du? Wir trinken einen Tee, ich backe noch ein paar Scones..."

Rosemary hörte regelrecht, wie ihre Mutter die Luft anhielt.
„Mum, du backst?“, fragte sie hastig, wollte sie sich nicht schon wieder schuldig fühlen, weil ihre Mutter es gerne anders hätte.
„Wieso nicht? Ich habe mich auch verändert. Scones nach meinem eigenen Rezept. Nicht ganz. Es ist nach deiner Großmutter, mit ein wenig Rosmarinsirup und einer Prise Ingwer“, kicherte ihre Mutter.
„Ah… Das kommt von Granny?“ Kurz musste Rosemary an den ersten Weihnachtsfeiertag denken, als sie mit dem Vanilleeis und ihrem Plumpudding bei den anderen aufgetaucht war.
„Ja, mit Lavendel und einem Hauch Rose“, hörte sie ihre Mutter in ihre Gedanken hinein sagen.
„Also gut, ich bin bald da, zu einem späten Mittagessen.“

☆

Das Mittagessen fiel jedoch mehr oder weniger ins Wasser. Als Rosemary das B & B verließ, goss es nicht nur aus Kübeln, sie selbst fühlte sich auch mit einem Mal, als würde sie in etwas ertrinken. Noch einmal hatte sie eine Nachricht von Os bekommen, dieses Mal auf ihr Handy. Er war doch nicht allen Ernstes mit einem Mal verliebt? Perplex sah sie auf die paar Zeilen: „Rosemary, kommst du? Es wäre doch schön. Ein wenig wie Zuhause, vor dem Kamin...“ Sie schüttelte den Kopf und stellte ihr Handy auf lautlos.

Dann lief Rosemary in die Underground-Station, in Richtung einer U-Bahn, ohne wirklich hinzuschauen, ob es die richtige Richtung war. Früher hatte sie sich hier oft verloren in all den Möglichkeiten des Underground mit seinen verschiedenen Farben zur Orientierung. Heute war es wohl ähnlich.
Die U-Bahn hielt vielleicht das zehnte Mal, als sie feststellte, dass sie in die vollkommen falsche Richtung gefahren war. Beim nächsten Halt verließ sie schon fast ein wenig panisch die Bahn.

Rosemary ließ sich von der Rolltreppe nach oben fahren. Sie musste ein Stück laufen, bis sie einen Ausgang und das Tageslicht erblickte. Mal wieder war sie verloren. Sie schaute sich nervös auf der grauen Straße um, es regnete noch immer. Wo war sie nur? War das überhaupt noch London? Sie hatte eigentlich zu ihrer Mutter fahren wollen, aus der Stadt heraus. Dazu hätte sie an einem Bahnhof in den Overground wechseln müssen. Und wo war sie jetzt? Sie musste wohl in die Station zurück, um es herauszufinden oder es mithilfe ihres Smartphones versuchen.
Rosemary holte es aus ihrer Handtasche und wollte gerade nach ihren Navy suchen, als sie die Nachricht einer unbekannten Nummer sah.
„Rosemary, du wirst vermisst. Willst du nicht doch kommen? Ich hole dich auch ab. Kiss Os."
Kiss? - Immerhin das, und nicht "*love*". Ihr Magen fühlte sich an, als sei er völlig im Stress, wie auch ihr weiteres Innenleben es war.
Als sie die nächste Message las, die nun hereinkam, stand darunter allerdings "*love*". Jedoch ohne "Os" dahinter und sie war, abgesehen von diesem "*love*" auf deutsch geschrieben, nicht wie die Nachricht zuvor auf englisch. „Ich bin da! *Love*", las sie es noch einmal.
Love - sie fühlte sich gar nicht mehr so wohl in ihrer Haut. Hatte Os sie verfolgt? Verfolgt - so fühlte sie sich. Etwas machte ihr Bauchschmerzen und verursachte ihr Schwindel.
Was meinte er damit, dass er hier sei? Sie sah noch einmal auf ihr Handy, der Regen rann nun in Strömen an ihrem Regenschirm herunter.
Plötzlich klingelte ihr Handy, völlig nervös hielt es sich Rosemary ans Ohr. „Dreh dich mal um", hörte sie eine männliche Stimme. Langsam tat sie es und erblickte hinter sich einen Mann, der auf sie zukam. Wer war das? Ihr Herz begann zu rasen. Sollte sie besser abhauen? Sie hatte plötzlich schreckliche Angst. Das war keiner, den sie wirklich kannte, dachte sie. Das war weder Os noch irgendjemand sonst. Os ganz sicher nicht. Der Mann wirkte größer und weniger breit. Er war auch nicht in Schwarz gekleidet, sondern in dunkelblauen Jeans und einem ebenfalls blauen

Parker, die Kapuze ins Gesicht gezogen. Oh Gott, war alles, was sie noch denken konnte. Wahrscheinlich war das alles nur ein schlechter Traum und sie würde hoffentlich bald einfach aufwachen.

Rosemary rannte los, hinter sich noch immer ihren Rollkoffer her ziehend. Die nächste Straßenecke brachte sie jedoch zu Fall, rutschte sie in einer Pfütze aus. Sie lag der Länge nach auf dem Boden und begann zu weinen. Ihr Leben lang hatte sie vor irgendetwas weglaufen müssen. Und jetzt? Jetzt wollte sie nicht mehr. Dann sollte er doch… Sie hatte es schon einmal überlebt. Wieso nicht auch jetzt.

„Marie, keine Angst", hörte sie eine Stimme, verstand aber gar nichts. Und genauso wenig sah sie etwas, heulte sie nun wie ein kleines Kind. Zwei Hände griffen sanft um ihre Schultern und versuchten sie aus der Pfütze zu ziehen. „Marie… Rosemary…" Er zog sie einfach in seine Arme und sie ließ es geschehen, merkwürdigerweise.
„Keine Angst, ich bin da", wisperte er ihr ins Ohr.
„Du warst immer da", murmelte sie und drückte ihr nasses Gesicht an seinen Hals.
„Ich… Kommst du? Wir warten", sagte er leise.
„Nein, ich komme nicht, ich bin noch nie gekommen", schniefte sie.
„Was?"
„Du bist gekommen. Allerdings nicht mit…" Sie zog die Nase hoch. Sie musste durchgeknallt sein, war das alles doch kein orgiastisches Erleben. Sie saß in einer dreckigen Pfütze und hatte nichts besseres zu tun, als über Sex zu reden.
„Nicht mit...?", wurde sie zaghaft gefragt.
„Nicht mit mir. Und nicht mit einen Gefühl wie...", stammelte sie, als befände sie sich noch immer halb vor einem Abgrund.
Rosemary hob den Kopf und sah ihm in die Augen. „Wie denn auch?", lächelte sie, während ihr Tränen über die Wangen kullerten.

„Wie wäre es jetzt, mit mehr von dieser ganz besonderen Zutat und mit...?“
„Nein, wir müssen… Ich… Nein, ich gehe zu meiner Mutter.“
„Zu deiner Mutter? Wieso bist du dann hierher gefahren?“ Er schaute ihr in die Augen.
„Weil... weil ich verrückt bin, Raven“, antwortete sie.
„Du bist nicht verrückt, aber ich vielleicht. Also… Aber ich bin nicht Raven!“ Er sah sie nun seltsam an.
„Doch, du bist Raven“, lachte Rosemary leise. „Das warst du immer, Os. Dein Name wurde dir genommen.“
Os lächelte und legte für einen Moment seine Arme um sie. „Rosemary, so kannst auch nur du das sagen.“
„Wie meinst du das?“
„Dieser Name wurde mir genommen - er hat ihn mir ja regelrecht entrissen. Das war ein Kampf! Vielleicht um dich, oder eher um…“ Er trat ein Stück nach hinten.
„Um wen?“ Rosemary verzog ein wenig das Gesicht.
„Um dich“, murmelte Os und betrachtete sie etwas nachdenklich.
„Das stimmt nicht.“ Sie schüttelte ihre nassen Haare.
„Nein, nicht wirklich. Er wollte dich nur wieder...“
„Ins Bett kriegen, wie auch zuvor?“ Sie wollte jetzt lieber nicht an ihr erstes Mal denken.
Os neigte den Kopf. „Vielleicht schon. Du wolltest allerdings scheinbar immer nur diesen mysteriösen Kerl. Wer war das eigentlich wirklich?“
„Keiner, das war nur dieses Lied. Immer nur dieses Lied und ein Rabe. Aber wer dieser Junge oder Mann wirklich war, wusste ich nicht. Seltsam.“ Rosemary sah in den Himmel.
„Du hast also nicht an Raven - ich meine an Rambert - gedacht, als du damals mit mir die Nacht verbracht hast?“, fragte Os unsicher.
„Nein, keine Sekunde. Da war nur ein Gefühl, das ich aber nicht wahrhaben wollte, weil es mir weh getan hat. So weh… Ich dachte im Nachhin-

ein schon ein paar Mal, es sei derselbe gewesen, mit dem ich mein erstes Mal erlebt hatte, der diese Melodie gespielt hatte. Ähm... Also Raven. Er war ja auch irgendwie..."

Und wenn Rosemary ehrlich war, hatte sie das auch jetzt ein paar Mal gedacht. Und da hatte es auch noch andere Gedanken gegeben. Wer war der Komponist und Pianist ihrer Lieblingsmusik, die ihre Seele berührte? Wer war dieser Wotan von Rabenau? Und wer war es gewesen, der ihr die Karte an Weihnacht in den Briefkasten gesteckt hatte? Noch immer fühlte sich etwas in ihr wie hin und hergerissen. Nur war sie sich nicht sicher, ob es andere waren, die an ihr zogen oder ob es allein ihre eigene Verwirrung war.

Os räusperte sich: „Raven… Er hat dich ja auch süß gefunden, aber seine Nina hat ihn eisern im Griff." Os schaute ihr in die Augen, mit einer auch nicht gerade weichen Miene.
„Und dich?" Rosemary blickte ihm nun herausfordernd in seine.
Er sah auf den nassen Asphalt. „Das hat sie nicht mehr. Ich habe Nina entlassen. Und mich selbst auch. Sie wollte mich schon das ein oder andere Mal verführen, weil sie glaubte, sie könne mich so gefügig machen, wie ihren Mann."
„Er tut mir leid", murmelte Rosemary.
„Mir nicht. Er hat es sich ja selbst zuzuschreiben, wenn du mich fragst."
„Wieso?", wollte sie wissen.
„Na ja, die beiden… Keiner kann den anderen noch wirklich leben und sein lassen, so wie er ist." Os zog den Kragen seines Parkers hoch.
Sie sah ihm ins Gesicht. „Du kannst das, das habe ich erst verstanden… Ich bin gerade eben nicht vor dir weg gelaufen, ich dachte, du seist ein anderer." Sie schaute auf die nassen Flecken auf ihrer Hose.
„Du dachtest, ich sei Raven?! Oh! Also… Wer ist es, denn du...?" Er zog die Schultern nach oben und der Regen tropfte nun von seiner Kapuze

auf sein Gesicht.
„Ich glaube, ich habe mich schon ein wenig in ihn verguckt, das tut mir leid“, murmelte Rosemary und senkte den Kopf.
Os schwieg eine Weile, dann sagte er leise: „Komm mal mit.“

☆

Os nahm ihren Koffer und führte sie um eine Häuserecke, die Straße hinunter und von der Hinterseite eines schönen Hauses durch einen etwas wildwüchsigen Garten hin zu einer großen Terrassentür. Er ließ Rosemary zuerst eintreten, in ein warmes und behagliches Wohnzimmer, in dem ein Feuer in einem Kamin brannte.
„Willkommen“, sagte er leise.

Sie schaute sich um und erstarrte. Gegen ein altes Klavier in einer Ecke des Raumes gelehnt, entdeckte sie Raven. Sie hatte es ja geahnt, ein Schatten, der sie auch hier verfolgte.
„Es tut mir leid“, ließ dieser sich sogleich hören und machte ein paar Schritte auf sie zu. „Ich bin es, der dich hierher…“
„Wie?! Ihr wollt mich wohl alle verwirren. Welches Spiel spielt ihr eigentlich mit mir?“ Sie sah Raven nun schon fast mit Entsetzen an. So etwas wie Angst flammte mit einem Mal in ihr auf. Wieso war er hier? Und wieso hatte Os sie hierher gelockt?
„Ich möchte dir nur etwas sagen, Marie.“
„Marie, ich bin nicht Marie! Das war ich nur…“ Plötzlich hatte sie genug.
„Ich weiß. Rosemary - auch gut. Rosemary und Raven - wie konnte ich das nur vergessen“, murmelte er und warf Os einen Blick zu.
Raven trat nun vor sie und legte ihr eine grauschwarze Feder in die Hand.
„Hier, die hast du vergessen. Sie war von mir.“
„Äh… Von dir?!“ Rosemary starrte auf die kleine Feder in ihrer Hand, die einer Krähe oder eines Raben.

„Ja, ich habe sie dir zu deiner Hochzeit geschickt. Anonym. In der Hoffnung, du verstehst etwas“, berichtete Raven.
„Wie?“ Sie sah noch immer auf die zarte Feder.
„Marie, die Hochzeit mit Tyler war nichts für dich“, begann er zu erklären. „Die Karte mit dieser Feder kam sicher eine Woche vor dieser an. Aber wahrscheinlich hat man sie dir nicht gegeben, nehme ich an. Und diese Feder war nicht alles.“
„Nicht?!“ Rosemary musste sich jetzt setzen.
„Ich hatte jemanden benutzt“, sagte Raven sehr leise. „Auch jetzt, gewissermaßen. Wir haben nur ein einziges Mal… und das war nicht der Hit. Nicht wie das Lied.“ Er sah ihr in die Augen. „Und das Lied.. Man hat mir vieles genommen und anderen auch. Nina und ich… Manchmal hatte ich das Gefühl, ich sei nie so wirklich mit ihr verheiratet gewesen. Ich hatte auch so meine nächtlichen Träume. Marie, also Rosemary, ich habe mich damals verliebt, aber du warst noch so jung. Und dann kam da dieser Tyler, den man dir unbedingt schmackhaft machen wollte. Und Os war auch ganz wild darauf, dass du Tyler heiratest.“
„Das stimmt nicht!“, kam es von nun ihm, mit einer grimmigen Miene.
„Doch!“, nickte Raven. „Aber gut, ich wollte mich auch nur entschuldigen. Rosemary, ich hatte mal versucht dich zu kontaktieren. Erfolglos. Erst jetzt, wegen der Villa, sind wir uns wieder begegnet und...“
Ein etwas raues Lachen entwich seinen Lippen.
Rosemary schaute ihn bangend an, ihr Herz klopfte bis zum Hals.
Dann warf sie Os einen ängstlichen Blick zu. Dieser lehnte mittlerweile gegen das Klavier. Das schwarze Hemd, das er unter dem Parker trug, spannte über seiner Brust. Ähnlich fühlte es sich auch in Rosemary an.

„Ich kann dich jetzt loslassen“, sagte Raven dann leise.
„Ah… Mich loslassen?“, fragte sie irritiert. Irgendwie verstand sie das alles nicht wirklich.
„Ja, ich habe dich jetzt losgelassen. Die Feder kannst du behalten oder

lasse sie fliegen“, grinste Raven.
Sie atmete tief aus und betrachtete sie noch einmal, mit einem seltsamen Gefühl im Bauch. „Diese Feder war nicht von dir, nicht wirklich, oder?“ Eine zaghafte Ahnung, die sie schon seit einer Weile in sich trug, wollte sich ihren Weg in ihr Bewusstsein bahnen.
„Ein anderer hätte sie dir wohl eher...“, begann Raven.
„Du wolltest mich jetzt also einfach noch mal ins Bett bekommen, um zu schauen…?“, flüsterte sie, den Blick noch immer auf die Feder.
Raven sagte nichts, die Lippen aufeinander gepresst.
„Oh je“, murmelte Os, „hat er es geschafft?“
„Nein, hat er nicht. Seltsam, ich war ja gar nicht so schwer zu knacken“, kicherte Rosemary.
„Na ja, irgendwie schon“, begann Raven. „Dein Freund an Weihnacht ist ganz schön muffelig von dannen gezogen, als du ihn hochkant vor die Tür gesetzt hast, nur weil er dich geküsst hat.“
„Du hast uns beobachtet?!“
„Tut mir leid, das war eigentlich nur Zufall“, gab Raven zur Antwort. „Es kamen so merkwürdige Geräusche von oben. Das war vielleicht schon Eduard, wer weiß.“
„Ja, es hat in dieser Nacht ganz schön gepoltert. Ich hatte auch kein gutes Gefühl, als ich dann plötzlich ganz allein war“, fiel es Rosemary jetzt wieder ein.
„Du warst nicht allein“, sagte da Os.
„Natürlich war ich das. Nur eine Karte, die mir irgendwer...“
Raven zog eine Braue hoch und Os lachte. „Das war ich, der da so gepoltert hat. Ich bin über das Dach.“
„Du bist was?!“ Rosemary wusste bald nicht mehr, was sie überhaupt noch wusste.
„Ich hatte dich kurz zuvor gesehen. Als mich Nina und Raven vor Weihnacht besucht hatten, hatten sie dich dabei. Schon vergessen?“
„Ach, in deiner Firma? Du bist doch überhaupt nicht da gewesen!? Plötz-

lich außer Haus, hat man uns gesagt“, erinnerte sie sich.
„Ja das… Sorry!“ Os blickte auf seine Hände.
„Du hast dich verdrückt?“, fragte jetzt Raven.
„Ja, kann man so sagen. Einfach abgehauen, weil ich dir, Rosemary, nicht begegnen wollte. Aber seit ich dann wusste, wo du wohnst… Ich bin dann sozusagen bei euch eingedrungen. Nicht der Gentleman, ich weiß. Tut mir auch leid.“ Os verzog ein wenig das Gesicht.
„Eingedrungen?“, kam es von Rosemary.
„Äh… Ja, in den Dachboden.“
„Ah…“ Sie wusste nicht recht, was sie davon halten sollte.
Raven lachte jetzt und sah wieder zu Rosemary. „Ich nehme an, Os ist auch anderweitig ein wenig zu weit eingedrungen. Also so, dass es vielleicht...“
„Du meinst, dass es kein zurück mehr gibt?“, fragte sie ein wenig unsicher.
Sie wagte es nicht, Os anzuschauen, war sie seltsam aufgewühlt. Weder Os noch Raven sagten etwas.
„Also, ich lasse euch mal allein“, murmelte Raven irgendwann.
„Allein?! Ist keiner hier?“ Rosemary bekam plötzlich einen Schweißausbruch.
„Du hast Angst?“, fragte Os.
„Nein, eigentlich nicht. Mehr… Was machen wir dann?“, kam es leise über ihre Lippen.
„Wir machen überhaupt nichts, deine Mutter wartet“, sagte Os und wirkte irgendwie traurig.
„Raven...“ Os gab ihm die Hand. „Danke!“
„Wofür? Ich danke dir. Und Nina… Sie wird sich melden, sie könnte ja eventuell von zu Hause aus arbeiten. Homeoffice ist ja heutzutage in.“
„Ich gehe raus aus der Firma. Eventuell könnte sie aber mit einsteigen, wenn sie möchte, als Teilhaberin. Oder du machst das. Du hast doch Ahnung von Musik.“ Os schaute Raven ins Gesicht.

„Aber nur auf dem Klavier“, erklärte Raven. „Dieses ganze Business... Ich bin nur ein Lehrer.“
„Nur? Das klingt aber… Raven, oder wie soll ich dich nennen?“ Os sah ihm nun direkt in die Augen.
„Ralf“, kam es etwas verlegen.
„Ralf?“ Rosemary verzog kurz das Gesicht.
„Ich habe mich, wie gesagt, umbenannt, aber in Ralf“, lachte er jetzt, „Raven - Das ist lange her. Aber Nina fand es einfach...“
„Süß“, sagte Os.
„Nein, cool. Oder wild und verwegen. Ich war ihr oft nicht leidenschaftlich genug oder bin es ihr noch immer nicht.“ Er fuhr sich durch seine sanft gewellten Haare.
„Das glaube ich nicht, du bist ihr nur immer wieder entwischt.“ Os sah ihn an. „Ralf. Klingt gut. Und Raven?“
„Den Namen kannst du wieder haben, ist ja sowieso deiner, oder?“, grinste Raven - nun also Ralf - Os ein wenig verlegen an.
„Ja, ich heiße Oisin Raven. Das klingt vielleicht ein bisschen… Aber mein Nachname – Donovan – ist ganz gewöhnlich. Er ist von meiner Großmutter mütterlicherseits, wie ich jetzt erfahren habe.“

„Du heißt also tatsächlich Raven?“ Rosemary betrachtete Os, als würde sie ihn noch immer nicht wirklich kennen.
„Ja, ich bin so getauft worden“, nickte er. „Nicht in der Kirche, sondern in einer Zeremonie, wie sie vielleicht unsere Ahnen feierten. Mit Odin, Frau Holle und so weiter. Laut meiner Mutter sei ich in einer Nacht zur Welt gekommen, in der ein Rabe um Mitternacht an die Tür geklopft hätte, gemeinsam mit Odin oder Wotan, wie man ihn auch nennt.“
„Du hattest jetzt Geburtstag, in den Rauhnächten?“ Rosemary blickte in seine dunklen graublauen Augen, in denen kleine Lichter tanzten. Sie erinnerten sie mit einem Mal an eine klare Sternennacht.
Os zuckte mit den Schultern, ohne zu antworten.

„Wann genau?“, wollte sie wissen.
„Was denkst du?“, fragte er leise und für einen Moment huschte ein Lächeln über sein Gesicht.
„Dein Geburtstag…“ Sie überlegte kurz. „In den jetzigen Rauhnächten wäre ja am besten der Tag gewesen, an dem…“
„Vor dem Kamin?“, raunte Os ihr zu.
Rosemary sah ihm in die Augen und nickte: „Das wäre eine Feier und ein Geburtstag, finde ich.“
„Eine Geburt?“ Seine Stimme, noch immer leise, ganz nahe an ihrem Ohr, ließ ihr für einen Augenblick ein Schauer überlaufen.

Raven schien jedoch gute Ohren zu haben: „Du bist also schwanger, Rosemary, ich habe es ja gesagt.“
„Was?!“ Jetzt wirkte Os doch nicht mehr so romantisch gestimmt.
„Bin ich nicht. Ich sage es noch einmal: das kann nicht sein, aus mehreren Gründen.“ Rosemary war nun noch nervöser.
„Und die wären?“, fragte Os.
„Das weißt du.“
„Nicht unbedingt.“
„Also gut. Ich habe… Ich kann keine Kinder bekommen. Nur dass du das weißt. Ich war einmal schwanger… Nur einmal“, erklärte sie eine Spur zu schnell.
„Ach, ich dachte mehrmals?“ Raven zog die Stirn in Falten.
Rosemary schloss für einen Moment die Augen. „Nein, das stimmt nicht. Das waren nur Psychosen, hat man mir gesagt. Meine Periode hat ausgesetzt und dann wieder...“
„Also liegt es vielleicht nicht an dir, sondern an Tyler?“ Os bedachte sie mit einem seltsamen Blick.
„Äh… Nein, ich habe mich untersuchen lassen. Ich habe mich…“ Sie sah Os eine Weile an.
„Du bist sterilisiert?!“

„Nein, das nicht“, schüttelte sie den Kopf.
„Also was jetzt?“
„Gar nichts. Ich… Ich glaube, wir müssen mal abwarten“, sagte sie leise und betrachtete die Feder. „Frau Holle wird es wissen.“
„Du könntest also doch schwanger sein? Oh…! Und ich habe auch noch…! Wir haben auch gleich...“ Os wirkte nun ausnahmsweise auch mal nervös.
„Was denn?“, wollte Raven, sichtlich neugierig, wissen.
„Nichts!“, entgegnete Os und sah Rosemary an.
„Verstehe, hier habt gleich mehrmals auf deinen Geburtstag angestoßen“, überlegte Raven.
„Nein, das nicht, aber… Wir beide haben uns darauf geeinigt, dass wir… Ich habe mich sonst immer zurückgehalten, wenn es nichts gab, um zu verhüten.“
„Oh je, verrate das mal niemand. Gerade wenn solche Erreger umgehen wie in der Vergangenheit, und es noch immer tun. Ihr wisst, was ich meine, eine Art...“, bemerkte Raven.
„Du meinst einen Fluch oder einen Virus?“, fragte Os.
„Beides.“
„Na ja, ich habe mich noch nie angesteckt, wenn ich mich wohl gefühlt habe“, bemerkte Rosemary.
„Du hast dich…?“ Os blickte ihr in die Augen.
„Also ich hatte keine Bedenken. Der *lonely wolf* ist irgendwie auch…“ Ein Lächeln lag nun auf ihrem Gesicht.
„Kein brünstiger Hirsch? Darauf könnte mein Name Oisin hinweisen“, lachte er leise.
„Also… Hirsch, Wolf, Rabe, mir schwirrt jetzt der Kopf. Wir sollten mal gehen“, erklärte Rosemary, war ihr das alles noch immer nicht geheuer. „Meine Mutter wartet. Mit frischen Scones.“
„Wir? Wir drei?“ Os hob eine Braue.

„Macht ihr beiden das mal, ich fahre zu Nina." Raven, von nun an wohl Ralf, klopfte Os beinahe freundschaftlich auf die Schulter.
„Sie ist auch hier?", fragte dieser.
„Ja, wir machen Urlaub."
„Hier, in London?", wollte Rosemary wissen.
„Nein, wir fahren ans Meer, nach Cornwall. Dort könntet ihr ja auch mal hin - eure Ahnen suchen, eure Spur." Raven - jetzt Ralf – grinste breit.
„Nach Cornwall, um meine Spur zu finden?", fragte sie leicht irritiert.
„Wieso nicht? Glastonbury, Avalon… Zu den Druiden, jetzt wo ihr… Ihr seid doch welche?" Raven, von nun an Ralf, musterte die beiden aufmerksam.
„Ich?!" Rosemary schaute nun verwirrt drein.
„Natürlich", lachte nun Os. „Das kann ich sehen, jetzt noch mehr. Singe du mal noch ein bisschen. Da wird die Priesterin aus alten Zeiten in dir schon noch mehr erwachen."
„Ah… Und du? Na ja, dir sieht man es eher an als mir. So ein Oisin Raven…" Sie musste lächeln.
„Rosemary klingt ja auch… Rosmarin - das könnten wir mal räuchern."

„Wir könnten es auch essen, bei meiner Mutter. Sie hat Scones gebacken, mit Rosmarinsirup im Teig. Und etwas Ingwer."
„Oh!", Ralfs Grinsen wurde breiter. „Os, das lässt du dir mal nicht entgehen und auch nicht..."
Os zog ein wenig die Schultern hoch. „Mal sehen. Bist du sicher, Rosemary, dass ich mitkommen soll? Willst du nicht doch lieber alleine zu deiner Mutter?"
„Du musst nicht mitkommen", antwortete sie, ein wenig eingeschnappt klingend, und drückte Os die Feder in die Hand.
Ralf verzog das Gesicht erneut zu einem breiten Lächeln. „Lass sie mal nicht allein, sie ist ein wenig stur. Das liegt in der Familie."
„Kann gar nicht sein, wir sind nicht verwandt, denn wenn das so wäre,

dann wäre ich auch mit Os...“, kam es fast ein wenig schnippisch von Rosemary.
Os sah ihr nun etwas tiefer in die Augen. „No way! Du bist deinem Vater so ähnlich. Und es gibt einige aus der älteren Generation, die wissen, dass deine Mutter und Jake sich geliebt haben. Du bist ein echtes Rosmarin-Kind, wie dieser Duft, seine Blüten, so leicht und zart und doch kraftvoll. Rosmarin, das passt zu dir.“
„Mein Vater hieß Jake?“ Rosemary hätte jetzt eine Prise Rosmarin gebrauchen könnte, war ihr schwindlig und sie wusste, dass er den Kreislauf anfeuern konnte.
„Ja, ich kannte ihn noch. Deine Haare, deine Augen, du hast sie von ihm.“ Os betrachtete sie, was ein seltsames Gefühl in ihr auslöste.
„Ah, ich habe mich ja oft gefragt, warum ich hellere Haare habe als meine Familie, und dazu auch noch mit einem Rotstich“, murmelte sie. „Und auch meine grünbraunen Augen passten nie ganz in die Familie. Meine Mutter hat zwar einen Hauch Grün in ihren, aber sie sind eindeutig blau.“
„Du bist halt eine.“ Os hielt inne.
„Jetzt sag nicht eine Hexe!?“
„Na ja, irgendwo schon. Und wenn du das mit Liebe und aus Liebe heraus tust, wieso nicht. Diese Welt kann das gebrauchen – so etwas wie eine Prise Magie, um das Dunkle in Lichtes und in mehr Liebe zu wandeln.“

„Waldtraut! - ich muss noch einmal zu ihr!“, entfuhr es plötzlich Rosemary.
„Kannst du, wir haben sie mitgenommen“, ließ Ralf sie wissen. „Na ja, sie war es ja… Sie hat uns ein wenig Dampf gemacht. Und vielleicht nicht ganz uneigennützig, müsste sie mit Eduard noch ein Hühnchen rupfen.“
„Ach je, das wird ihm nicht gefallen“, lachte Os.
„Vielleicht nicht. Oder doch und sie kocht ihm eines, in einer Soße mit

so manchem Gewürz darin, das auch mehr Liebe bringen kann." Rosemary fuhr sich über die Lippen.
„So wie du das tust?", fragte sie nun Os. „Möchtest du das mal…?"
„Für uns? Mit einer Soße wie ein Märchen?"
„Nein, wie das Leben."
„Auch gut, ich versuche es", sagte sie lächelnd.
„Wirklich? Für uns, für dich und mich?"
„Ja, aber erst…" Sie sprach es nicht aus, war es vielleicht auch nicht nötig.
Os sah ihr noch einmal in die Augen und Rosemary schenkte ihm ein Lächeln.

☆

Heilimpuls

Nimm dir etwas Zeit und werde ruhig. Räuchere zur Einzustimmung. Wähle dir dann eine der unten aufgeführten Fragen und gehe damit in dein Herz und in die Stille. Es geht bei dieser Übung nicht allein darum, eine Antwort zu erhalten, die dein Verstand gleich erfassen kann. Meditierst du mit einer dieser Fragen, kann bisher Ungefühltes hochkommen. Auf diese Weise vermag es sich zu lösen, um dich leichter, freier und klarer werden zu lassen. Es geht hauptsächlich darum, zu fühlen. Dein Atem kann dich hierbei unterstützen.
Anschließend notiere dir, was dir gekommen ist. Ist es etwas, das du noch loslassen möchtest, kannst du es auch einem Feuer oder der gold-violetten Flamme der Transformation übergeben.
Räuchere noch einmal und bedanke dich.

☆ Wo wagst du zu lieben?
☆ Wo fühlst du noch Verwirrung?
☆ Wovor läufst du vielleicht noch davon?

Zum Räuchern:
Wacholder, Salbei, Rosmarin, Weißdorn, Mariengras

☆

Zwölfte Rauhnacht

4./5. Januar – 5. Januar

Der Nachmittag und Abend war schnell vorüber gegangen. Os war tatsächlich mit Rosemary zu ihrer Mutter gefahren. Sie hatte sich gefreut und ihnen angeboten über Nacht zu bleiben - Os im Gästezimmer und Rosemary in dem Zimmer, das ihre Mutter für die Besuche ihrer Tochter eingerichtet hatte. Sie war nach dem Tod ihre Mannes, vor etwas über einem Jahr, in einen kleinen Landsitz gezogen. Er war zauberhaft schön, dachte Rosemary, als sie am Morgen aus einem der oben spitz zulaufenden Fenster mit seinen feinen, weißen Streben in einen pastellfarbenen Morgenhimmel schaute. Fast wie in einem Märchen. Oder als sei sie im alten Avalon, huschte ihr ein sonderbarer Gedanke durch den Kopf.

Neben ihr schaute eine Hand unter der Bettdecke hervor. Leise drehte sich Rosemary zu dieser um und warf einen vorsichtigen Blick unter die Decke. Os lag noch schlafend da, zumindest hatte es den Anschein. Sie betrachtete ihn eine Weile. Ein längliches Kinn, die etwas kantigen Kieferknochen, eine relativ hohe Stirn und eine gerade Nase – er sah aus, als sei er wirklich einmal ein weiser Druide gewesen, waren ihre Gedanken. Nur der silberne Ring in seinem Ohrläppchen schien nicht so recht zu passen. War Os schon immer so hübsch gewesen, wie in diesem Moment? Rosemary zog langsam die Bettdecke ein Stück tiefer und sah ihn noch immer an, als er aufwachte.

„Guten Morgen, Lady“, flüsterte er.
„Keine Lady, bitte.“
„Nicht? Was dann?“

„Was meinst du?“ Sie schaute ihm in die Augen.
„Was hättest du denn gerne? Raven?“ Ein Lächeln huschte nur kurz über seine Lippen.
„Ich? Raven?! Nein, lieber… Rosy? Keine Ahnung.“ Sie zog ein wenig die Nase kraus.
„Ich mag Rosy, aber noch lieber… Rose!“ Seine Augen ruhten in ihren.
„Rose...“ Sie lächelte. „Ja das ist sehr gut, Oisin Raven.“

„Gut, Rosemary… Ich meine, Rose. Und was möchte die Rose sonst noch?“ Eine Hand legte sich ihr vorsichtig um die Taille.
„Ein Frühstück“, wisperte sie.
„Soll ich deine Mutter fragen, ob sie dir nochmal so etwas Leckeres backen kann wie gestern?“
„Nein, ich würde es gerne hier... mit dir.“
„Hm, und wenn ich nicht möchte?“ Os sah sie mit einem Mal ernst an.
„Du möchtest nicht?“ Rosemary fühlte sich nun ähnlich wie gestern, als plötzlich Raven, besser gesagt Ralf, vor ihr gestanden hatte. Für einen Augenblick hatte sie da geglaubt, er würde nun mit einer Liebeserklärung daher gekommen. Und Os, hinter ihr, würde verschwinden. Die Angst, die sie mit einem Mal überkommen war, hatte ihr vielleicht geholfen hatte, etwas klarer zu erkennen.
„ Ich möchte nur, wenn...“, begann nun Os.
„Keine Bedingungen, bitte!“, sagte Rosemary plötzlich eher laut.
Os lachte. „Auch nicht die eine Einzige?“
„Und die wäre?“
„Verrate mir mal, wieso du gestern Abend nicht brav in deinem Bett geblieben bist? Wieso bist du hier mit mir und möchtest mit mir ein Frühstück im Bett?“
„Ähm…“ Rosemary konnte es einfach nicht aussprechen.
„Oder wäre es auch okay, wenn es ein anderer wäre, vielleicht doch…?“ Os zog sich die Bettdecke wieder vor die Brust.

„Nein, überhaupt nicht!“, erklärte sie. „Mit dir, da bin ich mir jetzt ganz sicher. Seit heute Nacht sowieso. Aber wahrscheinlich war ich es schon vorher, ich habe mich nur verwirrt und auch einfach… Ich bin nicht so einfach.“

„Das weiß ich, aber das ist es ja gerade, was ich an dir... Also auch das. Es ist einfach alles an dir und auch in dir.“ In seinen Augen blitzte kurz etwas auf.

Sie schob sich nervös ihre Haare nach hinten. „Alles? Nein, das stimmt nicht, irgendetwas gibt es immer.“

„Okay, du bist manchmal nicht so einfach, weil du dich zum Beispiel jetzt nicht mal ganz klar…“

„Weil ich nicht klar ausdrücke, was ich wirklich fühle?“

„Vielleicht. Oder…“ Os nahm ihre Hand in seine.

„Du meinst, weil ich mich nicht ganz klar entscheide? Für dich?“ Rosemary sah auf ihrer beiden Hände.

Er schaute ihr in die Augen, ohne etwas zu sagen.

„Das habe ich!“ Sie beugte sich zu ihm und gab ihm einen Kuss, sehr sanft und liebevoll. „Ohne Bedingungen. Wir müssen nicht heiraten, also… Ich bin es ja schon. Seit meiner Jugend, mit einer Rabenfeder.“

„Mit einer was?!“ Er schaute sie nun etwas unsicher an.

„Na ja, das war nur ein Spiel. Ich habe es mit Nina gespielt. Ich nehme an, das sie es gewesen ist. Blonde, zarte Haare, nicht wie meine.“ An diesem Morgen hatte Rosemary erst recht eine wilde Mähne.

„Und ihr habt was gemacht?“, fragte Os nun neugierig.

„Das war kurz bevor ich das erste Mal… Also das ist jetzt irgendwie...“

„Schon okay. Ra… also Ralf, der war ja gar nicht so schüchtern. Ob du wirklich für ihn das erste Mal gewesen bist, da wäre ich mir nicht so sicher.“

„Ist mir auch egal. Mir hat damals ohnehin nur einer wirklich gefallen. Und das war ein alter Rabe, der auf einer Fichte gesessen und scheinbar mit mir geredet hat. Er hatte ein paar Federn fallen lassen, die ich aufsammeln ging, und da habe ich ihn gesehen - einen Mann. Er hat weiter hinten, auch unter einen großen Fichte, gestanden, eigentlich noch ein Junge, noch jünger als Ralf. Kurze, schwarze Haare… Später hatte er den Raben auf seinem Arm gehabt, wie ein Falkner. Und er hat mich an jemand erinnert. Doch dann ist halt dieser Langhaarige aufgetaucht, mit diesem Lied… Aber der Junge mit den kurzen Haaren hatte mich irgendwie seltsam berührt. Nina oder wer das auch immer gewesen ist, hat mich später ausgelacht, weil ich ihr irgendetwas von einem Raben um Mitternacht erzählt habe. Und dann..."

„Dieser Junge war aber nicht ich, wenn du das jetzt denkst." Os zog eine Braue hoch.
„Meinst du?" Rosemary war sich noch immer nicht ganz sicher, wer damals eigentlich wer gewesen ist. Im Grunde war es auch egal, fand sie nun. Es war Vergangenheit.
„Ich glaube nicht, das war eher Ralf", gab ihr Os zur Antwort. „Der Rabe gehörte seinem Vater."
„Ah… Ist ja egal, ich bin um Jahre älter, das ist ohnehin Vergangenheit und Schnee von gestern."
Os grinste ein wenig schief. „Der Junge hatte kurze Haare, keine langen, wie der andere?"
„Nein, er hatte ganz kurze." Rosemary erinnerte sich allerdings so wirklich nur noch an dieses Gefühl: Als hätte sie denjenigen, den sie dort hatte stehen sehen, schon lange gekannt.
„Sicher?", fragte Os noch einmal.
„Ja, also…" Sie sah ihm ins Gesicht.
„Ich hatte damals schulterlange Haare, über Jahre. Auch noch als wir uns auf diesem Festival begegnet sind. Vielleicht waren sie auf dieser Feier gerade hinten zu einem Pferdeschwanz zusammen gebunden gewesen."

„Also doch du. Und der andere?“ Rosemary wollte endlich weniger Verwirrung.
„Das war vielleicht… Vielleicht war das auch ich. Keine Ahnung. Marie… also Rose… Ich würde gerne… Wollen wir das einfach mal lassen? Die Vergangenheit?“

Eigentlich wollte Rosemary das auch und doch sagte sie: „Aber wir kennen uns mehr oder weniger allein aus der Vergangenheit.“
Os schwieg eine Weile. „Ich glaube nicht“, sagte er dann.
„Natürlich! Was wissen wir denn wirklich voneinander? Früher haben wir immerhin…“
Er legte ihr einen Finger auf die Lippen. „Hör mir mal zu.“
„Das mache ich.“
„Ich weiß, das du mir zuhörst, wie kaum ein anderer Mensch. Und genau daher kennst du mich“, wisperte er.
„Vom Zuhören?“ Verwirrung machte sich auf ihrem Gesicht breit.
Er nickte: „Du kennst mich - meine Musik.“
„Deine Musik?! Also dieses Klavierstück ist tatsächlich von dir?!“ Sie schluckte.
Os nickte noch einmal. „Aber es gibt noch weitere Musik und ich weiß, dass du sie kennst. Es ist deine Lieblingsmusik - das hat mir vor nicht allzu langer Zeit Ralf erzählt.“
„Diese mystischen, ein wenig keltisch angehauchten Melodien?“ Ihr Herz begann mit einem Mal zu galoppieren.
„Genau die. Sie sind nicht nur mit dem Klavier gespielt, ich gebe zu, ich habe mich auch ein wenig der Technik bedient, aber...“
Rosemary sah Os aus großen Augen an. „Du lässt also nicht nur angesagte Musik zum *Raven* produzieren, sondern…?! Das gibt es nicht! Diese Musik, das ist deine? Wotan von Rabenau...“
Er lächelte. „Wir beide waren auch schon in Kontakt. Per E-Mail. Du hast mich ein paar Mal zum Lachen gebracht.“

„Ach herrje, ich dachte, das sei dein Manager! Das war ja immer mit einem 'R.' unterzeichnet und angeblich hieß Wotans Manager Robby."
Os grinste ein wenig verlegen: „Du bist halt doch ein wenig auf mich hereingefallen, Marie."
„Marie?"
„Ja, du hast immer 'Marie' unter deine Mails geschrieben."
„Natürlich, ich wollte in Deutschland unerkannt sein." Daran wollte sie sich lieber nicht erinnern.
„Das ist dir nicht gelungen. Ralf und mir bist du sofort aufgefallen, also… Na ja!" Er räusperte sich kurz.
„Du bist also Wotan. Na klar! Dass ich das nicht kapiert habe?!" Ihre Erinnerung eilte für einen Augenblick in die Vergangenheit.
„Du dachtest, es sei ein anderer, den du kennst? Etwa Ra… Ralf?" Os` Augen verengten sich für einen Moment.
„Äh, das lag teilweise nahe. Er war so unnahbar, sich immer zurückziehend, ein Faible für alte Geschichte und germanische Mythologie, der riesige Flügel, hunderte von Noten..."
„Du hast dir also was vorgemacht?", fragte er vorsichtig.
Darüber musste Rosemary kurz nachdenken, bevor sie etwas sagen konnte. „Eigentlich nicht, glaube ich. Es waren nur kurze Momente gewesen, in denen ich das gedacht hatte. Etwas in einer Mail hatte mich stutzig werden lassen: der Musiker käme aus Irland - und das passte ja zur Musik. Aber nochmal zu deiner Ansicht, dass wir beide uns bereits kennen - nicht nur aus ein paar verworrenen Jugenderinnerungen und dieser etwas magischen Nacht - diese handvoll Mails und deine Musik, das ist nicht unbedingt viel."
„Findest du? Na ja, ich kenne dich auch aus dem Radio", lächelte Os.

„Ach Gott!", entfuhr es Rosemary bei der Erinnerung an einen weiteren verzweifelten Versuch aus ihrem Leben.
„Wieso? Deine Kochsendung, oder was das genau gewesen ist, hatte eher

etwas Göttliches“, lachte Os.
„Wie?“
„Ein Tiramisu mit Rosmarin, Thymian und Ingwer in der Creme? Und dazu… Du warst kreativ.“
„Na ja, damals…“, begann sie zu erzählen, „das war nur ein Versuch. Ich wollte… Meine Mutter war entsetzt. Aphrodisische Genüsse! Wie könne ich nur, war ihre Einstellung dazu.“ Rosemary schämte sich beinahe selbst ein wenig.
„Ich fand es sehr...“ Os sah aus, als würde ihm die Erinnerung daran auch jetzt Appetit machen.
„Jetzt sage nicht, appetitanregend? Und kochen tust du ja scheinbar auch nicht.“ Rosemary blickte ihn erwartungsvoll an.
„Äh, nein wenig. Aber deine Stimme, die war schon sehr… Das ging runter wie Butter.“
Sie musste nun grinste: „Wie Butter sicher nicht, ich war...“
„Ohne Butter, stimmt! Die Frau, die keinem Tier ein Haar krümmen möchte. Das weiß ich. Nur bei sich selbst… Na ja. Du liebst Vanillecreme, allerdings nur, wenn sie nicht aus Kuhmilch gemacht ist. Und dazu am liebsten heiße Pflaumen, daran erinnere ich mich.“ Er legte zärtlich einen Arm um ihre Hüfte.

Rosemary hatte es kurz die Sprache verschlagen. „Pflaumen mit Vanillesoße und darin ausreichend Rosmarin wie auch Ingwer? War dieser Nachtisch an Weihnacht etwa von dir?!“
Als Antwort erhielt sie von Os nur ein breites Grinsen.
Sie schüttelte den Kopf: „Ich glaube es nicht.“
„Musst du ja nicht. Ich hätte übrigens noch mehr auf Lager, warum ich dich irgendwo schon länger kenne. Über Tyler - warst du meist Gesprächsstoff Nummer eins.“
„Wieso hat er dich mir eigentlich nie vorgestellt?“, fragte sie sich jetzt auch selbst. „Okay, du warst in Deutschland, weit weg, aber… Warst du

nie zu Besuch?“
Os schlug kurz die Augen nieder. „Rosemary… Ich wollte dich nicht sehen. Ich hatte den Eindruck, ihr beide gehört zusammen. Erst als ich vor noch gar nicht so langer Zeit mitbekommen habe, dass da etwas gar nicht so Gutes gelaufen ist und du von Tyler fort bist, wurde ich irgendwie… Aber wie hätte ich denn vorgehen sollen?“
„Wie?“ Rosemary schluckte.

„Ich wollte dich nicht mehr sehen, weil mich diese eine Nacht damals nach diesem Musikfestival ehrlich gesagt ziemlich… Sie hat mich verändert. Total. Der *lonely wolf* - daraus wurde mein erstes Plattenlabel: ‘*black wolf*’. Ursprünglich hatte ich ihm einen Namen wie ‘*wise raven*’ geben wollen, aber wie ein weiser Rabe kam ich mir äußerst selten vor. Damals habe ich noch etwas härtere, elektronische Musik für Clubs oder für dumme Computerspiele produziert. Na ja.“ Er fuhr sich etwas gedankenverloren über sein Kinn, bevor er weitersprach: „Und wie war das für dich mit dieser gemeinsamen Nacht? Übrigens war das auch in den Rauhnächten gewesen.“ Er sah ihr in die Augen und seine erinnerten sie an eine Nacht, die weniger rau als vielmehr sanft gewesen war.
„Also… Mich hatte diese Nacht wieder losgelassen. Oder ich sie, aber nur, weil es weh getan hat. Und das ziemlich. Ein Kind, das nicht auf diese Erde gekommen ist, und… Ich wollte dich finden, aber… Ich habe es versucht, aber da war keiner, der sich Odin nannte.“ Sie schluckte.

Os sah nun auf die Bettdecke. „Tut mir leid. Ich heiße Oisin, wie du mittlerweile weißt. Weder Os noch Odin oder Wotan. Und ich heiße auch nicht…“ Er sah Rosemary an.
„Raven?“, fragte sie leise.
„Nein, nicht mehr. Weil mich damit jemand auch sehr verletzt hat. Ralf.“
„Schade eigentlich, du warst ein echter Raven.“
Er lächelte. „Nein, das bin ich nicht. Vielleicht eher du, weise und voller

Magie, die Marie."
Sie musste kichern. „Du meinst eher ein wenig… Ich würde mich eher als verwirrt bezeichnen, seit ich…"
„Seit?"
„Seit ich mich wieder neu verliebt habe."
„Ah, und wann war das?" Sein Kiefer war leicht angespannt.
„Diese Weihnacht", antwortete sie.
„Oh! Also doch…" Er zog eine Grimasse.
„Da lag ein Karte im Briefkasten, an Marie. Ohne Absender. Eine Karte mit Weihnachtsgrüßen. Die Karte war ein Druck aus England, ein Gemälde eines Raben. Auf seinem Kopf trägt er ein paar Zweige - Rosmarin, Thymian und noch eine Pflanze mit roten Beeren."
„Das sind die Beeren des Weißdorns, eine Herzpflanze", erklärte Os.
Rosemary lachte: „Sie war also von dir?"
„Ja, die habe ich eingeworfen, bevor ich… Und da hast du dich verliebt? Nur in diese Zeilen?" Er blickte sie ein wenig entgeistert an.
„Na ja, auch in das Bild, es ist speziell", berichtete sie. „Diese Karte hat mich allerdings verwirrt."
„Das Bild habe ich malen lassen, das Original kannst du dir demnächst gerne ansehen. Eine englische Künstlerin, vielleicht auch ein wenig speziell, wie du." Er hauchte ihr einen Kuss auf die Nasenspitze.
„Also, das ist jetzt… Und dann war ich… eben verwirrt. Erst dieser Wotan von Rabenau, dann diese Karte und um Mitternacht noch ein Nachtisch mit einer aphrodisischen Note, einfach zu viel...", erinnerte sie sich.
„Wir waren vielleicht beide verwirrt. Wir mussten uns wohl erst mal noch sortieren - du mit dir und Raven, ich meine Ralf, und ich mit…" Os sprach nicht weiter.
„Sag es ruhig, mit Nina."
„Keine Ahnung, sie war manchmal schon ein wenig hartnäckig."
„Ah, weiß das Ra… Ralf?", fragte Rosemary.
„Ich denke schon. Aber was er nicht weiß, dass sie es gewesen ist, die

mich zu dir gebracht hat. Das war kein Zufall.“ Ein Lächeln schlich sich in sein Gesicht.
„Sie hat dich eingeladen?“, fragte sie verwundert.
„Ja, allerdings nicht an Weihnacht. Sie möchte mit ihrem Mann wohl tatsächlich wieder mehr gemeinsame Wege gehen. Ich glaube, sie könnte sich doch noch für Neues entscheiden, vielleicht für ein Kind. Und er ist auch reif für etwas Neues.“
„Und du?“ Sie schaute ihm in die Augen.
„Das könnte ich dich fragen, Rosemary. Du weißt nun sehr viel von mir und dass ich dich… liebe.“ Er blinzelte etwas unruhig.

Rosemary sah Os noch immer in die Augen und schwieg für einen Moment, bevor sie sich dazu äußerte: „Ich ahnte, oder wusste es vielleicht insgeheim, wer du bist, sobald wir miteinander geschlafen hatten. Aber deine Anmache...“ Sie hielt inne.
Os` Grinsen wirkte verunsichert. „Nicht so gut? Nicht wie diese Orangensoße mit der du dir damals bei diesem aphrodisischen Essen von Waldtraut, als du noch ein Teenager gewesen bist, einen Teller Obst angemacht hast?“
„Diese Soße hast damals du gezaubert, oder?“ Rosemary hatte mit einem Mal das Gefühl, dass sich etwas in ihr immer mehr lichtete, was über viele Jahre im Nebel gelegen hatte.
„Kann sein, vielleicht ein Gemeinschaftsprodukt“, lachte Os kurz auf.
„Mit…? Oh! Ja, Ra… Ralf kann schon kochen. Dieser Nussbraten war ehrlich gesagt sehr gut gewürzt, fast zum reinlegen, wie diese Soße damals.“ Die Erinnerung an diesen Nachtisch wie auch den von Weihnacht ließ jetzt das Wasser in ihrem Mund zusammenlaufen.
„Danke“, lächelte Os. „Bei dieser Soße hatte Ralf allerdings genauso wenig seine Finger im Spiel wie beim Nussbraten.“
Rosemary musste grinsen: „Aha, das warst du. Deine Finger...“ Sie nahm seine Hand in ihre und betrachtete sich diese. „Schön“, sagte sie dann lei-

se. „Und auch… Der Abend vor dem Kamin, da war mir etwas irgendwie sehr vertraut vorgekommen. Seltsam, aber dann… Ich habe dich nicht wirklich gesehen, das tut mir leid. Und mich selbst auch nicht. Erst als ich mit Waldtraut im Hotel gesungen habe, ist etwas passiert. Und irgendwie war das Singen nicht nur für mich oder Waldtraut.“
Os sah in ihre Augen und lächelte. „Einen Teil dieses Liedes habe ich schon einmal von dir gehört. Danke.“
„Du…?“
„Ja, du hast es diesem R., dem angeblichen Manager von Wotan von Rabenau, doch als Audio geschickt. Nur ein Versuch, hast du geschrieben. Es war ein Teil dessen, was du jetzt wieder gesungen hat - leicht abgewandelt, aber etwas darin war ähnlich.“
Rosemary lachte leise: „Ja, aber dieser R. wollte mich nicht zu sich einladen.“
„Hm! Das macht er aber jetzt, wenn du möchtest.“ Os rutschte ein wenig näher.
„Ja, das möchte ich - heute, morgen, übermorgen...“, antwortete sie leise.
„So lange?“, lächelte er.
„Noch länger, wenn du möchtest, Odin.“

Er schlug die Augen nieder. „Odin… Ich war damals ein bisschen verrückt. Die Frau mit der Stimme wie eine echte Bardin, habe ich auf diesem Festival gedacht. Ich hatte zuerst keine Ahnung, wer du bist. Das habe ich dann erst weit nach Mitternacht herausgefunden und da war es schon längst zu spät. Die Frau von einem Freund, dazu aus diesen Kreisen - Oh je, das war ein Drama!“
„Hm, ich habe dir auch nicht meinen Namen gesagt, also auch nur…“
Für einen Moment hing sie doch wieder in einer zart-bitteren Erinnerung.
„Rose!“, nickte Os, „das bist du auch – eine Rose.“
Rosemary konnte mal wieder nicht anders, als in seine Augen zu schauen. „Wie du ein Odin bist?“, fragte sie dann.

„Na ja, ich möchte mich nicht kopfüber an einen Baum hängen und...“
„Musst du auch gar nicht, du hast das schon hinter dir, früher, in anderen Leben. Der Weltenbaum ist in dir. Frag ihn mal. Und die Runenkräfte genauso. Wir könnten das ja mal...“ Ihre Hand legte sich in seine.
„Singen? Du singst und ich spiele?“
Sie lächelte und kuschelte sich an ihn. „Ja, das wünsche ich mir. Schon lange.“
„Ah, und du dachtest, Ralf…?“ Os sprach den Satz nicht zu Ende.
Rosemary blieb still.
Er senkte für einen Moment die Augenlider. „Ich kenne das - man wünscht sich etwas und dann glaubt man, es irgendwo finden zu können, obwohl...“
„Obwohl es schon längst woanders zu finden wäre?“, sinnierte sie. „Na ja, Ra… Ralf war halt näher. So wie bei dir vielleicht Nina.“
„Nein, das kann man so nicht sagen“, murmelte Os.
„Wie?“ Rosemary warf ihm einen fragenden Blick zu.
„Man kann sich nahe sein, auch wenn man räumlich voneinander entfernt ist“, antwortete er.
„Ja“, nickte sie. „Wenn ich deine Musik gehört habe, da warst du so nahe. Du bist es, der ab und zu singt, oder?“
Ein Lächeln lag auf seinen Lippen, als er nickte.
„Das habe ich also richtig gespürt. Diese Stimme – also deine - und dieses Gefühl der Nähe haben mich übrigens dazu veranlasst, diesem Wotan von Rabenau zu schreiben. Und bisher hatte ich gedacht, er habe mir nie geantwortet.“
Os sagte nichts, legte Rosemary nur seinen Arm um, zog sie an sich heran und gab ihr einen Kuss.

☆

Die beiden fanden kurz vor Mittag endlich aus den Federn. Im Haus roch es bereits nach Essen. Rosemarys Mutter wunderte sich nicht wenig, als

sie ihre Tochter aus demselben Zimmer wie Os treten sah und das auch noch sehr viel später am Tage, als sie es von ihrer Tochter gewohnt war.
„Ich habe dich schon gesucht. Deine Tasche war ja noch da, da dachte ich, du bist spazieren.“ Sie warf Os einen neugierigen Blick zu und begann zu lächeln.
„Willkommen.“ Sie hielt ihm ihre Hand ihn und sobald er sie genommen hatte, schloss sie ihn in ihre Arme. „Willkommen in der Familie.“
„Na ja“, brummte Rosemary, „da gehört er bereits hin.“
„Wie? Ihr seid verheiratet?“ Ihrer Mutter fielen fast die Augen aus dem Kopf.
„Das irgendwie auch“, murmelte Rosemary und sah zu Os.
Er versuchte sein Lächeln zu verbergen.
„Also… Ohne mich?!“, entfuhr es Rosemarys Mutter betroffen.
„Mum, wir haben nicht so geheiratet“, begann Rosemary. „Kein Standesamt und so weiter. Es war mehr eine andere Hochzeit...“
„Ah, mehr wie...“ Die Lippen ihrer Mutter umspielte ein Lächeln.
„Ich sage nur, ähnlich wie unter einem Rosmarinbusch“, antwortete Rosemary ihr.
Das Lächeln im Gesicht ihrer Mutter verschwand auch schnell wieder und sie schluckte: „Kind…!“

„Schon gut, aber ehrlich gesagt bin ich heilfroh, haben du und ein gewisser Jake... Denn sonst hätte ich mich mit meinem Cousin… Also...“ Rosemary fuhr sich durch die Haare.
„Was?!“ Ihre Mutter sah nun blass aus.
Os nickte. „Mein Vater, Eduard - hier kennt man ihn als Eddy Donovan - kommt aus Deutschland. Er ist der Bruder deines Mannes.“
Rosemarys Mutter musste sich kurz sortieren. „Ah… Ich habe deinen Vater nie kennengelernt. Lebt er nicht in Irland?“
„Nein, nur noch meine Mutter. Er ist schon lange hier, in England.“
„Bist du deshalb auch hierher gekommen?“

„Nein, ich bin wegen der Musik nach London. Obwohl Dublin… Keine Ahnung, ich wollte halt…“ Os fuhr sich über seinen rasierten Kopf.
„Dabei sein, dort, wo die meiste Musik spielt?“, fragte Rosemary.
„Das vielleicht auch, aber ich hatte hier auch…“ Er sah sie etwas nachdenklich an.
„Er wollte dir wohl nahe sein“, lächelte plötzlich Rosemarys Mutter.
„Mum!“

„Wieso nicht? Aber sagt mal, ihr beide seid doch früher auch ein paar Mal zusammen in Deutschland gewesen? Ein oder zweimal hat dich mein Mann eingeladen.“ Sie wandte sich Os zu. „Du bist mit Verwandten von uns gefahren. Oder war das…? Diese Familie hat zu viele Geheimnisse oder Ungereimtheiten für meinen Geschmack.“
Os nickte zaghaft. „Hm, das stimmt wohl. Dein Mann wusste scheinbar davon, dass mein Vater sich aus diesem ganzen Dunklen mit all seinen Machenschaften befreien wollte. Und als mein Dad dann irgendetwas herausgefunden hat, ist er ganz abgetaucht. Da war ich ungefähr zehn. Wann er genau seinen Namen abgelegt hat, das weiß ich nicht. Es muss vor meiner Geburt gewesen sein, ich bin als Donovan geboren.“

„Du bist also auch ein Blaublütiger?“ Rosemarys Mutter sah sich Os noch einmal genauer an.
„Nein, sicher nicht. Das ist keiner von uns“, erwiderte Os. „Ich finde in unseren Adern fließt kein blaues Blut, kalt und...“
„Also Junge!“, entfuhr es Rosemarys Mutter entrüstet. „Meine Mutter, Rosemarys Granny, war sehr herzlich und sie war eine Lady, eine Countess.“
„Sorry!“ Os lächelte ihr entschuldigend zu. „Okay, ich weiß, diese Welt ist nicht immer das… Wir packen Dinge oft in eine Schublade, sehen nur die halbe Wahrheit, nur eine Seite einer Medaille. Das Leben ist nicht schwarz-weiß, wie die Tasten eines Klaviers. Die Wahrheit und das Un-

wahre sind nicht immer so leicht voneinander zu trennen. Soweit bin ich mittlerweile auch. Früher dachte ich, diese Rosemary ist fürchterlich arrogant."
„Arrogant?!", kam es zeitgleich von ihr selbst und von ihrer Mutter.

„Also… Na ja, deine aufgedrehten Locken damals auf dieser Feier im Garten der Villa. Ein Vogelnest..." Os wirkte ein wenig verlegen.
„Was?! Du warst…?!" Rosemary wollte eigentlich nicht mehr in Vergangenen graben, aber es schien noch nicht alles geklärt zu sein.
„Ja, ich war es, der am Klavier… Und ich habe auch mit dir Musik gemacht. Du hast das nicht mitbekommen, war ich eher zurückgezogen und saß gewissermaßen im Schatten. Ich saß, damals kleiner als heute, völlig versunken hinter dem großen Flügel vor dem irgendein Mann stand."
„Hm, mein Vater?" Sie hatte nur noch eine eher vage Erinnerung.
„Kann sein."
Rosemarys Mutter verließ nun leise den Raum und ließ die beiden mit ihren wirren Erinnerungen allein.

„Oh je", murmelte Rosemary, als die Tür sich geschlossen hatte. „Wie wäre es gewesen, wenn wir uns da…? Ich hätte mich wohl lieber mit..."
„Nicht mit einem Raven?", flüsterte Os.
„Doch, aber nicht mit dem, der nur so tut", erklärte sie leise.
„Nur so tut?", hakte er nach. „Er heißt Rambert, das bedeutet so viel wie 'Glänzender Rabe'. Und ich habe nicht geglänzt wie er."
„Woher weißt du, was dieser Name bedeutet?"
„Äh, weil Ralf mich genervt hat."
„Ah. Und warum? Wegen…?", fragte sie vorsichtig.
„Wegen dir. Ich habe das damals nicht wirklich verstanden. Ich hätte dich noch nicht mal berührt, ich war viel zu jung. Für irgendetwas war ich das allerdings auch nicht, aber ich hätte nicht..." Er hielt inne.
„Verstehe, wir hätten uns also nur unterhalten oder Musik gemacht."

Os nickte.
„Auch nicht gekuschelt?“, wisperte Rosemary ihm ins Ohr. „Noch nicht mal einen Kuss?“
„Ich habe damals Waldtraut belauscht, als sie gekocht hat, und ich dachte, ich könne das auch: ein wenig zaubern, um mir auch mal einen Kuss abzuholen. Aber mehr sicher nicht. Dafür war ich nicht reif genug, mit meinen fünfzehn Jahren und als ein eher schüchterner Typ. Aber einen Kuss hätte ich dir vielleicht gegeben. Auf deine Wange, so ganz rosig, die Rose.“ Ein Lächeln breitete sich auf seinem Gesicht aus.
„Ach je“, entfuhr es ihr.
„Wieso?“
„Das war sicher nur Rouge.“
„Egal, du warst trotzdem schön wie eine Rose, und noch weitaus mehr ganz ohne elegantes Kleid und aufgedrehte Locken. Du bist mir am nächsten Tag über den Weg gelaufen. Du wirktest wild und…“ Er schien sich noch äußerst gut zu erinnern.

„Seltsam! Wild war es ja gar nicht gewesen, als ich mit Ra… Es war mehr ein Krampf“, murmelte Rosemary.
„Du warst allein auf einer Wiese“, erklärte Os.
„Die Nacht davor hatte ich aber...“
„Hm… Ralf war vielleicht für das damals schon der Richtige.“
„Wieso meinst du?“, wollte sie wissen.
„Nur so“, zuckte Os mit den Schultern.
„Nur so?“ Rosemary sah ihn fragend an.
„Na ja, ganz ehrlich, mein erstes Mal war keine Romantik und ich bin irgendwie froh, konnte ich mit dir Anfang zwanzig ganz etwas anderes erleben, immerhin ein wenig gereifter. Na ja, nur wenig, war ich kein früher Vogel.“
„Ah“, grinste sie, „genau wie...“
„Wie wer?“

„Ra… Ralf."
„Hm, mag sein. Er hatte sein erstes Mal mit Nina, da war er achtzehn. Das weiß ich, außer sie lügen beide."
„Ah, du meinst er hat mich angelogen? Und wieso?" Rosemary wollte eigentlich gar nicht mehr darüber reden, hatte sie auch langsam Hunger.
„Er wollte dich vielleicht doch… Aber glaubst du, er wäre damals so gewesen, wenn es für ihn das erste Mal gewesen wäre? Also…?" Os fuhr sich verlegen über den Kopf.
„Ah… Du...?!" Sie blickte ihn mit zusammen gekniffenen Augen an. „Du hast uns beobachtet?!"
„Äh… Nein, habe ich nicht." Er schaute sie merkwürdig an. „Nur ganz wenig."
„Du bist schon einer!", entfuhr es ihr.
„Keine Angst, es war nur… Ich wollte an diesem Abend nur Musik machen. Die Sterne waren so klar und dieser Gartenpavillon war irgendwie genau richtig dafür, und da habe ich euch… Wirklich nur kurz und mir war auch erst nicht so klar, was ihr da eigentlich tut." Es kam nicht gerade selbstsicher über Os` Lippen.
„Aha. Wieso?" Rosemary wollte jetzt allerdings viel lieber essen, als sich ständig wieder an etwas zu erinnern.
„Du hast zuerst so ausgesehen, als wolltest du nicht. Du hast Ralf ganz schön die Leviten gelesen. Er musste dir dann etwas vorspielen."
Sie kicherte. „Ja, ich wollte wissen, ob er für mich der Richtige ist."
Os hob eine Braue. „Ah, und das konntest du feststellen, indem er dir etwas auf dem Klavier vorgespielt hat?"
Rosemary nickte.
„Ach je! Und ich vermute, er hat das Stück von mir gespielt", überlegte er. „Damals war ich gerade dabei, mich in etwas zu finden. Ganz neu."
„Die Melodie war schön, ich habe sie noch wie damals im Ohr - Es war das Lied, das du jetzt im Tonstudio hast laufen lassen", sagte sie mit leiser Stimme.

Os lachte: „Ach je, ausgerechnet das. Aber natürlich."
„Du hast mich also doch ein wenig belogen. Das hast du nicht für mich geschrieben, kanntest du mich ja damals gar nicht."
„Ich kannte dich nicht, da war nur ein Traum und dann dein Lachen auf dieser Feier", gab er ihr zur Antwort. „Da ist es dann einfach so aus mir herausgeflossen. Damals dachte ich allerdings, es sei jemand anderes - ein Engel."
„Ein Engel?"
„Ja, so ein Gefühl."
„Und dann hast du Nina gesehen - wie ein Engel", konnte sie es nicht lassen.
Os schüttelte den Kopf. „Nein, sie ist mir nicht aufgefallen. Aber der Rabe, er hat sich von mir streicheln lassen. Und er hat mir gesprochen. Das hat er oft getan. Man sagt ja, man könne in den Rauhnächten die Tiere sprechen hören, aber damals war es Sommer gewesen und du warst wie eine Rose, die gerade erst zaghaft aufblüht. Und ein bisschen wie Rosmarin, ein bisschen zu feurig vielleicht. Zumindest… Na ja."
Rosemary sah ihn an: „Das ist doch alles verrückt, also… Was machen wir heute?"

☆

Rosemarys Mutter war seit geraumer Zeit in der Küche verschwunden und hatte mit der Köchin etwas besprochen.
„Wollen wir kochen? Dann kann die Köchin mal frei machen", schlug Os vor und schaute in Richtung Küche.
„Wir kochen? Mit Rosmarin?"
„Oder Ingwer?", lachte er, „das ist mir egal."
„Ingwer? Du stehst auf Ingwer?"
„Total, aber auch auf Rosmarin." Er zog sie an sich.
Rosemary lachte. „Okay, wir backen Gingerbread. Mit Nelke, Zimt und Muskat. Und dazu eine Soße mit Orange und einer Prise Rosmarin und

Thymian."

„Ah, alles klar. Das klingt zwar nicht nach Mittagessen, dafür aber nach…" In seinem Gesicht blitzte etwas auf. „Und was machen wir danach?"

„Danach gehen wir."

„Wohin?" Seine Lippen näherten sich ihren.

„Zu dir", sagte sie leise.

Os lachte: „Du weißt doch gar nicht, wo das ist."

„Wo waren wir denn gestern?"

„Das Haus gehört meinem Dad, er möchte es mir aber eventuell überlassen." Er schien nachzudenken.

„Ah. Also müssen wir nach Deutschland?"

„Ich habe keine Ahnung. Wir könnten ja vorerst mal etwas reisen. Wie wäre es, wir fahren nach Glastonbury und feiern noch einmal so etwas wie Neujahr?", schlug er ihr vor.

„Sehr gut, das machen wir." Rosemary zog Os nun noch enger an sich und gab ihm einen Kuss.

Heilimpuls

Ein Neuanfang ist immer möglich. Jeden Tag. Auch heute. Entscheide dich, klar und mit all deiner inneren Intention. Deine Entscheidung hat Kraft. Entscheidest du dich für dich, für die Liebe? Und bist du bereit, dafür auch Altes loszulassen? Alte Illusionen und Vorstellungen oder das, was auch andere gerne von dir hätten, ihre Erwartungen an dich, ihre Vorstellungen von dir? Lasse los und werde dir klar, was du möchtest.
Vielleicht schreibst du es dir auf, wofür du dich entscheidest und wie du dein Seelenlied singen möchtest. Oder du gestaltest dir eine Collage für das neue Jahr, wo du all das einladen kannst, was du dir aus deinem Herzen, deiner Seele heraus wünscht. Werde frei von Vorstellungen oder auch scheinbaren Wünschen, welche nicht deinem Herzen entsprungen sind. Sei bereit, dir auch einzugestehen, wo du vielleicht bisher noch einer Unwahrheit gefolgt, einer Illusion aufgesessen oder nicht wahrhaftig gewesen bist. Lausche ganz der Melodie deiner eigenen Seele. Und dann gib dich dieser hin. Manchmal kommen die Wunder auch ganz unerwartet.

Zum Räuchern:
Salbei, Eisenkraut, Lavendel, Holunder, Rosmarin

☆

Neuanfang

6. Januar

Rosemary stand am nächsten Tag neben Os vor dem Tor in Glastonbury. Ein Rabe hüpfte vor ihnen herum, scheinbar ganz aufgeregt, als versuche er ihnen etwas mitzuteilen.
„Dieser Rabe kennt dich“, sagte sie leise an Os gewandt.
„Kann sein, und dich?“
„Er möchte dir was sagen“, flüsterte sie.
„Dreh dich mal um“, hörte Rosemary es da hinter sich.

Erschrocken fuhr sie herum. Vor ihr stand Tyler mit einer Frau an seiner Seite und ein Stück weiter hinten konnte sie Nina und Ralf erkennen.
„Ihr seid alle hier?! Os, wusstest du das?“
Er schüttelte den Kopf und wirkte ebenfalls erschrocken.
„Was macht ihr denn hier?“, wollte sie von Tyler wissen.
„Wir sind hier, weil wir uns verloben“, antwortete dieser und sah zu der dunkelhaarigen Frau an seiner Seite. „Darf ich vorstellen: Kaitlyn.“
„Wir kennen uns ja bereits.“ Os streckte ihr mit einem Lächeln die Hand entgegen. „Darf ich vorstellen: Rosemary“, sagte er dann, einen Arm auf Rosemarys Schulter.
„Ich freue mich, dich kennenzulernen und euch zu sehen“, lächelte Kaitlyn und schien es so zu meinen.
Die beiden Frauen schüttelten sich die Hände.
„Rosemary, ich habe dich lange schon beneidet“, lachte Kaitlyn dann.
„Ach! Echt? Na ja, ich mich weniger“, murmelte Rosemary.
Tyler schaute sie an und dann zu Os. „Und ihr beide? - Ihr seid doch auch nicht hier, weil euch sonst die Decke auf den Kopf fallen würde,

oder? Wie war es bei deiner Mutter, Rosy?"
„Also, eins nach dem anderen. Bei meiner Mutter war alles gut. Wie meist, seit sie... seit mein Vater nicht mehr lebt. Und sonst… Also ich… Wir…" Sie holte erst einmal Luft. „Wir verloben uns auch, gewissermaßen", kam es dann etwas vorsichtig von Rosemary.
„Ach so ist das", lachte Tyler, „hat er dich also…?"
„Du meinst er hat mich soweit, dass ich…?"
Os räusperte sich und Tyler bedachte ihn mit einem schiefen Lächeln.
„Oisin war schon lange verliebt, vermute ich, aber ich war sozusagen im Weg", kam es dann von Tyler.
„Das stimmt nicht ganz, ich wäre ohnehin nicht bereit gewesen, nicht wirklich", nuschelte Os.
„Aha!" Rosemary sah ihn jetzt leicht skeptisch an.

In diesem Moment näherten sich allerdings Ralf und Nina, eng umschlungen.
„Hi, das ist aber kein Zufall, oder?", fragte Ralf und blickte in die Runde.
„Also… Doch, eigentlich schon", entgegnete Os. „Okay, du hast uns auf die Idee gebracht."
„Und was macht ihr hier?", wollte Ralf wissen.
„Sie verloben sich", antwortete Tyler seelenruhig.
„Jetzt erst? Das waren sie ja bereits", bemerkte Nina. „Schon lange, wenn ihr mich fragt. Ich habe das aber auch erst jetzt so wirklich gecheckt. Der *lonely wolf* und immer mit diesem traurigen Gesicht, wenn er mal wieder eine Stimme hörte, die mich dann sehr an Rosemarys erinnert hat. So verliebt wirkte er dann."
„Verliebt?", kam es eher leise von Os. „Nein, es war mehr..."
„Liebe...", nickte Tyler, „… das hat er gesagt. Er würde eigentlich nur lieben. Dieses ganze Gefühlschaos, ein Cocktail an verschiedenen..."
„Du magst solch einen Cocktail gar nicht?", wandte sich Rosemary fragend an Os. „Ein Cocktail mit so etwas wie Ingwer, Nelke, Vanille,

Zimt...?“ Sie kicherte.

„Doch, solch einen liebe ich“, wisperte Os ihr ins Ohr, „fast genauso wie...“

„Wie Gingerbread und Scones mit Rosmarinsirup?“

„Das kann auch ganz gut sein, aber es gibt noch etwas anderes. Wie wäre es hier und heute? Wir beide, eine Zeremonie? Du singst. Mit mir.“ Seine Augen ruhten in ihren.

„Jetzt?“

„Ja, oder auch später, die Sonne kommt gerade hinter den Wolken hervor.“ Er zeigte zum Himmel.

„Okay, das machen wir“, nickte sie.

Rosemary nahm Os bei der Hand und sie liefen schon beinahe beschwingt den Hügel hinauf. Oben angekommen, stellten sie sich so hin, ihre Hand in seiner, dass die Sonne auf ihrer beider Gesicht schien. Und dann begann Rosemary leise zu singen. Nach einer Weile fiel Os mit ein und gemeinsam fanden sie in eine ganz neue Melodie, welche sich in ihr Leben wob.

Heilimpuls

Wage dich, die Melodie deiner Seele, deines Herzens zu singen – ganz auf deine Weise. Lasse sie in dein Leben auf Mutter Erde fließen. Deine lichten Ahnen stärken dich hierbei, sie stehen in deinem Rücken hinter dir mit ihrer Weisheit und Liebe. Spüre, visualisiere, wie sie dich mit einem goldenen Lichtstrom segnen und ihr Segen vom Ursprung bis zu dir fließt. Segne auch du sie und lasse goldenen Segen bis zum Anfang fließen.

Segne das neue Jahr, dich und dein Leben. Sende auch deinen Lieben und deinen Herzensprojekten Segen. Lasse ihn in die Welt strömen, für Mutter Erde und eine neue fried- und liebevollere Zeit.

Es ist Zeit für einen Neubeginn. Sei bereit – sei bereit in dir für das Neue, auch auf dieser Erde.

Zum Räuchern:

Weißdorn, Rose, Weihrauch

☆

Dank

Mein Herz dankt meinen Ahninnen und Ahnen im Licht, die mich begleiten und lehren. Den Pflanzengeistern bin ich zutiefst dankbar für die Heilung, die ich durch ihr Sein erfahren durfte und darf. Ich danke aus ganzem Herzen meinem Partner für seine Liebe und all seine Unterstützung. All meinen Weggefährten, Freunden und Familie danke ich für das, was sie auf ihre Art dazu beitragen, dass ich mich wage in eine neue Zeit auf Mutter Erde zu gehen und Altes hinter mir zu lassen. Ich danke auch mir selbst, traue ich mich diese Romane, die in neue, lichtvollere Zeiten auf Mutter Erde begleiten möchten, zu empfangen und sie in die Welt zu geben. Und dir danke ich auch ganz besonders, bist du hier auf dieser wunderschönen Erde in in diesen Wandelzeiten.

Anmerkung

Um die Energien, die übermittelt werden, zu wahren, habe ich diesen Roman nicht lektorieren lassen.

Zu den Herzromanen

Geschichten für eine neue Zeit auf Mutter Erde

Die mir medial übermittelten Romane möchten den Wandel auf dieser Erde unterstützen. Sie laden dazu ein, sich zu entfalten und die eigene Seelenessenz mit ihrer Liebe, Weisheit und ihren einzigartigen Gaben zu verkörpern. Hierzu bedarf es der Heilung der Weiblichkeit, des Überwindens vergangener Verletzungen sowie der Herzöffnung.

Eine Besonderheit der Herzgeschichten ist die Verbindung von Lesegenuss und dem Empfangen von heilsamen Impulsen. Ähnlich wie bei einem klassischen Channeling schwingen auch hierbei Energien mit. Diese können beim Lesen die Seele erreichen, sodass diese sich leichter in die neue Zeit auf Mutter Erde einfinden kann. Es können beim Lesen Transformationsprozesse geschehen.

Darüber hinaus machen die Romane eine Prise Magie sowie eine leicht aphrodisische Note aus. Räucher-, Heil-, und essbare Liebespflanzen sind auf verspielte oder sinnliche Weise in die Geschichten verwoben. Zum einen, weil es um Heilung im Bereich der Liebe, des Herzens und auch der weiblichen Sexualität geht, zum anderen auch deshalb, weil Pflanzengeister energetisch dabei unterstützen, sich seines göttlichen Ursprungs immer tiefer bewusst zu werden sowie mit seiner Seele im Körper und auf dieser Erde zu sein. Es geht um das Erwecken von mehr Lebenskraft, Freude, Weisheit und Liebe, indem wir uns auf unseren inneren Wandlungsprozess einlassen und so auch zum Wandel auf Mutter Erde beitragen. Und hierzu darf man auch einfach mal eine Geschichte lesen.

Etwas über die Autorin

Christine Alasija hat Biologie studiert und wurde durch einen Prozess des Erwachens während einer Zeit der Krankheit in geistig-spirituelles Heilen geführt. Mithilfe energetischer Heilweisen und ihrer geistigen Begleiter durfte sie sich selbst aus einer tiefen Krise sowie auch von Verletzungen der Weiblichkeit befreien und in mehr Lebenskraft, Freude und die Entfaltung ihrer Berufung hineingehen. Ein stetes Wachsen und Entfalten begleitet sie nach wie vor.

Neben ihren Ausbildungen in spirituellen und und schamanischen Heilweisen, geschieht ein großer Teil ihrer Ausbildung in ihrem Inneren durch die geistige Welt und in und mit der Natur. Das Leben selbst ist einer ihrer größten Lehrmeister. Das mediale Schreiben übt Christine Alasija seit zehn Jahren aus und übermittelt neben "Herzgeschichten" auch Botschaften der geistigen Welt. Vor etwa vier Jahren erwachte auf ganz neue Weise das Schreiben von Geschichten, was sie bereits seit ihrer Jugend begleitet. Sie selbst hat hierdurch tiefgreifende Wandlungsprozesse erfahren dürfen. Neben dem Schreiben begleitet sie Menschen, insbesondere Frauen in ihrer individuellen Transformation und hinein in neue Zeiten und Energien auf Mutter Erde. Darüber hinaus bietet sie Seminare bzw. Webinare an - *Seelenblühen mit Pflanzenmagie und Sternenweisheit.*

Mehr zu Christine Alasija und ihrem Wirken findest du auf:
www.christine-alasija.de

ISBN 978-3-7565-4035-8
9 783756 540358
www.epubli.de